미세 좌절의 시대

장강명 산문

미세 좌절의 시대

장강명 산문

문학동네

일반화에 대하여

2016년부터 2024년까지 한국일보, 중앙일보, 조선일보, 매일경제, 그리고 몇몇 잡지에 칼럼을 백삼십 편가량 썼습니다. 그중 구십여 편을 추려 책으로 묶습니다.

칼럼들을 쓸 때 언젠가 책으로 엮을 수 있겠지 하는 생각은 했습니다. 하지만 어떤 큰 주제를 염두에 두고 명확한 계획 하에 글을 쓴 것은 아니었습니다. 제가 청탁받은 원고 분량은 대개 한 편에 200자 원고지 10매 안팎이었는데, 마감일이 닥쳐오면 그때그때 떠오르는 생각들을 글자로 풀었습니다.

경제 칼럼니스트로 이름을 떨친 미국 언론인 주드 와니스키가 젊은 시절 월스트리트저널에 스카우트될 때의 일입니다. 논설을 써달라는 요청을 받고 "한 번도 써본 적이 없다"며 주저하는 와니스키에게 월스트리트저널 편집장이 이렇게 말했다지요. "주드, 오만함만 있으면 된다네."

저는 칼럼도 조금 비슷하다고 생각합니다. 200자 원고지 10매는 복잡한 사유를 풀거나 논증을 치밀하게 펼치기에는 턱없이 부족한 양입니다. 말하려는 주장을 뒷받침하는 사례를 풍성하게 들기조차 어렵습니다. 거친 일반화를 하면서 의견을 제시해야 하고(인간에 대해서든 사회에 대해서든, 분석과 진단은 모두 일반화 과정을 거쳐 나옵니다), 정밀한 근거를 충분히 들기 어렵습니다. 게다가 저는 남들이 다 옳다고 인정하는 주장을 보충하기보다는 새로운 관점으로 문제를 바라보거나 토론 거리를 제안하고픈 욕심이 있었습니다.

다행히 저는 칼럼 작업에 그 이상의 대단한 야심은 없어서, 마감일 즈음에 떠오른 단상을 정리한다는 기분으로 원고를 썼습니다. 관심사가 그리 넓지 않은 사람이기도 하여 느슨한 일관성이 저절로 생긴 것 같기도 합니다. 한 줄로 정리해보라고 한다면(또 일반화를 하자면) '매사에 회의적인 사람이 점점 불확실해지는 시대 앞에서 스스로에게 던진 막연한 질문들'이라고 할 수 있을 것 같습니다. 대체로 이런 질문들이었습니다. 지금 도대체 무슨 일이 벌어지는 걸까? 왜 이런 일이 벌어졌는가? 앞으로 어떻게 살아야 하는가?

2016년에서 2024년 사이에 저는 세상이 퇴행하고 있다는 느낌을 자주 받았고, 새로운 미디어 기술과 선정적인 구호들(구호와 일반화는 다릅니다)을 퇴행의 배후로 의심합니다. 새로운 기술과 구호들은 서로 대단히 잘 결합하는 듯 보였고 저는 그 단단한 결합을 보며 무력감을 삼키거나 우울해지곤 했습니다. 그러면 어떻게 살아야 하는가. 제가 의심하지 않는 몇 가지 삶의 원칙들이 있는데, 막 용기를 주는 내용은 아니지만 그래도 원칙은 원칙이어서 소박한 궁리의 기반은 되어줍니다. 제 원칙들은 개인은 존엄하다, 세상은 복잡하다, 사실은 믿음보다 중요하다 등입니다.

칼럼을 쓰는 일이 저는 좋기도 하고 싫기도 했습니다. 생각을 정리하는 기회를 얻어 좋았지만 저의 본업이 아니라는 고민도 했습니다. 고민이 커져 칼럼 연재를 모두 그만두었는데, 아쉬움도 밀려오더라고요. 아주 나중에, 여유가 생기고 적당한 지면을 얻으면 또 짧은 산문들을 쓰게 될지도 모르겠습니다. 보다 예측 가능한 세상에서 희망찬 이야기를 쓸 수 있으면 좋겠습니다.

부족한 저를 늘 지켜주는 아내와, 원고를 다듬어주시고 조언해주신 문학동네 정민교, 정은진 편집자님께 감사드립니다.

2024년 봄,
장강명

차례

2부 어떤 나라를 꿈꾸는가

3부 우리는 삶을 통째로 긍정해야 할까

4부 삶이 얄팍해지지 않으려면

1부

혼미한 시대

'외로움 담당 장관'이
된다면

영국에서 '외로움 담당 장관Minister for Loneliness'을 임명했다는 소식이 국내외 언론의 관심을 끈 적이 있다. 처음에는 기사 제목만 흘깃 보고 넘어간지라, 한동안 영국에 '고독부' 같은 정부 부처가 생긴 줄 알았다. 그 부처에서는 무슨 일을 하는 걸까, 혼자 상상하기도 했는데 실체는 내 공상과는 조금 달랐다.

영국 정부 조직은 그대로이고, 기존 '체육 및 시민사회'의 장관이 '외로움 담당'이라는 이름의 장관직도 함께 맡기로 했다고 한다. '신임' 장관이 앞으로 맡게 될 실무보다는 영국 사회에서 외로움 문제가 심각하며, 이에 국가 차원에서 맞서겠다는 선언에 무게가 실린 임명인 듯하다. 영국 언론에 따르면 이제부터 정책개발을 하면서 통계자료도 만들고 관련 시민 단체도 지원

할 거란다.

외로움 담당 장관이 하필 영국에 생겼다는 점이 약간 재미있었다. 원래 영국인들은 감정을 잘 드러내지 않고 다른 사람과 거리를 두는 성향으로 알려져 있지 않나? 하긴, 정호승 시인이 「수선화에게」에서 읊지 않았는가. "가끔은 하느님도 외로워서 눈물을 흘리신다"라고. 외로움 앞에 장사 없다.

같은 시에는 이런 시구도 있다. "외로우니까 사람이다 / 살아간다는 것은 외로움을 견디는 일이다". 장관은 그런 숙명을 상대로 어디까지 성과를 낼 수 있을까? 사회복지사가 독거노인을 방문하고, 심리상담사가 은둔형외톨이와 따돌림당하는 학생들을 찾아가고, 마을 자치 조직을 활성화하고…… 그다음에는? 편의점에서, 지하철에서, 사거리 인파 속에서 치통처럼 시리게 맛보는 고립감에 대해서는 국가가 어떻게 대처해야 할까?

곧 이 문제를 조금 다른 시각에서 바라보게 됐다. 대인 접촉이 끊긴 이들이 다른 사람을 만날 수 있게 물질적 사회적으로 지원하는 일은 물론 대단히 중요하지만, 그게 전부는 아닌 듯하다. 삶이 곧 외로움이고 그럼에도 우리 모두 살아가야 한다면, 그만큼 '외로움을 견디는 힘'이 필요하다는 뜻 아닐까. 사람들 틈바구니에서 복작거리며 하루를 보낸 뒤에도 헛헛함에 몸부림치게 되는 것은, 그만큼 그 의지가 소진됐기 때문 아닐까.

「수선화에게」는 그 답까지 제시하는 것 같다. 나는 이 시를 읽을 때마다 더 외로워지는 기분이 든다. 그러나 기묘하게도, 살아갈 용기 역시 함께 얻는다. "울지 마라"라는 첫 행보다는 시의 마지막 부분 때문인 것 같다. "산그림자도 외로워서 하루에 한 번씩 마을로 내려온다/종소리도 외로워서 울려퍼진다". 지구를 움직이고 음파를 전달하는 어떤 섭리 속에 내가 있다. 그 거대서사에서 나는 소외당하지 않는다. 내가 외롭다는 게 그 증거다. 그래서 나는 비록 외로울지라도 내 존재의 의미를 의심하지는 않게 된다.

지금 우리 사회는 어떤가. 광장의 섬뜩한 구호들, 포털 사이트의 적개심어린 댓글에서 나는 가끔 진한 외로움을 읽는다. 자기 존재의 의미를 의심하는 이들이 무리에, 거대서사에 소속되고 싶은 마음을 그런 식으로 드러내는 것 아닌가 싶어서다. 외로움을 넘어선 그 공허함이 가엾다.

내가 만약 한국의 외로움 담당 장관이 된다면, 전국 도서관에 예산을 지원해 독서 토론 모임을 지금보다 곱절 이상으로 늘리는 데 쓰겠다. 그래서 동네 사람끼리 일주일이나 보름에 한 번 만나는 자리를 주선하고 싶다. 특히 일인 가구들을 끌어오고 싶다. 그렇게 지역과 지식에 기반을 둔 네트워크를 나라 전체에 촘촘히 짜고 싶다.

책들은 모두 의미로 가득한 하나의 세계이다. 책을 읽는 동안 독자는 다양한 의미와 관계를 맺는다. 독서 토론 참가자들이 다음 모임을 기다리는 동안 그 서사들 속에서 자기 자리를 발견하고 내면이 서서히 차오르는 경험을 하길 바란다. 그러면 헛된 증오와 인정투쟁의 발버둥 없이도 혼자 선 시간을 더 강인하게 버티게 될 거라 기대한다.

내가 만약 한국의 외로움 담당 총리가 된다면, 교육부와 고용노동부, 보건복지부, 여성가족부 장관을 휘하에 두고 '외로움 재분배 태스크 포스 팀'을 만들겠다. 우리 사회 어느 구석은 외로워서가 아니라 반대로 너무 부대껴서 탈이다. 외로우니까 사람이라면, 사람이 될 수 있을 만큼은 각자 외로워질 수 있어야 한다는 뜻 아닐까.

야근에 시달리는 회사원, 육아에 지친 부모, 학원 다니느라 바쁜 학생들을 나는 가슴검은도요새가 지켜보는 물가 갈대숲으로 데려가고 싶다. 때가 되면 산그림자가 내려오고, 종소리가 울려퍼진다. 그 순간 그들이 홀로 됨을 벅차게 느끼도록 하고 싶다. 그런 그윽하고 감미로운 고독을 선사하고 싶다.

(2018)

---

* 「수선화에게」는 정호승 시집 『외로우니까 사람이다』(창비, 2021)에서 인용했다.

현대문명이라는
기계

'오류 0x8007045D: I/O 장치 오류로 인해 요청이 수행될 수 없습니다.'

노트북 화면에 이런 메시지가 뜨기 시작했다. 무슨 말인지 알아먹을 수가 없다. 검색해보니 하드디스크에 손상이 생겼다는 뜻이란다. 왜 메시지를 저런 식으로 쓰는 걸까. 그냥 '하드디스크에 손상이 생겼습니다'라고 알려주면 안 되나.

이리저리 방도를 알아봤으나 내가 할 수 있는 일은 거의 없었다. 이틀 정도 마음고생을 하다 결국 새 노트북을 장만하게 됐다. 중요 자료는 백업을 해놓은 터라 피해가 크진 않지만 마음은 찜찜하다. 오 년에 한 번꼴로 이런 일을 겪을 때마다 내가 쓰는 이 도구가 얼마나 불완전하고 불안전한가를 새삼 깨닫는다.

세상일이라는 게 원래 다 계획이 틀어지고 어디선가 사고가 발생하기 마련이지만, 컴퓨터와 관련된 문제에는 특별한 구석이 있다. 사람 기운을 쭉 빼는.

우선 첫째, 나는 그 기계에 삶의 상당 부분을 맡기고 있다. 내가 썼거나 쓰고 있는 글은 전부 거기 저장돼 있으니, 과장이 아니다. 그 기계에 오류가 생기면 내 삶도 탈이 난다. 서랍 손잡이가 부러졌다든가, 의자 다리가 헐거워졌다든가, 형광등 불빛이 깜빡거린다든가 하는 문제와는 다르다.

둘째, 그러나 나는 그 기계를 통제하지 못한다. 하드디스크는 분해하면 안 되는 물건이다. 비전문가인 나는 물론이고 전문가도 마찬가지다. 나는 그 기계가 어떤 원리로 작동하는지 모른다. 어떻게 작동하는지 볼 수도 없다. 그저 불량품이 아니길 믿고 살살 다루며 쓸 뿐이다. 그러다 아주 작은 티끌이 그 안에 생겨 얇은 자기磁氣 원판에 흠집을 내기 시작하면, 그걸로 그냥 끝이다.

셋째, 그 기계는 무척 합리적인 것처럼 포장돼 있지만 실상은 그렇지 않다. 나는 그것이 이치에 맞게 작동한다고 믿는다. 그러나 기계는 어느 순간 암호 같은 메시지를 보내면서 나와 맺었던, 또는 맺었다고 생각했던 약속들을 제 마음대로 어긴다. 어떤 파일은 불러올 수 없고, 복사할 수 없고, 지울 수도 없게 된다. 그 앞에서 아무리 화를 내고 '이치'를 따져봐야 소용이 없다.

이는 그 기계가 정교하고 복잡하고 자체적인 작동 원리를 지녔기 때문이다. 알 수 없는 이유로 고장이 나고, 내게 타격을 입히고, 그때마다 속수무책으로 당하게 된다는 것은 이 기계장치의 본질, 적어도 그 본질의 일부다. 이 기계는 점점 더 정교하고 복잡한 자동 시스템으로 발전할 것이고, 꾸준히 오작동할 것이고, 나는 참아야 한다.

적어놓고 보니 이는 곧 현대를 살아가는 일에 대한 비유 아닌가. 현대인은 참으로 정교하고 복잡하며 자체적인 작동 원리를 지닌 시스템들에 의존해서 살아간다. 정치, 경제, 행정, 사법, 산업, 금융, 복지, 교육, 조세, 교통…… 이중 어느 것 하나라도 내 앞에서 고장이 난다면 내 삶은 치명상을 입는다.

동시에 현대의 사회 시스템들은 거대하고 혼란스러워서, 한 개인이 그걸 다 파악하기란 불가능하다. 우리는 그 시스템들이 이치에 맞게 작동하기를 바라지만, 막상 몸으로 경험하는 현실은 부조리로 가득하다. 물가는 오르고, 도로는 막히고, 건강보험료는 불공평하고, 대학입시제도도 어이없고, 범죄자는 쉽게 풀려난다.

제대로 된 설명조차 듣기 힘들다. 전문가들은 "원래 그런 거예요"와 "그러니까 틈틈이 백업을 해놓으세요"라는 뻔한 말을 반복한다. 실은 그들도 별반 아는 게 없는 듯하다. 가끔 확신에 찬 목소리로 "신제품을 사세요"라든가 "이 정치인을 지지하세요" 같은 해결책을 제시하는 이들이 있긴 한데, 가장 믿어서는 안 되는 자들이다.

그래서 현대인은 누구나 마음속 깊이 무력감을 느낀다. 고대인들은 전혀 다른 삶을 살았다. 고대인에게는 시스템이 없었고, 대신 변덕스러운 신과 정령, 광포한 자연과 폭군이 세상을 지배했다. 그들은 세상이 이치에 맞게 돌아간다는 생각 자체를 품지 않았다. 사방을 향해 생존을 빌며 살았다. 폭력적인 죽음과 신비로운 현상들이 너무 많았기에 역설적이게도 짜릿한 투쟁과 영광, 환희, 영적 충만의 순간을 현대인보다 더 자주 경험했다.

현대문명은 점점 더 정교하고 복잡하고 자체적인 작동 원리를 지닌 기계가 되어간다. 우리는 생존과 안전에 대한 걱정을 더는 대가로 그 회색 기계 속 부품으로 살기를 선택했다. 변덕쟁이 신과 사나운 야생보다는 그편이 좀더 우리의 이치에 가까우리라 믿고. 우리는 오늘도 그렇게 다른 부품들 사이에 옴짝달싹 못한 채 서서, 이 무표정한 기계가 어떻게 돌아가는지, 관리자가 있기나 한 건지를 궁금해한다. 그러다 속으로 중얼거린다.

'그런데 이 기계는 늘 어딘가 고장이 나 있는 것 같아.'

(2018)

도시 노동자의
무료 노동

한국에서 나고 자란 나는 삼십대 중반이 되어서야 미국에 처음 가봤다. 직장인을 위한 단기 어학연수 코스였는데, 샌프란시스코에서 열흘가량 머물렀다. 무척이나 즐거웠고, 영어 실력도 조금 늘었고, 지금까지도 소중한 추억으로 남아 있다.

그런데 미국에서 가장 놀라웠던 것은 금문교도 아니었고 샌프란시스코의 명물인 케이블카도 아니었다. 무지막지하게 버려대는 그네들의 쓰레기였다. 게다가 그들은 분리배출을 조금도 하지 않았다!

패스트푸드점에서는 음식물, 플라스틱, 종이, 심지어 남은 음료수까지도 그냥 거대한 쓰레기통 하나에 버렸다. 샌프란시스코가 있는 캘리포니아주는 쓰레기 재활용률이 미국에서 가장 높은 축에 속하는데도 그랬다. 허탈하기도 했고 배신감도 느꼈다. 이 큰 나라에서 이렇게 마구잡이로 버리는데 한국인들이 열심히 분리배출을 한들 무슨 소용이 있을까.

지금도 미국의 쓰레기 배출 문제는 그다지 달라진 게 없고, 많은 한국인 관광객들이 미국에서 쓰레기를 버리다가 놀란다. OECD가 지난해 발표한 통계에 따르면 2014년 기준으로 한국의 생활 쓰레기 재활용률은 59퍼센트인데, 미국은 35퍼센트에 그친다. 쓰레기를 그렇게 무지막지하게 버리는 이들이 전기차가 어떻고 환경이 어떻고 떠드는 건 위선 아닌가 하는 생각을 여전히 한다.

그 시절 살았던 한국의 아파트 단지에는 재활용 쓰레기 수거업체가 일주일에 딱 하루, 평일 아침에 찾아왔다. 그 전날 저녁부터 당일 새벽 사이에 아파트 단지 앞마당에는 주민들이 버린 재활용 쓰레기들이 모아져 있었다. 야근을 하고 녹초가 되어 침대에 바로 쓰러져 자고 싶은 밤이라도, 집에 일주일 더 쓰레기를 놔두는 것을 원치 않는다면 옷을 갈아입고 밖으로 나가야 했다.

자정 무렵에 쓰레기를 버리러 나가면 다른 사람들도 나처럼 뚱한 얼굴로 쓰레기를 버리고 있었다. 종이 쓰레기는 작은 산처럼 쌓였다. 그 모습을 볼 때마다 나는 한국 도시 노동자들이 환경을 위해 미국인보다 그만큼 더 무료 노동을 한다고 생각했다.

그리고 인간적으로 한국의 재활용 쓰레기 분리 지침, 너무 복잡하지 않나? 매번 헷갈린다.

가장 안된 것은 경비원 할아버지들이었다. 주민들이 얼마나 꼼꼼히 분리를 해오느냐와 상관없이 경비원들은 바빴다. 종이 쓰레기 산이 무너지고 종잇조각이 바람에 날리면 그걸 누가 다시 정리하고 주워오겠는가.

재활용 쓰레기를 버리는 날에는 새벽까지 누군가 쓰레기를 버리는 소리가 들렸다. 특히 유리병이 다른 유리병에 부딪히는 소리는 꽤나 크게 울려퍼졌다. 그러다 유리 깨지는 소리라도 들리면, 가슴이 내려앉았다고 표현하면 과장이겠지만, 잠은 충분히 설쳤다. 모두가 피곤한 밤이었다.

나는 한국의 재활용 쓰레기 정책이 자랑스럽다. 세계의 모범이라고 믿는다. 그런데 같은 효과를 내면서도 시민들이 덜 피곤하도록 정책을 세심히 다듬을 여지도 있다고 생각한다. 관이 규칙을 정한 뒤 시민들이 따라오게 만들지 말고, 반대로 시민들이 정책 서비스를 누리는 형태로 바꿀 수는 없을까.

전국 도시 곳곳에서 재활용 쓰레기 분리배출을 맡아 하는 사회적기업을 만들고 지원하면 아파트 주민과 경비원들이 한숨 돌리지 않을까. 아침에 아이들을 어린이집이나 학교에 데려다주고 오후에 집으로 데려오는 사회적기업이 많아지면 젊은 부부의 삶이 얼마나 더 여유로워질까. 일자리도 창출되고 말이다.

기본소득에 비하면 재원도 훨씬 적게 들 것 같은데.

(2020)

비 오는 날
배달 음식

사회적 거리두기 2단계를 실시하면서 아내가 재택근무를 하게 됐다. 식당에 가는 일도 조심스럽다. 자연히 배달 음식을 자주 시켜 먹게 된다. 참 편하다. 몇 년 전까지만 해도 배달 음식은 중화요리, 치킨, 피자 정도였는데 이제는 집에서 시켜 먹지 못할 요리가 없다. 주문하기도 쉽다. 메뉴 선택부터 결제까지, 휴대폰을 잠시 조물조물 만지면 된다. 입을 열어 말 한마디 할 필요가 없다.

한데 사상 최장의 장마며 태풍 때문에 비 오는 날이 잦다. 마음씨 고운 아내가 묻는다. "비 오는데 배달 음식 시켜도 될까?" 나는 그제야 겨우 멈칫한다. 아내는 자못 심각한 표정이다. 우물쭈물 대꾸한다. "뭐 어때, 장사하는 사람 입장에서는 주문 많이 들어오면 좋은 거 아냐?" 하지만 이 의견에 대해서는 나도 기실 절반만 자신할 수 있다.

가게 주인이야 물론 날씨에 관계없이 주문이 많이 들어오는 편을 환영할 테다. 날씨가 궂으면 배달 음식 전문점들이 특수를 누린다고도 들었다. 배달과 매장 영업을 같이 하는 식당은 비가 오면 매장에 손님이 없기 때문에 더 간절히 배달 주문을 기다리게 된다.

그런데 배달 기사에게도 그런가? 글쎄…… 요즘 식당에서 배달 기사를 직접 고용하는 경우는 거의 없다. 내가 음식을 고르고 주문을 하는 곳도 배달 전문 플랫폼 업체다. 이곳에서 배달 기사들이 어떤 조건으로 일하는지 우리 부부는 잘 모른다.

택시 앱처럼, 배달 기사가 휴대폰 액정에 뜬 고객의 주문 내용과 날씨 상황을 보고 수락 여부를 결정할 수 있는 걸까? (그런 형태로 계약하는 프리랜서 배달 기사도 있고, 아닌 경우도 있다고 한다.) 프리랜서 배달 기사라도 고객 주문을 계속 거절하면 벌점 같은 불이익을 받을까? (아닌 것 같지만 확실히는 모르겠다.) 비 오는 날에는 추가 수당을 받을까? (적어도 업체 한곳에서는 준다고 한다.)

아내와 나는 대화를 나누면서 점점 더 근본적인 질문을 던지게 된다. 배달이라는 서비스에 값을 치렀고 그 가격에 배달 기사가 합의했다면 그걸로 충분한 걸까? 비가 오건 그렇지 않건,

배달 기사의 안전 운행은 오로지 그 자신이 신경써야 할 몫일까? 그게 아니라면, 그러니까 배달 기사가 빗길을 달려와야 한다는 사실을 알면서도 또 음식을 주문했다면, 그의 안전에 대해 우리도 약간은 책임을 져야 하는 걸까?

만약 후자의 질문에 '그렇다'고 답한다면, 같은 맥락에서 대만 폭스콘 공장의 비인간적인 노동 실태가 폭로됐을 때 우리는 애플 제품도 거부해야 하는 걸까? 내가 잠시라도 어떤 사회 시스템에 간여한다면, 그 시스템 전반이 공정하고 정의로운지, 누군가를 착취하고 있지는 않는지 살펴야 할 의무가 내게 있는 걸까?

이런 질문을 고민하다보면 우리는 금세 무력감에 빠진다. 세계는, 현대사회는, 너무 복잡하다. 우리가 모든 산업부문의 근로조건과 하청 구조에 대해 샅샅이 공부하고 자신만의 견해를 지녀야 하는 걸까? 온실가스 배출이나 동물 실험, 이른바 '공정무역' 같은 이슈에 대해서도? 하지만 그게 과연 한 개인이 할 수 있는 일인가? 공부하려 한들, 그 실태가 다 조사되어 드러나 있기나 한가?

누군가는 그런 문제를 조사하고 있을 테고, 그 결과를 통해 법이나 협약이 개정되겠지, 나는 그 법이나 충실히 따르면 되지, 하다가 혹시 그게 바로 아돌프 아이히만의 논리 아니었나 싶어 불안해진다. 전체 시스템이 사악할 때 "나는 정해진 법대로 따랐을 뿐"이라는 변명은 통하지 않는다. '평범한 악'이 되지 않으려면 우리는 우리가 속한 시스템을 의심의 눈초리로 봐야 한다.

이쯤에서 어떤 태도가, 어떤 마음가짐이 중요하다고 적당히 타협할 수도 있다. 그럼으로써 우리는 최소한 더 나은 인간이 될 수 있다고…… 그게 제일 무난한 마무리인 것 같은데, 그런 주장도 나는 가끔 영 비겁하게 느껴지는 거다. 결국 한 일은 아무것도 없이, '나는 이런 고민을 하지 않는 다른 사람들보다 낫다'는 자기만족만 얻는 것 아닐까? 그런 엉터리 우월감은 질색인데.

내 생각은 갈피를 못 잡고, 앞으로 세상은 더 복잡해질 테고, 배는 고프고, 비는 계속해서 주룩주룩 내린다. 2020년 여름, 참 잔인하다. 코로나19 바이러스도 그렇고, 비도 너무 자주 온다. 자영업자도, 배달 기사도, 모두 안녕하시기를. 내가 그런 마음가짐으로 배달 음식을 기다린다고 빗길이 저절로 안전해지는 것은 아닐 테지만……

(2022)

자존감,
통제력,
그리고 자기 서사

서점의 신간 서적을 다 펼쳐보는 것은 아니고 그럴 수도 없지만, 목록은 유심히 살펴본다. 대중의 집단적 욕망이 거기에 드러난다고 보기 때문이다. 거창하게 표현하면 시대정신이다. 그걸 얼기설기 엮으면 정교한 사회 비평은 아니더라도 '트렌드 서사'라 할 만한 이야기가 머릿속에서 만들어진다.

자기 계발서 열기가 가라앉은 뒤 '힐링'과 '독설' 서적이 인기를 끌다가 웰빙, 휘게, 욜로를 말하는 책들이 나왔다. '사회는 모르겠고 나 하나만이라도 성공해보자!' 하고 결심했다가, 악을 쓰다 상처받고, 다독이고, '이젠 그냥 편히 살고 싶어' 하고 꺾이는 마음 같은 것이 느껴지는 듯하다.

한두 해 전부터는 자존감을 말하는 책들이 쏟아져나왔다. '편히 살고 싶은데, 혼자 가만히 있는 나를 남도 아닌 나 자신이 우습고 한심하게 여기니 이를 어찌하면 좋으냐' 하는 하소연에 부응하는 기획 같다. 그리고 사람들이 당장 듣고 싶어하는 답은 '괜찮아'라는 말인 모양이다. 검색해서 세어보니 올해 1~8월에 나온 국내 단행본 중에서 제목에 '괜찮아'라는 단어가 들어간 책이 마흔네 권이다. 만화책은 제외했다.

물론 일등이 아니어도 괜찮고 돌아가도 괜찮고 쉬어가도 괜찮다. 오늘도 괜찮고 내일도 괜찮다. 귀여운 동물 캐릭터가 그런 말을 해주면 더 뭉클할 테다. 이제 머릿속에는 힘들고 지칠 때 맥주 몇 캔을 마시는 내 모습이 그려진다. 자기 자신이 하찮고 형편없이 느껴질 때 '괜찮아'라는 말을 듣는 건 필요하다. 주변에 그 말을 해주는 사람이 없다면 찾아서 들을 일이다. 그러나 맥주처럼 그 말도 너무 많이 마시면, 그 말만 마시면, 취해서 망가진다.

한두 사람도 아니고 어떻게 이렇게 많은 이들이 동시에 자존감 하락으로 고민하게 된 걸까. 앞서 얘기한 트렌드 서사와 무관하지 않다는 생각이 든다. 사회적 성공은 자기 계발 따위로는 도저히 이를 수 없는 먼 목표로 느껴지고, 독하게 해도 안 되고, 성공은 됐으니 조용히 웰빙이라도 하고 싶은데 그조차 쉽게 허락하지 않는 사회. 그런 곳에서 집단적 무력감이 퍼지는 것이 이상한가. '아무것도 할 수 없다'는 생각은 '그러므로 나는 괜찮은 인간이 아니다'라는 결론으로 이어진다.

한편으로는 한국 특유의 '모멸 문화'도 중요한 요소라고 본다. 너의 자존감이 낮아져야 나의 자존감이 높아진다고 믿는 인간들이 부지기수다. 터럭 한 올만큼이라도 내 지위가 더 높은 것 같다면 그걸 꼭 확인해야 한다. 모멸감을 주는 언어도 아주 잘 발달해 있고, 지금 이 순간에도 혁신과 발전을 거듭하는 중이다. 된장녀, 맘충, 한남, 지잡대, 틀딱, 기레기, 검새, 견찰……
그러고 보니 '예의'와 '무례함'도 요즘 신간 에세이의 주요 키워드다.

자존감 회복의 첫 단추가 '괜찮아'라는 위로라면, 마지막 단추는 사회 변화에 있다고 믿는다. 누구에게나 기회가 있고, 서로 존중하는 세상. 중요한 것은 그 사이 단추들이다. '괜찮아'라는 말을 충분히 듣고 난 뒤에는 무엇을 해야 할까?

아마도 두번째 단추는 개인 차원에서 조금씩 통제력을 확인하고 키우는 데 있지 않을까 한다. 스스로에게 '무언가를 할 수 있다'는 감각을 심어주면서 무력감을 조금이라도 몰아내자는 것이다. 특별한 자원이 없어도 혼자 할 수 있고, 성과를 눈으로 확인할 수 있고, 구체적인 보상을 얻을 수 있는 일부터 시작하는 게 좋을 듯하다. 방 청소 같은 것이 적당한 사례가 되겠다. 아버지가 부유하든 가난하든 제 몸이 건강하다면 자기 방은 스스로 정리할 수 있다. 하고 나면 기분이 좋다. 맨몸운동도 함께 권한다.

세번째 단추의 후보로는 자기 서사를 쌓는 일이 떠오른다. 인간은 자기 삶을 이야기로 파악하는 존재다. 무력감은 '이야기'로 구성돼 있다. 내가 여태까지 한 것이 없고, 지금 할 수 있는 게 없고, 앞으로도 못할 것 같다는. 자존감 역시 이야기인 것은 마찬가지다.

사실 무력감으로 귀결되는 이야기의 결말을 바꾸면 고전적인 영웅서사다. 가진 게 없었고, 시련을 겪었으나, 결말은 창대한. 미래를 어디에 두느냐에 따라 같은 소재로 다른 이야기가 나온다. 그러므로 희망이, 목표가 필요하다. 그 이야기에서 주인공은 과거가 보잘것없고 현재가 힘들수록 더 대단해진다. 그는 실패하더라도 비극적 영웅이 되지, 무력한 존재가 되지는 않는다.

(2019)

양심이라는
말

얼마 전 헌법재판소에서 '양심적 병역거부자'들을 위해 대체복무제를 도입하라는 결정을 내렸다. 이 결정과 함께 '양심적 병역거부'라는 말을 둘러싸고 논란이 일었다. "병역거부가 양심적이라면, 병역을 수행한 사람은 양심이 없단 말이냐"라는 반발이 이곳저곳에서 나왔다.

그런 비판은 일차원적인 트집잡기이고 무시해도 좋을 구시렁거림일까? 나는 대체복무제 도입을 환영한다. 흉악범이 아닌 병역거부자들을 군이 감옥에 보내기보다는 다른 방식으로 사회에 봉사할 수 있게 하는 편이 낫다는 공리주의적 판단이다. 개인적으로는 병역거부자들이 기초군사훈련을 받지 않는 대신 의무경찰이나 의무소방대에서 반년가량 더 일하면 어떨까 싶다.

다만 '양심적'이라는 말의 쓰임에 대해서는 한번 따지고 싶다. 양심은 무엇인가? 나는 군대에서 사격과 총검술 등 살인 기술을 배웠다. 하지만 내가 현역군인이고, 우리나라가 침략 전쟁을 저지르고, 상관이 내게 민간인 학살을 명령한다면 나는 항명하겠다. 군사법원에 회부돼도 좋고 처형당해도 어쩔 수 없다. 그게 내 양심의 목소리다. 이 땅의 많은 젊은 사람들이 그런 양심을 지니고 복무한다고 생각한다.

반면 어떤 이들은 총을 집어드는 동작 같은 행동을 살인의 예비행위로 간주하고 거부한다. 나는 그 기준들을 미심쩍게 바라보는 편이다. 총을 집어드는 것이 전쟁 혹은 살인의 일부라면, 호신용품 구입은 폭행의 준비 단계인가? 내가 총을 집어드는 것은 안 되고, 내가 낸 세금으로 군대에서 총을 사는 것은 괜찮나? '신의 율법'이라고 간단히 설명하는 이도 있는데, 그 율법은 총이 발명되기 전에 나온 것 아닌가.

양심은 온전히 주관적인 주장일까? 사람마다 양심의 모양이 제각각이라면 그걸 똑같이 존중하고 다 양심이라고 부르면 되는 걸까? 몇몇 사람들은 법률 용어 양심과 일상어 양심은 다른 뜻이라며 이 문제를 넘어가려 하는데, 내게는 그런 설명이 고의적인 논점 흐리기로 들린다. 어쨌거나 우리는 지금 법정 밖에서 그 얘기를 하고 있다. 게다가 지금껏 '양심적 병역거부'라는 표현은 법정 밖에서 병역거부자에게 우호적인 여론을 조성하는 데 일조했다.

법학자가 아닌 우리 대부분에게 양심은 개인의 신념이나 소신 이상의 무엇이다. 그것은 인간이 지켜야 할 도리와 인간성에 대한 보편적인 믿음과 관련이 있다. 그래서 우리는 남의 신념이나 소신은 들어도 그만 안 들어도 그만이지만, 남의 양심에 대해서는 귀를 기울여야 한다고 느낀다. 많은 사람들이 '양심적 병역거부'라는 주장에 관심을 가졌던 이유도 그래서다.

특정 종교인 부모가 수술받는 자녀에게 수혈이 필요해도 이를 거부할 때 그걸 '양심적 수혈거부'라고 부르지 않는 것도 마찬가지 이유에서다. 개인의 신념일 수는 있으되 사람의 보편적인 도리라고 보기는 어렵기 때문이다. 그 신념을 위해 개인이 얼마나 치열하게 애쓰느냐, 얼마나 고통을 감수하느냐와는 별개의 문제다. 죽어가는 자녀를 위한 수혈을 반대하는 부모야말로 가슴이 찢어지는 심정일 게다.

정말 양심이 개인의 신념, 소신에 불과하고 '양심적 병역거부'라는 표현을 '신념, 소신에 따른 병역거부'로 바꿔 부를 수 있다면, 다른 수식어 없이 그냥 병역거부라고 부르면 된다. 어차피 거부라는 단어에는 자기 신념에 따라 주체적으로 내린 결정이라는 뜻이 포함돼 있다. 동어반복할 필요가 있나. 신념이나 소신 없이 병역을 피한 사람에게는 병역기피자라는 용어가 따로 마련돼 있다.

 '사람을 죽이지 말라'와 같은 단순한 주장도 파고들어가면 첨예한 쟁점들이 나온다. 낙태는 살인인가? 안락사와 조력자살은 어떻게 봐야 하나? 민간인 학살 작전을 실행하려는 상관을 막기 위해 총을 사용하는 것은? 히틀러를 암살할 기회가 있다면? 법이 정한 바는 명확하더라도 우리는 이 대립에서 어느 한쪽의 주장에 '양심적'이라는 수식어를 쉽사리 붙이지 않는다. 그 말을 사용할 때에는 그것이 곧 우리의 윤리 지향이며, 반대편은 그렇지 않다고 여긴다는 평가가 담긴다.

 나는 양심이라는 한국어를 무겁게 받아들인다. 양심을 지니고 산다는 말은 도덕적으로 소신 있게 산다는 말과는 조금 다른 뜻 같다. 내게 양심은 개개인의 윤리적 신념 체계보다는 오히려 그런 견해에 곧잘 이의를 제기하는 '내 안의 인류 공동체' 쪽에 가깝다. 그런 존재가 당신 안에도 있다고 믿기 때문에 당신과 나 사이에 공통분모가 있다고, 우리가 연결돼 있다고 느낀다.

 '양심적' 병역거부라는 표현에는 여전히 거부감이 있다. 그러나 어떤 소신을 지닌 사람들을 사회가 단지 그 소신을 지녔다는 이유만으로 어느 이상 괴롭히면 안 된다는 데에는 동의한다. 내 안의 인류 공동체가 그렇게 말한다.

(2018)

전화 공포증과
초연결 시대

'콜 포비아call phobia'라는 신조어를 얼마 전에 들었다. 전화 통화를 지나치게 부담스러워하고, 전화 대신 메일이나 메신저를 선호하는 사람들의 심리를 가리키는 말이라고 한다.

요즘 나온 신조어치고는 작명 센스가 별로라고 생각하지만, 억지로 지어낸 말은 아니다. 분명히 존재하는 현상이다. 어느 설문조사에서는 성인 남녀 둘 중 한 사람이 전화가 두렵다고 답했다. 다른 여론조사에서는 65퍼센트가 넘는 응답자가 음성 통화가 부담스러워 일부러 피한 적이 있다고 고백했다. 배달 앱 시장이 폭발적으로 성장한 원인 중 하나로 전화 통화 없이 음식을 주문할 수 있다는 점도 거론된다.

나는 일찌감치 전화 공포증을 겪었다. 신문기자 시절에는 하루에 스무 통에서 서른 통 넘게 전화를 걸고 받는 날도 흔했다.
바쁠 때에는 통화를 하면서 기사를 쓰기도 했다. 그렇게 휴대폰
을 끼고 하루를 보내고 밤이 오면 귀는 멍멍하고 마음은 너덜
너덜했다. 젊은 기자들은 휴일이고 새벽이고 간에 전화를 놓치
면 선배들로부터 크게 혼이 났다. 샤워를 할 때에도 옆에 휴대
폰을 두고 몸을 씻었다. 내가 아는 기자들은 한 사람도 예외 없
이 울리지 않는 전화벨소리를 듣는 환청에 시달렸다.

마감 시간에 걸려오는 데스크의 전화는 기사 원고에 대해 묻
는 용건일 거라고 대강 짐작이 되니까 비교적 덜 불안했다. 새
벽이나 한밤에 팀장의 번호가 뜨면 가슴이 쿵쾅쿵쾅 뛰었다.
"내일까지 하늘의 별을 따와라"라는 황당한 지시일 확률이 높
기 때문이었다.

후배들에게 오 분 간격으로 전화를 걸어 사소한 걸 묻고 전
화를 끊고 다시 전화를 걸어 다른 하찮은 질문을 던지기를 반
복하는 상사 밑에서 일한 적이 있다. 살인 충동을 느꼈다. 내가
인공지능 스피커냐? 궁금한 점이나 지시해야 할 사항을 모아서
한 번에 조리 있게 전달하는 선배와 일할 때에는 배려에 감격
했고, 나도 그런 선배가 되려고 애썼다.

이렇게 적어놓고 보니 전화가 언제 어떻게 공포의 대상이 될
수 있는지도 자연스럽게 정리가 된다. 언제나 연결되어 있고 즉
시 응답해야 한다고 압박감을 느낄 때이다. 전화를 거부할 수

없는 사람에게는, 통화중이 아닌 시간도 평온한 일상이 아니라 전화를 기다리는 대기 상태가 된다. 그는 혼자 있어도 혼자일 수 없다. 휴대폰이 보급되면서 현대인은 모두 그런 긴장 상태에 빠졌다.

압박감과 함께 머리에 떠오른 단어는 수동성이다. 외향적인 사람, 사회적 지위가 높은 사람에게 전화는 효과적인 무기가 된다. 내향적이거나 사회적 지위가 낮은 사람은 메일이나 문자메시지보다 전화로 "아니오"라고 답하는 것을 더 부담스럽게 느끼기 때문이다.

통화할 때 우리는 메시지만 교환하는 게 아니라 감정도 교류한다. 목소리와 음색을 통해 상대의 감정 상태를 분명히 파악할 수 있다. 감정적 충돌을 피하고 싶은 이들에게 전화 통화는 그렇게 일종의 노동이 된다. 목소리만 듣는 것보다 얼굴을 마주 보는 상황에서 "싫습니다"라고 자기 뜻을 분명히 밝히는 것은 더 힘들다. 그래서 누군가에게 어려운 부탁을 해야 한다면 메일보다 전화로, 그보다는 직접 만나서 감정에 부담을 안기는 게 요령이다.

성인이 되어서야 휴대폰을 접한 기성세대보다 태어나면서부터 모바일 기기와 함께 살아온 젊은 세대가 더 전화 공포증으로 고생하는 모습이 아이러니하다. 그들이 보다 예민한 감수성을 지녔고, 아직 사회적 지위가 높지 않다는 점이 영향을 미쳤으리라 추측한다. 휴대폰 없는 세상을 겪어보지 못한 젊은이들을 부러워해야 하는지, 딱하게 여겨야 하는지 잘 모르겠다. 누군가와 연결되어 있다는 감각과 마찬가지로 누구와도 연결되어 있지 않다는 감각 역시 소중하기에.

수전 케인은 내향적인 사람들을 다룬 책 『콰이어트』(김우열 옮김, 알에이치코리아, 2012)에서 외향적인 사람들을 찬양하는 문화가 20세기 초반에 미국에서 나타났다고 분석한다. 도시화와 산업화가 진행되면서 사람들은 이웃이 아닌 모르는 이들과 일해야 했다. 타인에게 먼저 다가가 말을 걸고 호감을 주는 사람들이 유리해졌다. 낯을 가리고 수줍음을 타는 사람들은 '성공하려면 성격을 바꿔야 한다'는 조언을 들었다. 이때부터 그들은 타고난 제 모습을 혐오하고 부정하며 끝없이 스트레스를 받게 됐다.

초연결 시대인 오늘날에는 초외향적인 극소수를 제외한 대다수가 그런 처지로 몰리는 듯하다. 사생활 공개와 실시간 응답이 점점 더 우리 시대의 성공 비결이 되어가고 있다.

(2020)

신문의
종말과
그 이후

한국일보에 글을 쓰게 된 뒤로 아무래도 이곳 칼럼들을 더 눈여겨보게 된다. 한국일보 칼럼들은 수준이 고르게 높다. 영광으로 여긴다.

9월 11일자 지평선 코너에는 「'이니 팬덤'의 레드 라인」이라는 글이 실렸다. 날카롭지만 점잖은 필치다. 내용은 상식적이다. 칼럼의 필자도, 한국일보도 특정 정치세력 편이라는 생각은 안 든다.

한국일보 기사이지만 아마 인터넷 한국일보 웹 사이트보다는 포털 사이트의 뉴스 코너를 통해 읽는 이들이 훨씬 많을 게다. 14일 현재 네이버뉴스에서 위의 지평선 칼럼을 찾으면 사백여 개의 댓글을 볼 수 있다. 가장 공감 수가 높은 댓글은 "기레기들

니네 레드 라인은 이미 넘었다 ㅋㅋ 맨날 거짓 기사 날조하는 주제에 ㅋㅋ"다. 두번째는 "어쩌라고 기레기 새끼들아. 니네 폐간할 때까지 후려 패겠다"다. 세번째는 "너네 폐간이나 걱정해라 붕들"이다.

한국 언론은 그동안 특권과 특혜를 누렸다. 팬덤 정치는 우려스럽다. 그러나 이쯤 되면 그런 문제를 논하기에 앞서 그냥 맥이 빠진다. '아, 신문은 이제 정말 끝났구나'라는 생각이 든다. '끝나겠구나, 끝나는구나'가 아니라 '끝났구나'다.

신문사라는 회사나 기자라는 직군 이야기가 아니다. 신문이라는 매체 이야기다. 몇몇 신문사는 디지털 혁신과 사업다각화로 살아남을 것이다. 어떤 음반사들이 연예 기획사로 변신했듯이. 기자라는 직업도 사라지지 않을 것이다. 가수들이 사라지지 않은 것처럼.

뉴스 산업은 어떤 식으로든 존재할 것이고, 그 종사자들도 그러하다. 그러나 신문은, 내 생각에는 레코드판 신세다. 지금의 저널리즘은 모습이 크게 변할 것이고 어떤 가치는 증발할 것이다. '한 앨범의 곡을 순서대로 처음부터 끝까지 듣는다'는 음악 감상 문화가 사라진 것과 마찬가지다.

어떤 가치가 사라질까? 다시 말해, 신문은 무엇인가? 신문은 특종이 아니고, 통찰력 있는 칼럼도 아니다. 속보는 더더구나 아니다. 특종과 좋은 칼럼, 신속한 보도는 신문 이후에도 여전히 있을 것이다.

사라지는 것은 권위다. '우리가 생각하기에는 이게 오늘의 1면 톱기사고, 이 소식은 사회면 하단쯤에 실리면 되고, 이 뉴스는 일반 독자들이 알 필요가 없다'고 분류하던. '당신이 읽기 싫어할지 모르지만 그래도 우리 생각에는 중요한 기사니까 읽으라'고 들이밀던. '이 얘기를 한번 해보자, 이런 점을 살펴보자'고 소리치면 대부분의 사람들은 그저 들어야만 했던.

그 권위는 기득권 남성 중심적이라 소수자의 형편을 살피지 않았고, 자신들이 주장하는 바와 달리 전문성도 높지 않았다. '그들만의 이익'에 봉사한 경우도 흔했다. 업계, 회사, 개인 차원에서 모두 그랬다. 그러나 그것은 어떤 구심력이기도 했다.

그 권위를 복원하자는 얘기를 하는 게 아니다. 애초에 그건 불가능하다. 젊고 순수한 기자들이 아무리 열정을 불살라도 불가능하다. 독자에게는 '1면 톱기사'가 아니라 그의 관심사와 취향을 파악한 알고리즘이 보내준 맞춤형 기사, 댓글 많은 기사, 친구가 공유한 기사가 전달될 테니까.

내가 보기에 한국 신문사들은 이미 그런 원자재를 포털이나 SNS에 공급하는 통신사 신세다. 공들여 특종이나 기획기사를 써봤자 신문의 브랜드와 분리되어 소비된다. 1면 톱기사보다 실시간 검색어의 영향력이 더 크다. 사설을 읽는 사람은 몇이나 될지 모르겠다.

그러니 우리가 얘기해야 하는 것은 신문 이후의 세상이다. 뉴미디어는 어떤 사안을 고발하고 확산하는 데에는 뛰어나지만 사회통합의 기능은 거의 없는 것 같다. 그리고 기존 개념으로는 정의조차 내리기 어려운 새 매체들에 책임을 지우려는 시도는 번번이 실패한다.

그 결과 사회는 점점 파편화한다. 그런 세상에서는 알기 쉽고 자극적인 사건들이 복잡한 의제를 대체한다. 선명하고 이상적인 구호들이 논의와 협상을 대신한다. 그래야 겨우 여러 게토의 관심을 불러모으고 지지를 얻을 수 있는 것이다. 트럼프 현상도, 샌더스 현상도, 이것이 큰 원인 중 하나였다고 생각한다. 물론 한국에서도 현재진행형인 현상이다.

매체 환경의 변화를 어찌할 수 없다면 새로운 종류의 미디어 문해력文解力을 보급하는 게 해법이 될 수 있을까. "조선일보와 한겨레신문을 함께 보라"는 식의 조언이 통하지 않는 시대임은 분명하다. 양끝에 있는 뉴스 큐레이션 서비스 두 개를 받아 보면 중도의 시각을 얻을 수 있는 게 아니라 그냥 뉴스 피드가 분열적이고 극단적인 주장들로 뒤덮일 뿐이다.

그러나 그런 새로운 문해력이 어떤 형태일지조차 잘 모르겠다. 어찌어찌 모습을 대강 그린다 해도 그렇게 어렵고 힘든, 게다가 아무런 카타르시스도 주지 못할 '생각의 기술'이 쉽게 퍼질 것 같지 않다.

매스미디어 이후의 사회가 매스미디어 이전 사회보다 얼마나 나을지 지금 나로서는 감이 안 잡힌다. 공통의 목표나 지향 없이 이슈와 논란 위를 떠다니기만 하는 '초부유超浮遊 사회' 같은 것이 오지 않을까 하는 우울한 생각도 든다. 어제와 그제 포털 뉴스 사이트와 SNS는 어느 시내버스에서 일어난 사건*을 두고 누구에게 돌을 던져야 하느냐는 문제로 한참 시끄러웠다.

(2017)

---

* 일명 240번 버스 사건. 2017년 9월 11일, 서울 240번 버스 기사가 아이 혼자만 먼저 내린 것을 확인하고 뒷문을 열어달라는 아이 엄마의 요구를 무시했다는 내용의 글이 인터넷에 확산되면서 벌어진 논란으로, 버스 기사는 수많은 악플을 받았지만 이후 버스 기사에게 잘못이 없었다는 사건의 진상이 밝혀졌다. 〔편집자 주〕

감자칩과
인터넷 밈

작업중인 원고들을 마치고, 내후년쯤 쓰려고 벼르는 논픽션이 한 편 있다. 나름 나 자신이 거대한 혁명의 중요한 목격자라고 생각해서다. 인터넷이 한국에서 대중화되는 현장을 지켜봤고, 그게 매스미디어 권력들을 무너뜨리는 과정도 안팎에서 체험했다. 인터넷과 소셜 미디어가 한국사회의 각 부문에 일으키는 크고 작은 영향은 지금도 겪고 있다.

그 논픽션에서 파헤쳐보려는 중요한 현상 한 가지는 이렇다. 지식이 정보로 쪼개지는 것. 적어도 현시점까지의 인터넷은 빠르고 짧은 정보를 선호한다. 디바이스도, 플랫폼도, 매체도, 이용자도 그렇다. '빠르고 짧다'는 표현은 어쩌면 동어반복인데, 인터넷 세상에서 어떤 정보가 빨리 전파되려면 짧아야 하기 때문이다.

한데 지식은 대개 짧지 않다. 지식이란 정보들이 논리에 따라 연결되어 있는 구조물이다. 깊은 지식일수록 규모가 크고 구조가 복잡하다. 따라서 문맥이 중요하다. 책 한 권을 문장 단위로 분리해서 마구 흐트러뜨린 뒤 순서 없이 읽는다면, 그 책의 모든 글자를 다 본다 해도 제대로 이해하는 내용은 아주 적을 게다. 그게 인터넷이고 소셜 미디어다.

인터넷과 소셜 미디어에서 빠르게 복제되어 퍼져나가는 자극적인 정보를 최근에는 '밈meme'이라는 명칭으로 부른다. 인터넷이 보급되기 훨씬 전에 '밈'이라는 단어를 만든 리처드 도킨스는 자신이 창시자임에도 그 개념을 마뜩지 않아했다. 인터넷에서 번지는 맥락 파괴적 유행 요소를 밈이라고 부르는 건 한 겹 더 부적절하게 들리는데, 그럼에도 그 현상 자체는 부정할 수 없다.

밈과 가장 가까운 현실의 물건은 아마 감자칩 아닐까? 감자칩은 얇고, 자극적이고, 한번 포장지를 뜯으면 먹는 것을 멈추기 어렵다. 여기서도 '얇다'는 말과 '자극적'이라는 말은 얼마간 동어반복이다. 감자칩을 자극적으로 만들려면 기름에 코팅된 면적을 넓혀야 하고, 소금을 비롯한 양념을 최대한 많이 뿌려야 한다. 즉, 얇아야 한다.

감자칩이 중독적인 게 과연 맛있어서일까. 감자칩이 정말 맛

있는 음식이라면 씹고 있는 동안에도 맛있어야 한다. 하지만 그렇지 않다. 입에서 우물거리고 있다보면 금세 즐거운 감흥이 사라진다. 그래서 꿀떡 삼키고 다음 감자칩을 향해 손을 뻗는다. 감자칩의 맛은 깊은 풍미가 아니라 입에 넣어서 부술 때 얻는 기름과 양념의 타격감이기 때문이다.

밈이 주는 즐거움도 얄팍한 타격감에서 온다. 그걸 볼 때 뇌에서 잠시 도파민이 분비되었다가 사라진다. 그러면 우리는 얼른 마우스 왼쪽 버튼으로 손가락을 뻗어 다른 하이퍼링크로 접속한다. 그 짓을 두 시간 동안 쉼없이 반복하기도 한다. 그러면 감자칩 한 통을 비웠을 때처럼 속이 메슥거린다. 섭취한 정보의 양은 많지만 영양은 적다.

살면서 가끔 감자칩 한두 통 뜯어먹는 일이 뭐 그리 대수일까. 인터넷 밈의 재치를 적당히 즐기는 게 뭐 그리 잘못일까. 그런데 밥을 거르고 식사 대신 감자칩으로 열량을 섭취하게 되면 그때는 문제다. 그리고 나는 인터넷에서 그런 일이 일어나고 있다고 본다. 지금 한국의 언론은 인터넷 밈을 흉내내며, 뉴스 플랫폼은 밈-뉴스로 채워지고 있다.

2021년 한 해 동안 사람들이 네이버에서 어떤 기사를 가장 많이 봤는지 기자협회보에서 조사했다. 1위는 213만여 명이 클릭한 「이혼 후 자연인 된 송종국, 해발 1000m 산속서 약초 캔다」였다. 기자가 그 내용을 취재한 것도 아니었다. 방송 프로그램을 소개하는 기사였다. 2위는 195만여 조회수를 기록한 '대구 상간녀 결혼식 습격 사건… 스와핑 폭로 논란'이었다.

상위 50위 기사들이 대체로 이런 식이었다. 이런 글 많이 읽으면 지식과 지혜가 쌓이나? 이런 '콘텐츠'들이 결혼이나 명예에 대해 반성적 사고와 통찰을 얻을 기회를 제공하나? 그렇지 않다는 걸 당신도 알고 나도 알고 네이버 대표도 안다. 그런데 왜 악화가 양화를 몰아내는 걸까. 기자들이 다 기레기가 되어서인가. 그렇게 믿는다면, 그런 믿음 역시 최근에 생긴 밈에 불과하다는 게 내 의견이다.

기실 밈은 감자칩보다 더 해롭다. 남이 감자칩을 아무리 먹어도 나만 조심하면 내 몸은 균형을 지킬 수 있다. 하지만 지식 대신 밈을 섭취하는 사람이 많은 사회에서는 모든 이에게 건강한 삶의 길이 막힌다. 그렇다면 감자칩 제조사를 규제하듯 밈 생태계의 주요 행위자들도 관리해야 할까? 이런 문제의식을 품고 천천히 논픽션을 구상해보려 한다. 그리고 개인적으로 감자칩도, 밈도 줄이려 한다.

(2022)

새 시대의
감수성과
일관성

페미니즘, 소수자 운동, 동물권 운동, 그 외에 '정치적 올바름'을 지향하는 각종 운동의 시대다. 어느 날 갑자기 생겨난 의제들은 아니다. 하지만 목소리의 수와 거기에 실린 힘은 최근 몇 년 사이 전과는 비교도 안 될 정도로 많아지고 커졌다. 각기 분리된 개별 캠페인이라고 보기에는 그 밑바닥에 어떤 공통 의식이 있는 것 같고 지지자도 상당히 겹친다.

새 시대가 오는 걸까? 그렇다는 사람도 있고 아니라는 사람도 있다. 어떤 이들은 우리가 중대한 혁명의 시기를 지나고 있다고 흥분한다. 반대편에서는 혁명이라는 이름이 붙은 단어 중 최악의 의미일 문화대혁명을 언급한다. 어느 시대나 늘 이 정도 진통을 겪으며 발전한다는 부드러운 반응도 있다. 이 움직임이

긍정적이지도 특별하지도 않다고, 한 시절의 '무드'에 그치리라고 보는 시선도 있다.

새 시대란 무엇일까? 새 시대가 온다는 말은 어떤 뜻일까? 그것은 사회규범이 바뀐다는 의미다. 어제까지 불가능하던 것이 오늘부터 가능하게 되고, 어제까지는 괜찮았던 것이 오늘부터는 괜찮지 않은 것이 되는 것, 그리고 이 새로운 기준이 모레나 글피에도 폐기되지 않고 적용되리라는 믿음이다.

새로운 규범, 새로운 기준을 말하는 바람은 지금 한국뿐 아니라 여러 나라에서 동시에 부는 것 같다. 이제는 혼란스러운 개념이 되어버린 좌우, 진보와 보수라는 옛 틀이 이 바람의 기원과 경로를 분석하기에 적합한지 모르겠다. 차라리 감수성과 일관성이라는 용어는 어떨까 제안해본다.

혁명의 바람은 감수성이 예민한 사람들 사이에서 처음 불기 시작한다. '이거 이상하지 않아?' 하고 문제를 제기한다. 동의가 많아지면 문제 제기는 담론이 되어 사상의 자유 시장에 올라온다. 여기서 그 담론은 일관성을 따지는 그룹의 검증을 받는다. 어떤 생각이 규범이 되려면 보편성을 갖춰야 하기 때문이다. 사회규범은 너에게나 나에게나 똑같이 적용돼야 하고, 기존의 다른 규범들과도 매끄럽게 연결돼야 한다.

나는 여러 진보 운동들이 성공하기를 진심으로 소망한다. 사회규범을 바꿔 지금까지 당연하다고 여겨온 폭력과 고통을 줄

일 수 있다고 믿어서다. 불행히도 그것을 가능케 할 한국의 담론 시장은 지금 거의 망가진 상태다. 감수성 그룹과 일관성 그룹이 변증법적 발전을 이루기는커녕, 했던 말을 되풀이하며 감정싸움만 벌이는 것 같다.

감수성 그룹이 보기에 일관성 그룹은 반동이다. 진부하고 악의적인 반론으로 논의를 가로막고 훼손한다. 생명 감수성의 확장을 이야기할 때 '왜 개는 먹으면 안 되고 소와 돼지는 괜찮은가'라고 시비를 건다. 언어 감수성을 말할 때 '너희가 하면 풍자, 우리가 하면 혐오 표현이라는 얘기냐'라고 비아냥거린다. 가장 악명 높은 질문은 군대와 관련된 것들이다.

일관성 그룹이 보기에 감수성 그룹은 선동이다. 자극적인 사례를 내세워 빈틈 많은 주장을 새 도덕률이라고 일방적으로 선포한다. 공감과 연민의 연대는 종종 선택적이다. 원래 감정이입의 속성이 그렇다. 그것이 일관성 그룹의 눈에는 편협, 불공정으로 보인다.

아예 다른 방향을 바라보기에 양측은 상대의 지적 치열함을 이해하지 못한다. 이제는 토론 공간 자체가 사라지는 것 같다. 사용하는 언어도 다르다. 너는 너의 매체에서, 나는 나의 게시판에서 끼리끼리 귀를 막고 글을 쓴다. 그렇게 서로 발목을 잡고 하강 나선을 그리며 추락, 퇴행한다.

한국사회가 너무나 후진적이었을 때는 새 규범을 말할 여유도 없었다. 이미 만들어놓은 법을 지키자고 외쳐야 했다. '근로기준법 준수하라' 같은 당연한 요구가 통하지 않았다. 호주제, 동성동본불혼제처럼 이치에 맞지 않고 세계의 기준과도 동떨어진 괴이한 제도가 2000년대 들어 겨우 사라졌다. 그때 사회 개혁은 상식 대 비상식의 싸움이었다.

이제 우리는 그 상식에 대해서도 재검토하고 재구성하려 한다. 이것을 제대로 해내면 새 시대가 열린다. 나는 이 작업에 지름길은 딱히 없다고 생각한다. 밟아야 할 과정을 건너뛰면 부작용이 생긴다. 맥락과 층위에 대한 연구도 필요하다. 마지막에는 기존 상식과 규범이 모두 그래왔듯이, 새 규범도 어떤 딜레마를 품은 채로 적용될 것이다. 그 규범이 폭력과 고통뿐 아니라 금기의 총량 역시 줄이는 방향이길 바란다.

감수성과 일관성은 새 시대를 만드는 도구이자 무기다. 새에게 좌우의 날개가 있듯 우리의 이성에는 감수성과 일관성이라는 날개가 있다. 어떻게 자세를 바로잡고 날아오를 것인가.

(2018)

혼미한
시대에
대하여

미세 먼지 농도가 '보통'이라기에 자전거를 끌고 한강에 나갔다. 보름 전처럼 이게 이승인지 저승의 풍경인지 분간이 안 될 정도는 아니었지만, 하늘은 여전히 맑지 않고 부옜다. '화창한 봄날'이라는 말은 이렇게 추억 속으로 사라지는 건가, 생각하며 자전거도로를 달렸다. 속도를 내도 신이 나지 않고, 내가 사는 도시의 우중충한 모습에 오히려 한숨이 나왔다.

요즘 신문을 보면 똑같은 기분이 든다. 뭐 하나 시원시원한 기분이 드는 기사가 있느냐 말이다. 아, 물론 언론은 나쁜 뉴스를 좋아하고 사람들은 자기야말로 난세 중의 난세를 살고 있다고 믿는다. 그렇다 해도 한반도에서 구한말을 살았던 사람은 자기들의 시대가 특별히 안 좋은 시대이며, 모든 상황이 한 번도 보지 못한 파국을 향해 나쁘게 치닫고 있다는 감각을 느끼지 않았을까?

통계 지표만 놓고 보면 최악이라 할 상황은 분명히 아니고, 사회가 엉금엉금 발전중이라는 증거도 이것저것 모을 수 있다. 그럼에도 불구하고 보다 깊은 곳에서 무언가가 단단히 꼬였고, 우리는 길을 잃었다는 느낌에 나뿐 아니라 많은 사람들이 사로잡힌 것 같다. 시대 변화를 못 쫓아가는 중년의 한탄이었으면 좋겠으나, 젊은 세대 역시 마찬가지로 혼란과 무력감을 토로한다.

이 혼미함은 미세 먼지처럼, 상당 부분 나라 밖에 원인이 있다. 한국의 취업난과 경제 양극화, 그로 인한 좌절감은 여러 선진국에서 진행중인 거대한 중산층 붕괴 현상의 일부다. 기술 발달과 자유무역으로 과거 선진국 중산층의 일자리들이 자동화되거나 제3세계로 넘어간다. 기성세대는 어찌어찌 직장을 지킬 수 있을지 몰라도 자녀들은 기존 경제에 편입되기 어렵다. 사람들은 체념하거나 분노한다. 밀레니얼 세대의 낯선 개성, 혐오 문화의 발현, 정치적 극단주의의 부상은 모두 한 뿌리에서 왔고, 우리가 할 수 있는 일은 제한적이다.

제4차 산업혁명이 답이 될 수 있을까? 수요예측과 위치 정보 기술로 유통 물류 혁신을 이뤘을 때 배달 기사가 가져가는 몫은 얼마나 늘어날까? 혹시 배달 기사의 몫을 없애는 것이 제4차

산업혁명의 목표인 건 아닌가? 공유경제는 틈새시장 이상이 될 수 있을까? 거대 담론의 종말 이후 진보 운동들은 어떤 답을 제시하고 있나? 많은 운동들이 사회를 총체적으로 이해하려는 노력을 포기하고 각각의 부문에서 '우리는 이것을 요구한다'고만 외치는 건 아닌가? 그 요구가 다른 요구와 상충되면 목소리를 더 높이는 걸 전략으로 삼고 있진 않은가? 옛 질서는 고장났는데 새 질서는 윤곽이 보이지 않는다.

답이 안 보이는데 문제해결 능력마저 퇴화하는 듯해 혼미함은 더 커진다. 자욱한 미세 먼지를 뚫고 어떻게든 자전거 페달을 밟아보려는데, 다리가 점점 마비되는 격이다. 지금 한국 정치판은 갈등 관리 기구라기보다는, 철학자 해리 프랭크퍼트의 표현을 빌리자면, 그냥 '개소리'의 향연장 같다. 말하는 이 스스로도 자기 말이 진실인지 거짓인지에 관심이 없다면 그건 개소리다. 혹자는 대통령제나 소선거구제를 탓하기도 하는데, 그런 제도와 관련 없는 인터넷 게시판이나 소셜 미디어도 개소리로 넘쳐나는 건 왜일까. 우리에게 공론의 장이 남아 있긴 한 걸까.

개인의 행복과 내면의 평화는 우리 모두 추구해야 할 바이기는 하되, 그게 이 혼미한 시대의 최종 해답이라고 믿지는 않는다. 그것은 마치 모든 집과 학교와 사무실에 공기청정기를 보급하면 미세 먼지 문제를 해결할 수 있다는 이야기와 같다. 내가 이해하는 인간은, 제 몸뚱이와 자기 가족과 자기 학교와 자기

회사 안에 갇힐 수 없는 존재다. 그의 좋은 삶은 좋은 거리, 좋은 사회와 함께 실현된다.

'우리가 혼미한 시대를 살고 있다'는 사실만큼은 지금 매우 분명하다. 최소한 그 사실을 부정하는 선동가들만큼은 거를 수 있는 지혜를 우리가 놓지 않기를 바란다. 명쾌한 선악의 이분법을 바탕으로 한 해결책을 외치는 이가 있다면, 특히 그가 없애자고 하는 '악'이 우리 근처의 특정 개인이나 소수 집단이라면, 십중팔구 선동가다. 취업난이나 미세 먼지를 단숨에 해결할 수 있다고 약속하는 이도 마찬가지다. 앞길이 흐릿해도 포퓰리즘이라는 수렁의 냄새는 미리 맡을 수 있다. 수렁 뒤에는 파시즘이라는 낭떠러지가 있을지도 모른다.

오후에 봄비가 온다고 한다. 비가 오고 나서 날씨가 다소 쌀쌀해지겠지만 미세 먼지가 가실 거라고 한다. 간만에 파란 하늘을 볼 수 있으면 좋겠다. 몸도 마음도 답답하다.

(2019)

오타쿠,
팬덤,
그리고 부족주의

2014년에 일본 애니메이션 〈신세기 에반게리온〉의 오타쿠가 주인공인 장편소설을 썼다. 최근에 이 소설을 주제로 문학평론가와 대담을 했는데, 행사를 준비하며 그사이에 오타쿠를 바라보는 한국사회의 시선이 엄청나게 달라졌음을 느꼈다.

그 장편을 출간할 당시만 해도 오타쿠라는 단어를 신문에 쓸 때에는 옆에 괄호를 붙이고 '한 분야에 깊이 빠진 마니아' 같은, 딱 들어맞지는 않는 설명을 적어야 했다. 이제는 그러지 않아도 된다. 오타쿠, 혹은 한국말로 현지화된 '덕후'라는 단어에서 이상한 사람, 신기한 사람이라는 뉘앙스도 거의 사라졌다(대신 '혼모노'라는 새 유행어가 나왔다).

"너 어느 아이돌 덕질해?"라고 묻는 게 이상하지 않은 일이 됐다. 반복 관람, '싱어롱sing-along' 관람, 굿즈 시장, 신상품이나 한정판 판매점 앞 새벽 줄서기 같은 오타쿠 문화가 일반 대중에게 퍼졌다.

2014년에 쓴 소설에서 나는 한국에서 오타쿠 문화가 퍼지는 이유를 청년들에게 좀처럼 기회를 주지 않는 경직된 사회 구조와 엮었다. 일본의 오타쿠 문화를 그런 식으로 분석한 글들에서 영향을 받았던 것 같다. 한국 젊은 세대의 팍팍한 현실, 자기 위안을 얻기 위한 소비와도 연결했다.

지금 그 소설을 다시 쓴다면 정체성 위기라는 측면을 좀더 파고들 것 같다. 우리는 모두 남과 다른 사람이 되기를 소망한다. 현대사회는 거기에 여러 낭만적인 신화까지 더해 주체적인 개인이 되라고 강요한다. 그런데 역설적으로 그 일은 현대사회에서 더욱 실현하기 어렵다. 그 역설 속에서 남다른 취향은 그럴싸한 대답이 된다. 어떤 장르, 어떤 뮤지션의 덕후라는 게 나를 설명해주는 것처럼 느껴진다.

취향은 우리 시대의 새로운 정체성이 될 수 있을까? 좀 애매하다. 피부색, 세대, 성, 성적 지향 등에 비해 취향은 훨씬 유동적이고 기만이 끼어들기도 쉽다. 취향은 존중의 대상일까? 그 말이 뜻하는 바는 뭘까? 세상에는 좋은 취향도 나쁜 취향도 없으니 다 똑같이 대하고 비판하지 말라는 말인가? 또는 TV 속 공론장에서 와인에 십 분을 할애하면 막걸리에도 그만큼 시간을 배정해야 한다는 얘기인가?

그사이에 부쩍 커졌다고 생각하는 또다른 문화현상이 팬덤이다. 오타쿠 문화와 팬덤 문화는 얼마간 겹쳐 있기도 하다. 남다른 취향을 지닌 이들이 그 취향을 매개로 뭉쳐 '남다른 우리'가 된다. 팬덤은 구성원에게 학교나 고향, 기업 못지않은 소속감과 정체성을 부여한다. 팬덤 문화도 정치와 사회 영역으로 퍼졌다. 아이돌 팬덤이 개발한 소통과 행동 방식을 정치인 팬덤이 활용한다. 이런 움직임은 몇몇 지점에서 최근의 '정체성 정치'와도 맞물린다.

팬덤은 우리 시대의 유의미한 공동체가 될 수 있을까? 이것도 애매하다. 밝은 면을 보려는 사람은 팬덤이 사회운동에 동참하거나 기부 활동을 펼치는 모습을 강조하지만 음습한 구석도 그만큼, 어쩌면 그보다 더 많다. 하나의 집단으로서 책임을 부여받기에는 구성원의 가입과 탈퇴가 너무 자유롭다보니 밖에서는 늘 무책임하게 힘만 휘두르는 모습으로 비친다.

그런데 이런 고민들이 부질없게 느껴질 정도로 지금 한국사회에서 오타쿠와 팬덤이라는 현상은 시장 논리에 단단히 사로잡힌 것 같다. 디지털 음원 시대가 오고 음반 판매라는 수익 모델이 무너지면서 음악산업은 '덕질과 팬덤 장사'에 기대게 됐다. 같은 현상이 공연 업계, 출판계에서도 일어났고, 이제 문화산업을 넘어 소비재 시장 전체로, 더 나아가 정치 영역으로도 확산되는 듯하다.

이 분야의 플레이어들은 열광적인 덕후와 팬덤이 초반 입소문을 내주기를 애타게 바라며, 그러다보니 팬들의 심기를 절대 거스르지 않으려 한다. 나는 이 지점에서 오타쿠와 팬덤 문화가 성숙하게 한국사회와 결합하는 길이 종종 막힌다고 느낀다. 팬덤을 의식한 기획사에서 소속 아티스트에게 연애 금지 조항에 서명하게 하는 상황이 정상인가. 그런 사회가 좋은 사회인가.

너무 나간 상상인지 모르겠지만, 가끔은 한국사회가 좌우로 찢어지는 것이 아니라 여러 부족으로 갈라지는 것 아닌가 싶은 생각도 든다. 정치인 팬덤 현상은 한국사회를 발전시키고 있나. 미성숙한 '부족주의' 문화 속에 건강한 회의주의는 사라지고 단순주의와 극단주의가 득세하는 것은 아닌가. 이렇게 세계가 파편화하는 걸까.

여러 부족이 각자의 토템을 강요하는 세상이 오면 어떻게 살아야 할까. 모든 부족의 역사와 금기를 배우고 존중하는 것? 설마.

(2019)

불편함이
도덕의
근거가 될 때

'불편하다'는 느낌이 한 사회의 도덕 수준을 높이는 데 어떤 역할을 할 수 있을지에 대해 요즘 자주 생각한다. 우리가 불편함을 더 많은 곳에서 더 자주 느끼는 예민한 사람이 되면 사회가 더 나아질까? 타인에게 불편한 존재가 되지 않는 것, 다시 말해 무해한 존재가 되는 것이 도덕적 목표가 될 수 있을까?

2020년 한국사회의 뉴 노멀 중 하나가 '사람들을 불편하게 만들면 안 된다'이다. 이 '사람들'의 자리에 '대중'을 넣느냐 '시민'을 넣느냐에 따라 이 명령에 대한 평가도 천지 차이로 달라질 테다. 그런데 '사람들'은 대중과 시민으로 명쾌하게 분리되지 않는다. 오히려 불편함을 대하는 과정에서 사람들이 대중이 되기도 하고 시민이 되기도 한다고 봐야 한다.

그 과정의 표면은 대체로 이렇다. ① 사회현상이나 특정 인물의 언행에 대해 누군가 불편함을 느끼고 그 사실을 토로한다. ② 그 불편함에 동조하는 이들이 생긴다. 이들이 의견을 교환하면서 불편함의 원인을 탐구한다. ③ 동조자의 수가 많아지면 언론에서 '논란' 등의 제목을 달아 기사화한다. ④ 논란거리를 피하고 싶은 공인들이 해당 논란을 주의하게 되고, 새로운 사회문화가 만들어진다.

이는 인터넷이 없던 시절에도 일어나던 현상이며, 사회 진보의 메커니즘이기도 하다. 그러나 인터넷은 ①에서 ④로 가는 시간을 엄청나게 줄였고, 그 바람에 우리는 숙고할 기회를 자꾸 놓치는 듯하다. 그런 만큼 시민민주주의가 대중 독재로 전락할 우려도 커졌다.

각 단계별로 고민해봐야 할 사항들을 살펴보면 이렇다. 먼저 불편함이라는 감각에 대해 성찰해봐야 한다. 우리 대부분은 도덕적 직관을 지니고 있다. 불공정한 일, 부조리한 일을 목격했을 때 그 원인을 정확한 언어로 정리하기 전에 '이건 뭔가 잘못된 것 아닌가'라는 막연한 감각을 느낀다. 느낌이 앞서고 이성은 나중이다.

여기서 첫번째 문제는 불편함이라는 신호가 꼭 불공정, 부조리에 대해서만 켜지는 게 아니라는 점이다. 우리의 마음은 자존심이나 콤플렉스를 건드리는 자극에 대해서도 아주 날카롭게 반응한다. 어릴 때 배운 것과 다른 얘기를 들으면 불편해진다. 금기에 대한 언급도 그렇다. 때로는 진실도 불편하다. 우리는 위생이나 질서와 관련된 문제에 대해서도 비슷하게 느낀다.

게다가 도덕적 직관이라는 경보기 자체에도 결함이 많다. 그 도구는 인간이 유인원일 때부터 수백만 년에 걸쳐 뇌에 천천히 새겨진 회로다. 기본적으로 석기시대 부족사회의 삶에 최적화되어 있다. 그 직관은 협상이나 관용보다는 복수와 응징으로 쉽게 기울어진다. 무죄추정의 원칙 같은 근대의 발명품은 그 회로에 없다. 그 도덕적 직관의 엉성함을 입증하는 심리학 실험들이 엄청나게 많다.

그러므로 직관을 검증하는 이성과 성찰이 필요하다. 단순히 동조자가 많다고 해서 이 단계를 통과해도 된다고 여긴다면 큰 오산이다. '내가 느끼기에 불편하니까 저것은 잘못된 것이다'라는 말은 유아적이다. '우리가 느끼기에 불편하니까 저것은 잘못된 것이다'라는 말도 마찬가지다. 인간이 얼마나 집단적 오류에 빠지기 쉬운 동물인지는 역사가 증명한다.

그런 성찰을 하기에 현재의 인터넷과 소셜 미디어는 지극히 부적절한 장소다. 소셜 미디어는 품질 좋은 정보가 널리 확산되는 공간이 아니다. 짧은 단상은 순식간에 멀리 퍼지는 반면, 긴 텍스트는 온전한 모양으로 전파되기 어렵다. 인터넷에서 남의 깊은 논리에 설득되는 일은 거의 없는 반면, 극단적인 감정에 전염되는 현상은 흔하다. 트래픽이 커질수록 집단지성이 아닌 군중심리가 나타난다. 구조 자체가 그렇다.

사람들이 감정에 휩싸인 채 뭉치면 과격해진다. 사회제도의 발전이 아니라 특정 개인의 처벌을 원하게 된다. 그래서 오늘도 소셜 미디어 어느 한구석에서는 인민재판과 조리돌림이 한창이다. 그런 집단 폭력에는 불편함을 느끼지 못하는 걸까. 괴롭힘을 당하는 당사자의 아픔에는 공감하지 못하는 걸까. 아이러니라고 부르기에는 너무 끔찍하다. 하긴, 십자군도 나치 돌격대원도 홍위병도 자신들이 더 나은 세상을 만들고 있다고 믿었으리라.

나는 한국뿐 아니라 주요 선진국들 모두 지금 '대중의 기분'이 지배하는 사회가 되어가고 있다고 생각한다. 대중의 기분은 사납고 변덕스럽고 깊이 생각하지 않으며 책임지지도 반성하지도 않는다. 그것은 루소가 말한 일반의지 따위가 결코 아니다. 대중의 기분은 전체 시민을 대표하지 않으며, 극단주의자들에게 휘둘리기 쉽고, 잘 조직된 소수에게 왜곡당하기도 쉽다.

그래서 짧고 강하게 조롱을 잘하는 이들이 몇 년 전부터 여론을 이끌고 있다. 짧고 강하게 조롱을 잘하는 사람이 지식인 대접을 받는다. 짧고 강하게 조롱을 잘하면 팔로워가 많아지고 그러면 국회의원 후보 공천을 받을 확률도 높아진다. 협상과 정책 능력이여, 잘 가라. 우리는 조롱 문화의 시대에 접어들었다.

내 생각에 위에 적은 ①에서 ④로 가는 과정은 지금 원활히 이뤄지지 않아서 문제가 아니라 너무 급하고 거칠게 이뤄져서 문제다. 다시 말해 우리 사회의 문제는 도덕적 감수성이나 공감 능력의 부족에 있지 않다고 본다. 오히려 합리적 이성과 같은 적절한 브레이크가 모자라는 게 문제다. '무엇무엇은 혐오'라는 식의 규정짓기가 사안을 새롭게 바라보는 통찰을 가져오는지, 아니면 그에 대한 논의 자체를 가로막는지도 생각해볼 일이다.

(2020)

소셜 미디어와
조롱의 시대

'포스트 코로나19'를 주제로 글을 써달라는 청탁을 최근 여러 건 받았다. 에세이나 칼럼을 써달라는 주문도 있었고, SF 집필 요청도 있었다. 나는 그런 청탁을 전부 거절했는데, 이유는 단순했다. 코로나19 바이러스 사태 이후의 세상에 대해 긴 글을 쓸 만한 참신한 아이디어가 없었기 때문이었다.

글쎄? 코로나19 바이러스 백신이나 치료제가 나온 뒤에도 아마 마스크를 쓰고 다니는 일은 자연스럽게 보일 것 같다. 재택근무도 흔해지고, 화상회의 같은 몇몇 비대면 서비스도 이참에 자리잡을 듯하다. 소독 문화는 확실히 달라질 터다. 사회적 거리두기 조치가 풀리면 몇 달 정도는 보복성 소비가 활발하겠고, 출입국 뒤 자가 격리를 안 해도 되면 해외여행을 떠나는 사람이 폭발적으로 늘리라.

그 외에는? 그냥…… 예전으로 되돌아가지 않을까? 코로나19 바이러스 유행이 인간 본성이나 사람들이 사회 속에서 서로 관계 맺고 행동하는 방식을 불가역적으로 변화시켰다는 증거가 있나? 이 위기의 심각성을 얕잡아 보거나 코로나19 사태로 고생하는 환자와 의료인, 방역 당국의 노력을 폄하하는 얘기는 결코 아니다.

다만 세상에는 겪을 때에는 엄청나게 괴롭지만 그 시기를 넘기면 의외로 흔적을 남기지 않는 충격도 있다. 외과 치료로 완치되는 단순골절 사고처럼. 나는 코로나19 범유행도 큰 차원에서는 그리되는 것 아닐까 싶고, 그렇게 되길 바란다. 한편으로는 인플루엔자로 인한 사망자도 매년 한국에서 1200~1500명가량 나오는 걸로 추정되지만(한림대 강남성심병원 감염내과 이재갑 교수) 그게 사회구조를 바꾸지는 못한다.

반면 세상에는 충격의 단기적인 강도는 약해도 사람의 삶을 서서히, 그러나 지나고 보면 완전히 바꾸는 질병도 있다. 신경쇠약 같은 것들이다. 나는 우리 사회가 최근 십 년 사이에 그런 새로운 바이러스에 걸려서 대단히 심오한 변화를 겪는 중이라고 느낀다. 병의 이름은 아직 정확히 모르겠지만, 병을 옮기는 매개체는 페이스북, 트위터 같은 소셜 미디어들이다. 미래의 역사가들이 이걸 최소한 TV의 보급보다는 더 중요한 사건으로 평가할 거라 확신한다.

소셜 미디어 중독이나 그에 따른 피로감, 동시에 더 커진 고립 공포감, 균형 잡힌 사고를 막는 확증편향 같은 개인 차원의 부작용에 대해서는 이미 여러 진단이 나오고 있다. 나는 보다 사회적인 문제를 말하고 싶다. 소셜 미디어가 우리 사회를 이루는 근본 원리들을 악용하고 착취하지 않나 의심스럽다. 점점 더 많은 이들이 '민주주의의 후퇴'를 말한다. 그 유력한 용의자 명단에 소셜 미디어를 올려놓고 싶다.

소셜 미디어 자체의 구조적 특성도 있다. 우리가 앞으로 심각하게 연구해야 할 주제. 그보다는 고양이 사진, 자극적인 루머, 그리고 짧고 파괴적인 조롱이 빠르게 잘 퍼지는 것 같다(과학 저널리스트 애비게일 터커는 소셜 미디어에서 고양이 사진이 그토록 많이 올라오고 공유되는 이유를 꽤 진지하게 고찰하기도 했다).

"요즘 젊은 활동가들 사이에서는 비아냥거리고 조롱하는 행태가 일반적"이라는 푸념을 들었다. 나는 그게 혹시 디지털 네이티브 세대의 한 특성 아닐까 우려한다. 인터넷과 소셜 미디어 이전에 사람들은 보기 싫어도 봐야만 하는 사람들과 부대끼며 살았다. 싫은 인간들과 어쩔 수 없이 대화하고 타협해야 했다. 디지털 세상에서는 상대를 간단히 차단하면 된다. 멀리서 공격할 수도 있다. 이런 환경이 젊은 세대의 공동체 감각에 당연히 영향을 미치지 않을까? '소셜 미디어 등장 이후'에 대한 상상들을 그렇게 두서없이 해본다. 대개 두려운 상상들이다.

(2020)

독립 서점,
전통시장,
그리고 자본주의

소설가로 일하다보니까 가만히 있어도 독립 서점 소식이 들려온다. '어느 서점이 어디로 옮겨간다더라'는 정보에서부터 '어느 서점 사장님이 강연료 입금을 깜빡깜빡한다' 같은 뒷얘기까지. 출판계 지인 중에 독립 서점을 차린 이도 있고, 차렸다가 문을 닫은 이도 있다.

고백하자면 독립 서점이 유행하기 시작할 때 다소 미심쩍은 시선으로 바라봤더랬다. 망할까 망하지 않을까도 궁금했지만, 그보다 더 우려한 것이 있었다.

독립 서점을 지탱하는 큰 힘이 도서정가제이고, 도서정가제 도입의 큰 명분 중 하나도 작은 서점 지원이었다. 대형 서점과 인터넷 서점의 고객들은 책을 어느 이상으로 할인받을 수 없게 됐는데, 독립 서점들은 과연 그만큼의 다른 가치를 사회에 내놓을 수 있을까? 단순히 영세 서점을 돕는 게 목적이라면 그냥 서점 주인들한테 지원금을 직접 주는 편이 낫지 않을까? 그런 의심이 있었다.

도서정가제의 효과에 대해서는 여전히 찬반양론이 있고, 최근 몇 년간 독립 서점들이 거둔 성과도 금액으로 측정할 수 있는 형태는 아니다. 그래도 통계로 보나 체감하기로나 독립 서점이라는 문화현상 자체는 이제 어느 정도 자리를 잡은 것 같다. 많이 생겼고, 찾는 사람도 많아졌다. 무엇보다 이 독립 서점들이 대형 서점과 인터넷 서점이 하지 못했던 역할을 한다.

독립 서점 앱 운영 업체 퍼니플랜에서 발표한 2018년 현황조사 자료에 따르면 전국 155곳이 넘는 독립 서점에서 독서 모임을 운영중인데 이는 전해보다 43퍼센트 늘어난 수치다. 북토크나 워크숍, 공연, 낭독회를 여는 독립 서점도 14~32퍼센트가량 늘었다.

이것이 대형 서점과 인터넷 서점의 고객들이 놓친 소비자 이익만큼의 가치에 해당하는지는 말하기 어렵지만, 방향은 분명 옳다고 본다. 이런 소규모 공동체 활동은 단순히 책을 사서 읽는 것과 다른 정서적 만족감과 유대감을 제공하고, 지역사회를 보다 풍요롭고 건강하게 한다. 나는 요즘 독립 서점들을 '잘될까'가 아니라 '잘됐으면' 하는 바람으로 본다.

한편, 내가 몇 년째 줄곧 '이건 아닌 것 같은데' 하는 시선으로 보는 정부 사업이 있다. 특히 대형마트 의무 휴무일에 그런 마음이 커지는데, 바로 전통시장 활성화 정책이다. 올해 정부가 전통시장 살리기에 들이는 돈은 5370억원이다. 그중 시설현대화와 주차장 확대에 2660억원이 쓰인다고 한다. 지난해에도 같은 사업에 수천억원이 투입됐다. 그런데 이렇게 시설을 개선하고 주차장을 늘리면 대형마트에 가던 사람이 전통시장을 찾게 될까? 나는 잘 모르겠다. 공사 뒤에도 여전히 마트가 더 편하고 믿음직스러울 것 같은데 말이다.

지난 설을 앞두고 발행한 온누리상품권은 4500억원어치다. 이중 정부 보조금이 450억원에 해당한다. 이 상품권으로 '깡(불법 환전)'을 하는 사람들이 그렇게 많았다고 한다. 차라리 전통시장 상인들에게 정부 보조금을 직접 주는 편이 낫지 않았을까?

정책 방향을 근본적으로 다시 고민해야 할 때인 것 아닐까. 전통시장과 영세상인들을 돕지 말라는 게 아니다. 대형마트는 할 수 없는 전통시장만의 사회적 역할을 찾아내 거기에 지원을 할 수 있으면 좋겠다 싶다. 소매시장은 동네 사람들을 한 장소에서 만나고 관계를 맺게 해준다는 점에서 단순한 경제활동의 장소 이상이므로.

자본주의는 엄청나게 효율적인 시스템이다. 이 체제의 가장 큰 장점은 바로 그 효율성이다. 이 놀라운 효율성은 역동적인 생산과 주어진 한계 안에서 최대 만족을 보장하는 소비로 이어진다. 이를 부정하는 사회는 뒤처지다 마침내 무너진다.

반면 자본주의의 가장 큰 단점은 효율성이라는 단 하나의 가치만을 추구한다는 것이다. 그런데 우리는 삶에서 효율성 외에도 인권, 윤리, 사랑, 우정, 진실, 아름다움, 교양, 공동체의식 등 다양한 가치를 추구한다. 그 가치들은 서로 긴장 관계에 있고, 가끔은 정면으로 충돌하기도 한다. 효율성 역시 마찬가지다.

그래서 현대인은 누구나 자본주의에 대한 입장을 밝히라는 요구를 받는다. 내 입장은 자본주의가 대단히 훌륭한 도구이나, 완벽하지는 않다는 것이다. 우리는 삶의 다른 가치들을 위해 때때로 비효율을 받아들여야 한다. 비효율을 선택할 때에는 그 결정이 다른 가치를 어떻게 키우거나 지킬 수 있는지 분명히 확인하고 방향을 제대로 잡아야 한다. 효율성이 그저 비인간적이라고 반대한다면 그 얼마나 어리석은가.

(2019)

왜
과학을
가르쳐야 하는가

이 글을 쓰는 4월 21일은 '과학의 날'이다. 달력의 기운을 빌려, 세계적 석학의 견해에 토를 다는 만용을 부려볼까 한다. 과학의 신이 계신다면 가호해주시기를.

유발 하라리 히브리대 교수 얘기다. 최근 그는 한 국내 언론과의 인터뷰에서 "수학과 과학은 인공지능에 맡기고, 우리는 아이들에게 자신과 타인의 감정을 다스리는 방법인 '감정 지능'을 가르치자"*고 주장했다. 기사의 다른 대목에서는 여러 번 고개를 끄덕였지만, 앞서 언급한 대목에서는 그러지 않았다. 하라리

---

* 「"AI에 수학·과학 맡기고, 우린 감정지능 과목 만들자"」, 조선일보, 2017. 3. 21.(https://www.chosun.com/site/data/html_dir/2017/03/21/2017032100223.html)

교수의 말이 '개별 과목보다 통합교육이 중요하다'는 뜻이라면 조건부로 찬성하지만, '과학 연구는 인공지능이 더 잘할 테니까 우리 아이들에게는 다른 걸……'이라면 딱 잘라 반대다.

우선 인간보다 과학 연구를 더 잘할 거라는 인공지능의 등장을 당연하게 여기고 싶지 않다. 우리가 그런 미래를 택할 수도, 택하지 않을 수도 있다고 믿어야 한다. 그 선택과 통제력에 대한 논의를 시작해야 한다.

그리고 그와 상관없이 아이들에게 과학을 가르쳐야 한다. 그 아이들이 자라서 훌륭한 과학자가 될 것인지, 기술혁신에 얼마나 기여할 것인지와는 관계없다. 시인이나 화가가 되려는 아이에게도 과학을 가르쳐야 한다.

왜 그래야 하는가.

첫째, 우리가 시민사회라는 섬세한 이상을 추구하기 때문이다. 시민사회는 시민이 있어야 제대로 작동하는데, 과학적 태도는 시민이 꼭 지녀야 할 덕목이다. 윤리 감각이나 역사의식과 동급이다.

과학적 태도란 무엇인가. 듣기에 아무리 그럴싸해 보이는 설명이라도 실험을 통해 입증되기 전까지는 전폭적인 지지를 미루는 건강한 회의주의다. 서로 다른 설명이 맞설 때 과학적 방법론이라는 절차에 따라 어떤 가설이 더 설득력 있는지 가린 뒤 합의할 수 있다는, 진보와 평화에 대한 믿음이다. 그 검증 과정에서 자존심과 진영 논리, 때로는 정의감조차 내치는 엄격함과, 알 수 없는 것은 알 수 없다고 말하는 겸손함이다. 어제 작동했던 법칙이 오늘도 작동하고, 나에게 작용하는 힘이 너에게도 작용한다는 일관성과, 거기에서 비롯되는 자기반성 능력이다.

이런 자세는 인간 본성과는 거리가 멀며, 장기간의 교육과 훈련을 통해서만 이를 수 있다. 한국사회에 극히 부족한 능력이기도 하다. 만병통치약을 파는 약장수 얘기와 별다를 것 없는 숱한 '분석'들이 인터넷에 돌아다닌다. 종종 언론 기사도 그 수준으로 떨어진다. 실험군과 대조군 개념만 알아도 물리칠 수 있을 상술, 무속, 사이비 교리, 음모론에 끊임없이 희생자가 생긴다. 죽은 비유로 치장한 정신 승리에 환호하는 사람은 또 어쩌면 그렇게 많은지.

둘째, 우리 공동체를 이루는 정신의 기반을 알려주고 공유하기 위해서다. 기술이 아니라 사상과 철학 얘기다.

베스트팔렌조약을 왜 가르치는가. 1648년이라는 연도를 외우게 하려고? 아니다. 지금의 국제질서가 어떻게 형성됐는지 알려주는 동시에 톨레랑스 정신을 심어주기 위해서다. '지옥불에 떨어질 불신자들을 구해야 한다'는 가르침을 집에서 듣는 아이에게, '우리는 종교의 자유를 인정하는 세속 사회에 살고 있다'고 교실에서 선을 그어주기 위해서다.

나는 베스트팔렌조약 못지않게 에너지보존법칙이 현대사회의 커다란 사상적 기초이며, 현대인의 가치관에도 큰 힘을 발휘하는 지식이라고 본다. 진화론이 지금 우리에게 끼치고 있는 철학적 영향력은 중국 고대 사상 이상이라고 생각한다. 그런데 이걸 어설프게 알면 우생학, 약육강식, 사회진화론 같은 괴상한 논리에 빠진다. 그러니 학교에서 제대로 가르쳐야 한다.

셋째, 과학기술이 지금 우리에게 중대하고 현실적인 위협이기 때문에 가르쳐야 한다.

2003년 정부가 전북 부안에 중저준위 방사성폐기물 처분장을 지으려 하자 전쟁을 방불케 하는 소요 사태가 일어났다. 이년 뒤 경주에서는 주민 89.5퍼센트가 그 시설을 짓는 데 찬성했다. 부안과 가까운 군산에서도 찬성률이 84.4퍼센트였다. 내게는 2003년도, 2005년도 모두 정상으로 보이지 않는다. 이걸 과학기술에 대한 민주적 통제라고 부를 순 없다.

행정이, 홍보가 문제였나. 물론 그랬다. 하지만 더 깊은 곳에는 찬반 양극단의 '전문가'들에게 판단을 기대야 했던 지역 시민사회의 역량 부족 문제가 있다. 결론은 우리 모두가 핵물리학 기초를 배워야 한다는 것이다. 유전공학, 탄소순환, 정보처리도 기초는 알아야 한다. 우리의 운명은 우리가 정해야 하므로.

한국에도 좋은 과학 교양서와 대중을 상대로 한 과학 저술가들이 점점 많아진다. 반가운 현상이다. 다만 간혹 어떤 학자들이 과학을 공부해야 하는 이유를 묻는 질문에 '과학은 재미있으니까, 자연의 신비를 깨닫게 해주니까'라고 답하는 모습을 볼 때면 살짝 쓴웃음이 나온다. '선생님은 그러셨겠죠' 싶어서. 대부분의 아이들은 과학을 재미없어한다.

우리가 대의 민주주의와 삼권분립을 가르칠 때 아이들에게 재미있느냐고 묻던가? 우리 자신과 아이들의 미래에 꼭 필요한 지식이라서 가르치는 것 아니던가? 내 생각엔 과학도 마찬가지다. 지금보다 더 많이 가르쳐야 한다고 생각한다. 지식의 절대량과 영향력은 줄어들기는커녕 늘어나고 커지기만 하는 중이다.

(2017)

규범에
대한
규범

1990년대 후반부터 서울 시민들이 에스컬레이터를 한 줄로 서서 타기 시작했던 기억이다. 급하지 않은 사람은 한쪽에 서고, 바쁜 사람은 다른 쪽으로 계단처럼 걸어서 오르내리고.

다들 거기에 잘 적응한 것 같았는데, 2000년대 들어 정부와 공공기관에서 한 줄 서기는 잘못이라며 '두 줄 서기 캠페인'을 벌였다. 이후 에스컬레이터에서 '왜 길 막고 서 있느냐, 바쁘니 지나가자'는 사람과 그런 이에게 매너 없다며 따가운 시선을 보내는 시민들의 모습을 한동안 봤다.

에스컬레이터 두 줄 서기는 끝내 정착하지 못했다. 지금은 한 줄 서기가 권장되는 건지 아니면 여전히 두 줄 서기가 원칙이지만 홍보를 하지 않는 건지 잘 모르겠다. 에스컬레이터를 탈

때마다 눈치껏 판단해서 행동한다.

시민들이 두 줄 서기에 저항한 가장 큰 이유는 불편해서였다. 하지만 그게 전부는 아니었다고 본다. 나는 캠페인 주최 측이 말하는 '당위'에 공감이 가지 않았다. 이거 정말 지하철 이용자들을 위한 운동 맞나? 라는 의구심이 들었다.

에스컬레이터에서 걸어다니면 위험하고, 한쪽에 몰려 서 있으면 기계에 부담을 줄 수 있다고? 그런 논리라면 계단은 안 위험한가. 계단에서도 모든 사람이 손잡이를 잡고 걸어야 하는 것 아닌가. 그리고 시민들이 에스컬레이터의 수명을 그 정도로 신경써야 하나? 매일 수백만 명이 한 줄 서기를 통해 시간을 절약하는 게 사회적으로 훨씬 더 큰 이익이지 않을까.

아무리 생각해도 두 줄 서기로 생기는 편익은 시민보다는 에스컬레이터 운영 주체에 더 있는 듯했다. 자신들이 져야 할 안전 관리 책임과 유지보수 비용을 시민에게 떠넘기는 것 아닌가, 라는 데까지 생각이 미치자 캠페인 자체에 냉소적인 태도가 되었다. 특히 이 캠페인이 '뭔가를 하면 안 된다'는 새 규범을 제시하는 형태였기 때문에 더 기분이 상했던 것 같다.

에스컬레이터 두 줄 서기 논란 이후, 새로 등장하는 유무형의 규칙에 일단 의심의 눈길을 던지고 보는 안 좋은 버릇이 생겼다. 비행기 좌석 등받이를 뒤로 한껏 젖히면 매너 없는 행동이라고? 그거 혹시 항공사에서 퍼뜨리는 얘기 아닐까. 자기들이 홍보와 비용 절감 두 마리 토끼를 다 잡으려고 의자 간격과 등받이 각도를 그렇게 설정해놓고 그 모순을 승객들의 '매너'로 해결하려는……

너무 허술해서 농담처럼 들리는 캠페인도 있었다. 장애인, 탈북자라는 단어를 쓰지 말고 각각 장애우, 새터민이라고 바꿔 부르자는 운동은, 여러 사람 피곤하게 만들다가 성과 없이 끝났다. 무엇보다 당사자들이 그 대체어를 좋아하지 않았다. 새터민은 심지어 정부에서 만들어 보급한 용어였는데.

며칠 전에는 아파트 층간소음을 주의하자는 공익광고를 라디오에서 들었다. 광고 속 대사가 이랬다. "오디션이 코앞인데 왜 기타는 안 치세요?" "내일 면접인 아랫집 청년이 자고 있으니까요." 그런 배려를 '층간 내리사랑'이라는 신조어로 부르며 다들 조심하자고 설득하는 내용이었다.

광고 만든 이들의 입장도 이해는 간다. 앞으로 지을 집은 방음공사를 철저히 하도록 규제를 강화하면 되지만, 이미 지어놓은 집은 어쩌겠는가. 살고 있는 사람들이 조금씩 양보하고 참는 것 외에 뾰족한 답이 있겠나.

그래도 헛웃음이 나긴 한다. 건설사가 집을 허술하게 지어서 발생한 문제를 왜 입주민한테 떠넘기나. 이제 집에서 까치발로 걷지 않으면 '내리사랑' 모르는 냉혈한이 되는 건가. 내가 아래층 청년이라면 내일 면접을 본다는 사실을 윗집에서 차라리 모르길 바랄 것 같은데. 그리고 요즘 아파트에서 자기 윗집이나 아랫집에 누가 사는지 다들 알고는 있나?

인간은 사회적 동물이라 어떤 행위가 사회에서 승인되는지의 여부에 극히 민감하다. 주변 사람들의 행동을 주의깊게 살피는 이유도 그것이고, 인터넷 게시판에 '이거 저만 이상한가요?'라고 글을 올리는 이유도 그거다.

사회는 변하고, 승인되는 규범도 함께 변한다. 새로운 규범을 적시에 잘 만들면 적은 비용으로 사람 사이의 갈등을 줄이고 의식도 바꿀 수 있다. 길거리가 그렇게 깨끗해졌고, 갈 길은 멀지만 가부장 문화도 조금씩 옅어지고 있다. 그러나 규범은 동시에 강력한 통제 도구가 되기도 한다. 때론 법보다 만들기도 쉽다. 상임위니 본회의니 하는 절차를 거칠 필요가 없다.

한국사회는 지금 급변하고 있고, 새 규범도 우후죽순 생겨나는 중이다. '규범을 만드는 일에 대한 규범'도 필요할 것 같다. 하나, 막연한 기대에 근거해서가 아니라 확실한 효과를 낼 수 있다는 조사 결과를 바탕으로, 둘, 특정 소수를 희생시키지 않고 참여자들이 이익을 골고루 누릴 수 있게, 셋, 필요성을 충분히 알리고 공감대를 형성한 뒤에, 넷, 즐거운 분위기에서 자발적인 형태로 시행하되, 다섯, 동참이 늦은 사람을 조롱하거나 악당으로 만들지 않는다, 등등.

그나저나 지하철에서 백팩을 앞으로 메는 것은 이제 규범이 된 건가? 누가 '민폐' '공해' '백팩충'이라는 말을 쓰지 않고 상냥하게 알려주면 좋겠다.

(2017)

사물의 가격,
미덕의 가격

"'창가에 제라늄 화분이 놓여 있고 지붕에는 비둘기들이 놀고 있는 멋진 붉은 벽돌집을 보았어요……'라고 말하면 어른들은 그 집이 어떤 집인지를 상상해내지 못한다. 어른들에게는 '십만 프랑짜리 집을 보았어요'라고 해야 한다." 생텍쥐페리의 『어린 왕자』(김화영 옮김, 문학동네, 2007, 24~25쪽)에 나오는 유명한 구절이다. 많은 사람들이 좋아하는 대목이고, 나도 그렇다.

그런데 나는 "십만 프랑짜리"라는 말로 집의 가치를 가늠하는 일 자체가 잘못됐다고 여기지는 않는다. 건강하고 균형 잡힌 사고를 하는 성인이라면 어떤 집이 얼마나 아름다운지 묘사를 듣고 그 가치를 상상할 수 있어야 할 뿐 아니라 가격을 듣고도 마찬가지 일을 해내야 한다고 본다. 두 눈을 다 떠야 사물을 입체적으로 볼 수 있듯, 두 종류의 잣대를 모두 지녀야 세계를 정확하게 인식할 수 있는 것 아닌가 한다.

거꾸로, 가격을 듣고 집의 가치를 쉽게 가늠할 수 없거나, 시장 가격에 비해 직관적으로 추정하는 내재적 가치가 턱없이 동떨어진 사회에서는 건강하고 균형 있게 살 수 없다는 생각도 한다. 창가에 제라늄 화분이 있는 멋진 붉은 벽돌집이 어제는 십만 프랑이었는데 오늘은 오십만 프랑이고, 그 옆에 대충 지은 판잣집 가격은 백만 프랑인 세상에서 제정신으로 살 수 있을까.

제1차 세계대전 이후 독일과 오스트리아에서 그런 현상이 실제로 벌어졌다. 초인플레이션이 발생한 것이다. 전기 작가 슈테판 츠바이크는 회고록 『어제의 세계』(곽복록 옮김, 지식공작소, 2014)에서 이 기간에 대해 어떠한 판단의 표준도, 어떠한 가치도 없었다고 기록한다. 성냥 한 갑 가격이 하루 사이 이십 배가 뛰었고, 점심식사 한 끼 값이 일 년 치 집세보다 비쌌다. 사십 년간 착실하게 저축한 사람은 그야말로 '벼락 거지'가 됐다.

사람들의 행동은 당연히 이런 상황의 영향을 받는다. 가치판단이 가격변동에 흔들리는 것이다. 오스트리아의 화폐가치가 폭락하자 독일인들이 몰려와 약탈적 쇼핑을 했다. 물건을 가지고 가지 못하게 국경에서 막자 독일인들은 오스트리아에서 진탕 맥주를 마셨다. 그리고 취해서 제대로 걷지도 못하는 상태로 고국으로 돌아갔다. 얼마 뒤 독일에서 초인플레이션이 발생하자 이번에는 오스트리아인들이 독일로 몰려가 미친듯이 맥주를 퍼마셨다.

냉소적으로 말하자면, 인간은 사실 갖가지 미덕들에 대해 마음속으로 은밀하게 값을 매기는 존재다. 무의식중에, 자연스럽게 그렇게 한다. 초인플레이션은 그런 가격표를 교란시켰다. 물건값이 너무 싸니 체통도, 파탄 난 경제로 고생하는 이웃에 대한 연민과 예의도, 심지어 자신의 건강마저도 후순위로 밀렸다. 사물의 가격을 제대로 관리하지 못하면 미덕의 가격까지 널뛰기한다.

그만큼 극적이지는 않았지만 한국에서도 지난 한 세대 동안 사물의 가격이 상당히 변했고, 그에 따라 한국인들의 가치판단도 퍽 달라졌다는 생각이 든다. 대부분의 공산품 가격들이 너무나 싸졌고, 은행에 천만원을 맡겨도 일 년 이자가 십만원이 안 된다. 아직도 저축이 미덕인가? 손가락이 하얘질 때까지 치약 끝을 힘주어 짜내야 할 이유가 여전히 있나? 근검절약이라는 말을 들어본 지 오래됐다.

근면 성실이라는 단어도 퇴색했다. 부동산 투자 없이 근로소득으로 부자가 될 수 있는 시대인가? 월급만으로 아파트 한 채와 경제적 자유를 함께 얻는 게 가능한가? 미덕으로서 노동의 가치는 추락했고, 이제는 교육에 대한 한국인들의 오래된 믿음

마저 흔들리는 듯하다. "열심히 공부하면 성공할 수 있나요?" 이 질문에 자신 있게 그렇다고 답할 수 있는가. 극소수 상위권 학생한테나 통하는 얘기 아닌가.

츠바이크는 초인플레이션 시절에는 영리하고 요령 있게 깊이 생각하지 않는 것과 질주하는 말에 짓밟히는 대신 그 말의 잔등에 올라타는 것이 중요했다고 썼다. 같은 표현을 지금 한국의 시대정신을 서술하는 데 사용해도 되겠다. 깊이 생각하지 말라. 영혼까지 끌어모아서 주식이든 비트코인이든 사라. 안 그러면 짓밟힌다.

도박장에서는 평상심을 유지하기 어렵다. 그런데 세상 전체가 카지노가 되어가는 느낌이다. 나는 이런 분위기에서 자라나는 미래세대의 가치관을 진심으로 염려한다. 검소한 생활과 자기 절제, 노동, 꾸준한 노력이 보답받고 또 찬미의 대상이 되는 사회에서 인간이 비로소 건강하게 성장할 수 있다고 믿기에.

이 거품이 언젠가 꺼지면 그때는 또 얼마나 파괴적인 절망과 환멸이 우리를 휩쓸 것인가. 그렇다고 거품을 꺼뜨리지 말고 이대로 놔둬야 하나? 한데 그 선택권이 우리에게 있기는 한가.

(2021)

'미세 좌절'의
시대

'시나리오 경영'이라는 말을 처음 들은 게 2000년대 초반이다. 검색해보니 2000년까지 이 용어가 신문에 쓰인 적은 열 번 미만이었다. 그런데 2001년에 갑자기 재계의 유행어가 됐다. 그 해에만 서른 번 이상 신문 지면에 등장했다.

내게 이 표현은 처음에는 어딘가 이상하게 들렸다. 이전에 한국 대기업들이 자주 썼던 '인재 경영'이라든가 '스피드 경영' '공격 경영' 같은 용어들은 자신들이 중점을 두는 가치가 무엇인지 명확히 밝힌다. 그런데 시나리오 경영이라는 말은 시나리오를 중시한다는 의미가 아니다. 시나리오 경영이 중시하는 가치는 '생존'이다.

당시 내게는 그런 방침을 경영 계획이나 전략이라고 부른다는 게 좀 부적절해 보였다. 주변 환경이 어떻게 될지 잘 모르겠으므로 그때그때 상황 봐서 적절히 움직이겠다는 얘기를 어떻게 계획이라고 할 수 있지? 구체적인 계획이 없다는 말을 돌려 하는 거 아냐?

경제개발 5개년 계획 속에서 나고 자란 세대라 더 그렇게 느꼈는지도 모르겠다. 나뿐 아니라 발전국가 시절 많은 한국인들에게 계획은 목표와 거의 동의어였다. 그 자체로 비전이며, 한 번 세우면 역경이 닥쳐도 수정하지 않고 지켜야 하는 무엇. '비가 내려도 눈이 와도 매일 아침마다 달린다'는 정신.

1993년 김영삼 정부가 신경제 5개년 계획을 발표했을 때 한경제신문의 해설 기사에는 이런 문장이 실렸다. "여건 변화에 따라 '할 수도 있고 안 할 수도 있는' 계획이 아니라 '반드시 해야 하는' 계획이라는 얘기다."* 그리고 다들 알다시피 그 5개년 계획이 끝날 때 외환위기가 찾아왔다.

이후 한국 정부는 한동안 장기 경제계획을 내지 않았다. 2014년에 박근혜 정부가 '경제 혁신 3개년 계획'을 발표했는데, 십칠 년 만의 경제계획이라고 했다. 3개년 계획이 끝날 때 박근혜 정부는 탄핵을 맞았다. 그런데 애초에 그 계획은 이렇다 할 비전을 제시한 것 같지도 않고 거기에 큰 기대를 건 사람도 별

---

* 한국경제신문 1993년 7월 3일자.

로 없었던 것 같다.

신경제 5개년 계획과 경제 혁신 3개년 계획 사이의 어느 시점에, 나를 포함한 많은 이들이 장기 계획에 대한 믿음을 잃어버렸다. 도무지 앞날을 예측할 수 없는데 몇 년 뒤를 어떻게 계획할 것이며, 이렇게 빨리 변하는 세상에서 계획이 무슨 도움이 되나? 모든 게 극도로 불확실해진다는 점만이 점점 더 확실해진다.

앨빈 토플러가 『미래의 충격』을 쓴 것이 1970년이다. 그는 세계가 점점 빠르게 변할 것이고, 어느 지점에 이르면 변화의 내용이 아닌 속도 자체가 사람들에게 큰 좌절감을 안길 것이라고 예상했다. 인간의 적응력에는 한계가 있기 때문이다. 반세기가 지나 드디어 토플러가 우려한 세상에서 살게 된 기분이다.

그래도 인간은 계획을 원한다. 모든 것이 불확실하고 어떤 것도 오래가지 못하며 아무것도 믿을 수 없다는 진실을 감당하기 버거워서일까. 여전히 우리는 아이들에게 장래 희망을 적어 내라고 시킨다. 그리고 유튜버라는 답변을 듣고는 세상 변했다며 놀란다. 그런데 그 아이들이 어른이 될 때까지 유튜브라는 플랫폼이 남아 있을지 모르겠다.

이제 사람들은 개인 차원에서 시나리오 경영을 내면화한 것 같다. 마음의 안정을 위해 일단 계획을 세우고, 상황이 바뀌면 그때마다 수정하자. 그렇게 불확실성을 품어보려 하나 부질없다. 우리의 시간표는 전보다 더 촘촘하다. 전체 일정이 외부 변화에 그만큼 더 취약해졌다는 의미다. 통신수단이 발달하며 약속 시간을 변경하기도 쉬워졌다. 타인의 계획이 바뀌어 내 계획이 바뀌고, 내 계획이 바뀌어 또다른 타인의 계획에 영향을 준다.

그렇게 "인생 참 계획대로 안 되네"라는 말을 더 자주 하게 된다. 나는 여기에 '미세 좌절'이라는 이름을 붙여본다. 한두 번은 웃어넘길 수 있지만 가랑비에 옷 젖듯, 이게 쌓일수록 제아무리 낙관적인 이도 결국 굴복한다. "시원하게 풀리는 일이 하나도 없네." 그 원인을 명확히 짚어낼 수 없기에 더 무력감을 느낀다.

생존 감각이 날카로운 기업계에서는 이제 시나리오 경영이라는 표현도 진부하다. 언젠가부터 '비상 경영'이라는 말이 자주 들린다. 경영인들은 '상시 비상 경영체제'라는 앞뒤 안 맞는 신조어를 웃음기 없이 말한다. 이번에도 개인들은 그 표현이 지시하는 바를 내면화하는 중이다. 늘 비상인 세상, 뜻밖의 긴급한 사태에 힘겨워도 끊임없이 적응해야 하는 시대인 것이다. 살아남기 위해.

(2021)

순한맛이
사라지는
시대

코로나19 사태로 외출을 거의 안 하게 되면서, 살이 확 쪘다. 체중계 숫자의 앞자리가 바뀌는 것을 목격하고 이대로는 안 되겠다 싶어 다이어트에 매달렸다. 달리고 운동하고 기름기 많은 음식 삼가기를 석 달여, 몸무게는 겨우 원래 수치로 돌아왔다.

식이조절은 더 하지 않아도 괜찮겠다고 판단한 즈음에 좋아하던 라면을 오랜만에 끓여먹었다. 충격이었다. 우와, 엄청나게 맵고 짜구나! 외식을 하러 나가서도 같은 이유로 몇 번 놀랐다. 그러자 그때까지 큰 불만 없이 먹던 다이어트식이 갑자기 종이 뭉치처럼 맛없게 느껴졌다.

평소에 내가 먹던 음식들이 얼마나 자극적이었는지 깨닫는 계기였다. 내가 먹어온 라면은 매운맛을 특별히 강조한 제품도 아니다. 2021년 한국인 입맛 기준으로는 지극히 평범한 빨간 국물 라면이다. 나를 비롯해 2021년 한국인들의 입맛이 그토록 강렬한 자극에 길들여져 있다는 뜻이겠다.

신라면이 매운맛을 마케팅 포인트로 내세우며 시장에 나온 게 1986년인데, 삼십오 년이 지난 지금 이걸 매운 라면이라고 부르기는 좀 민망하다. 신라면의 매운맛은 시기별로 조금씩 달라졌다는데, 2021년 기사에는 고추류의 매운맛을 표시하는 척도인 스코빌 지수로 2700이라고 나온다.

그런데 2010년대에 나온 라면 중에는 스코빌 지수가 5000이 넘는 제품들이 수두룩하다. 라면뿐 아니라 과자, 치킨, 족발, 소시지, 돈가스도 매운맛이 나왔다. 마라탕과 마라샹궈가 유행하더니 얼마 전에는 급기야 매운 도넛, 매운 우유까지 나왔다. 좀 더 기다리면 매운 탄산음료나 매운 술이 나올지도 모르겠다.

이런 매운맛 열풍에 대해 흔히들 세상살이가 힘들어진 탓이라는 분석을 한다. 심한 스트레스를 매운맛으로 풀려 한다는 식이다. 글쎄, 그 말도 제법 그럴싸하게 들리지만, 내 생각에는 이런 종류의 경쟁은 한번 시작되면 그 자체의 힘으로 굴러가게 되는 듯하다. 세상의 평화와 상관없이, 보다 강한 자극을 향해.

악기는 음을 높여서 조율하면 대체로 소리가 밝고 화려해진다. 그래서 표준 조율음을 정하기 전까지 서양음악계에서는 '음높이 인플레이션'이라는 현상이 일어났다. 연주자들이 조금씩 악기의 음을 높이는 경쟁을 벌였기 때문이다. 덕분에 바로크 시대의 음악을 작곡 당시의 악기 조율 방식과 연주법으로 연주하면 지금 우리에게는 반음 정도 낮게 들린다.

매운맛과 높은음은 사람들의 눈길을 끌고 보상을 받지만 순한맛과 낮은음은 제대로 주목받기 어렵다. 담백한 이야기, 작은 소리도 순한맛과 처지가 비슷하다. 그래서 상업영화의 폭력 묘사는 점점 더 잔혹해지고, 막장 드라마는 갈수록 자극적이 되고, 팝송과 가요는 평균 음량이 커지고 비트도 강렬해진다.

그렇게 다양성이 증가한다면 환영할 일이겠으나 실제로는 표준 감각이 바뀌면서 매운맛이 순한맛을 쫓아내는 현상이 벌어진다. 라면 업계에서도 그랬다. 순한 국물맛을 강조하며 '맵지 않아도 좋아한다고 말해주세요'라는 광고 노래를 만들었던 빙그레는 결국 라면 사업을 접었다.

특히 대중을 대상으로 하는 분야에서 이런 현상이 더 두드러지는 것 같다. 정치야말로 대중을 상대하는 분야인데, 막말을 일삼고 갈등을 부추기는 모리배는 카메라 앞에 자주 서게 되지만 타협하는 신사는 이름을 알리지 못한다. 2010년대 이후 용꿈을 꾸는 한국 정치인들은 대부분 이런 구조를 이해하고 '매운맛' 경쟁을 벌였다. 언론도 거기에 퍽 협조적이었다.

이런 경쟁이 어느 선을 넘으면 사람들이 매운맛에 환멸을 느끼고 다시 순한맛이 각광을 받는 때가 올까? 그런 식으로 매운맛과 순한맛에 대한 선호가 순환하게 될까? 잘 모르겠다. 애초에 우리의 눈, 코, 입, 귀가 불공정하다. 게다가 캡사이신으로 매운맛을 내고 막말을 던지는 게 재료의 풍미를 살리고 정책을 연구하는 것보다 훨씬 쉽다.

'더 매운맛'은 늘 유혹적일 것이다. 만드는 이에게나, 먹는 이에게나. 그렇다면 어떻게 해야 할까? 표준 조율음을 만들고 영상물 상영 등급을 정하듯, 라면 맵기와 정치 문화에 대한 성문 규정을 마련해야 할까? 우리가 각자 감각기관의 편향된 신호를 극복하는 법을 배우고 익혀야 할까? 아니면 순한맛에 보조금이라도 줘야 할까?

(2021)

MZ 세대는
분석을
기다리는가

MZ 세대에 대한 분석 기사가 쏟아져나온다. MZ 세대는 이런 세대다, 무엇을 좋아한다, 어디에 돈을 쓴다, 등등. 조금 전에 네이버뉴스에 'MZ 세대'라는 키워드를 입력했더니 최근 이십사 시간 동안 이 단어가 들어간 기사가 221건 올라온 걸로 나왔다. 언론사들이 기사를 많이 쓰지 않는 주말인데도 그랬다.

기사들에 따르면 MZ 세대는 다음과 같은 것들을 중시한다고 한다. 가성비, 가심비(가격 대비 심리적 만족), 감성, 개성, 경험, 공감, 공유경제, 공정, 구독 경제, 메타버스, 복고, 세계관, 소셜미디어, 소통, 소확행, 스토리, 실리, 자기표현, 재미, 젠더 이슈, 진심, 착한 소비, 참여, 취향, 편리함, 환경 문제……

그렇게 언론이 그리는 MZ 세대의 초상은 대강 몇 가지의 큰

줄기로 모아지는 듯하다. ⓐ 순수한, 거의 순진하기까지 한 이상주의자. ⓑ 하지만 자기 이익에 관련된 문제라면 얄밉도록 현실적인 개인주의자. ⓒ 그러면서도 자기 모습이 남들에게 어떻게 보일지에 대해서는 신경을 곤두세우는 집단주의적 감수성의 소유자.

ⓐ, ⓑ, ⓒ는 서로 대립하는 속성들이며, 매끄럽게 잘 이어지지 않는다. 그래서 실은 ⓐ도 ⓑ도 ⓒ도 아닌, ⓐ와 ⓑ와 ⓒ의 '연결'이 이 세대의 핵심 아닌가 하는 생각이 들게 된다. 어떻게 ⓐ와 ⓑ, ⓒ가 동시에 한 정체성을 이룰 수 있는 걸까. 일관성을 지켜야 한다는 압박을 별로 느끼지 않는다는 것, 태세 전환을 잘한다는 것이 이들의 본질인가?

이는 이들이 가볍고 얄팍한 존재들이라고 슬쩍 돌려서 깎아내리는 얘기나 다름없다. 당사자들의 목소리를 담은 기사를 보면 거의 모든 MZ 세대들이 온갖 MZ 세대 담론에 몹시 불만스러워하는 것 같은데, 그런 암시를 눈치채서인 듯하다. 그런데 이 혼란함이 역설적으로 그들에게 힘을 준다. 예측 불가능해 보여서 예의 주시하게 된다.

나는 MZ 세대 담론들이 뒤죽박죽이며 정작 중요한 뭔가가 빠져 있다고 보는 편이다. 애초에 MZ 세대라는 명명 자체가 괴상한 것 같다. 과연 이들이 한덩어리인가? 1980년대 초반에 태어난 이들과 스무 살 가까이 터울이 지는 2000년대 초 출생 그룹이 가치관이나 정서가 같다는 말이 상식적으로 안 믿어진다.

막상 각종 여론조사 결과를 보면 1990년대생 남성과 여성조차 하나로 묶이지 않음을 알 수 있다. 정당 지지도뿐 아니라 여러 사안에 대한 태도가 확연히 다르다. MZ 세대를 한 묶음으로 여기고 거기서 '이대남'을 별종으로 파악하는 접근은 과연 온당할까.

그런 문제의식을 토대로 MZ 세대를 가장 영향력 있는 세대라고 일컫는 데에도 딴죽을 걸고 싶어진다. 586세대나 X 세대는 대충 십 년 단위인데 MZ 세대는 이십 년 단위이니 당연히 이 세대 인구가 제일 많겠지. 이십 년에 걸친 인구 집단이 하나의 이름으로 불리는 건 기실 이 시기 출생자들의 개별 존재감이 가장 약하다는 뜻 아닌가.

MZ 세대를 분석하는 수많은 기사의 대부분이 MZ 세대를 향한 게 아니라는 점 또한 의미심장하다. MZ 세대의 지갑을 열고자 하는, 혹은 그들의 표를 얻고자 하는 기성세대를 위한 것이다. MZ 세대는 무엇을 좋아하니 물건을 팔아먹으려면 이렇게 하라는. 그 글들 속에서 MZ 세대는 주체가 아닌 대상이다. 설령 주체라 해도 기껏해야 소비의 주체, 투표의 주체 정도일 뿐.

이들의 정서, 가치관, 취향을 집요하게 해부하면서도 이들의 과업에 대해서는 별로 말하지 않는 모순. '세상을 바꾸고 싶다면 우리 제품을 사세요' 혹은 '저를 찍어주세요'가 고작이다. 한데 '나는 누구인가'라는 물음의 답은 종종 '나는 무엇을 해야 하는가'를 푸는 데서 나온다. 사명을 발견하면 정체성 위기를 겪지 않는다. 반대도 마찬가지다.

앞선 세대들은 과업이 분명했다. 산업화 세대의 과업은 산업화였고, 민주화 세대로도 불린 586 세대의 과업은 민주화였다. 적잖이 민망하지만 X 세대는 자유롭게 열심히 노는 것이 과업이었다고, 사회 수준과 대중문화의 질을 높이는 역할이었다고 주장할 수 있다. MZ 세대의 과업은 뭔가? 이 질문 없이 한 세대를 규정할 수 있을까.

우리는 누구인가? 우리는 무엇을 해야 하는가? MZ 세대에게 저 답은커녕 쓸 만한 조언도 제대로 들려주지 못하는 게 지금 오가는 세대론과 한국 기성세대의 한계인 것 같다. '말 통하는 멋진 형, 멋진 언니'로 인정받고 싶어하는 사이비 멘토는 그득한데. MZ 세대도 안다. 그들은 자신들에게 어른도, 롤 모델도 없다고 한다.

(2021)

병든
선진국과
질병인식불능증

1990년대 중반까지, 한국에서는 꽤나 배웠다 하는 이들조차 외국을 잘 몰랐다. 1989년 전에는 인터넷이 보급되기는커녕 해외여행도 자유롭지 않았다. 공산주의 국가에서 들려오는 소식은 거의 없었고, 자본주의 진영에서 발행한 잡지도 검열을 거쳐 들어왔다. 받아보면 먹물이 칠해져 있거나 찢긴 페이지들이 있었다.

국경이 바다나 철조망으로 가로막혀 사실상 섬나라나 다름없는 땅에서, 그 시절 국민 대다수에게 선진국은 말 그대로 상상의 공간이었다. 한국은 저만의 사회제도, 문화 수준, 시민의식과 국민성을 그 가상의 풍경과 비교하며 근거 없는 자부심을 느끼기도 하고 열등감에 휩싸이기도 했다.

유럽을 제대로 경험하고 돌아온 이는 극히 드물었고, 미국은 한국과 너무 달랐다. 그나마 한국이 곁눈질로 관찰할 수 있었던 선진국은 일본이었다. 일본을 배워야 돼. 일본에서는 이렇게 안 해. 거기는 거리가 아주 깨끗해. 일본 학생들은 겨울에도 반바지를 입어. 일본인들은 약속 시간을 잘 지켜. 그런데 일본 놈들은 겉과 속이 달라. 지독한 녀석들이야……

일본을 다녀온 사람들이 '코끼리 밥솥'을 앞에 놓고 그런 이야기를 풀곤 했다. 1990년대까지 일본은 애증의 롤 모델이었다. 성공은 성공대로, 실패는 실패대로 한국사회에 주는 교훈이라고 여겼다. 관음증적인 시선으로 그들의 병폐를 말하기도 했다. 닮은 데도 많지만, 아무래도 개들은 문화가 좀 변태스러워. 이게 대강의 인식이었던 것 같다.

그렇게 어린 시절 전해들은 일본의 유행 중에서 당시 특히 이해되지 않았던 게 두 가지 있었다. 하나는 명품에 열광하는 모습이었다. 부자가 아닌 평범한 직장인조차 샤넬이니 구찌니 하는 럭셔리 브랜드의 사치품들을 몇 점씩 가지고 있다고 했다. 집단주의 분위기 속에서 그런 물건으로 주목받으려는 개인의 욕망이라는 식의 해석이 따랐다.

다른 하나는 십대 소녀 아이돌을 쫓아다니는 중년 남성 팬들이었다. 조카, 어쩌면 자식뻘인 연예인의 콘서트장에서 환호하고 있는 일본 아저씨들의 모습을 상상하면 남우세스럽기도 하고 소름이 끼치기도 했다. 아무리 봐도 음악이 아니라 그 소녀들의 신체에 열광하고 있었다. 다 큰 어른들이 왜 저러는 거야? 부끄럽지도 않은가?

삼십 년의 세월이 흘러, 두 풍경은 이제 한국에서도 낯설지 않다. 음, 지금 한국이 한술 더 뜨는 거 아닌가 싶은데. 걸 그룹과 보이 그룹 멤버들에게 '조공'을 바치는 삼촌 팬, 이모 팬. 한파에도 백화점 명품관 앞에 새벽부터 줄을 서 있다가 문이 열리자마자 매장으로 달려가는 청년들. 거기에 먹방 유튜버에 흠뻑 빠진 십대까지 더하면……

나름의 이유들이야 있다. 분석 기사도 나온다. 몇몇 브랜드의 사치품 브랜드 상품은 재테크 수단이 된다고 하고, 팍팍한 현실에서 소비로 자신을 위로하려는 심리도 있다고 한다. '덕질'이 무미건조한 삶에 열정을 준다고, 먹방을 보며 대리만족을 얻고 외로움을 달랠 수 있다고도 한다.

그러나 그런 설명들이 진단이 아니라 정당화의 도구로 쓰일 때 나는 위화감을 느낀다. 내가 생각하는 보다 큰 진실은 이렇다. 대한민국이 선진국이 되기는 했는데, 병든 선진국이 되었다고. 어느 정도는 한국뿐 아니라 전 세계 선진국들이 다 같이 거품경제기의 일본처럼 되어갔다. 자본주의사회에서는 필연인가 보다. 헛헛한 정신을 노리는 시장이 생기는 것이다.

여기서 과거 한국의 가난, 권위주의, 가부장제를 지적하며 현재의 모습을 옹호하는 것은 논점 이탈이다. 나는 한국사회의 여러 성취에 경탄하고 기뻐한다. 그와 별개로 지금 우리 주변에 병리 현상들이 있다. 그리고 한국은 이제 선진국이므로, 보고 베껴야 할 롤 모델은 없다. 우리가 길을 찾아야 한다.

불법이 아니어도 바람직하지 않은 광경에 대해서는 바람직하지 않다고 말하는 것 외에 다른 방도가 없으리라. 그걸 두고 꼰대스럽다고 손가락질하는 게 요즘 분위기인 것 같다. 하지만 나이 먹었다고 더 현명해지는 게 아니듯, 젊다고 더 깨어 있는 것도 아니고, 새 풍습이 옛것보다 늘 낫지도 않다. 이 말이 틀렸다면 역사에 퇴행은 없을 터.

질병인식불능증이라는 증세가 있다. 병이 있음에도 자기가 멀쩡하다고 주장하며 치료를 거부하고, 그 바람에 상태가 더 나빠지는 증상이다. 지금 우리 사회가 앓는 공허와 불안에 어떤 병명을 붙여야 할지 아직 잘 모르겠다. 하지만 최소한 이것이 건강한 상태는 아님은 인식해야 한다고 느낀다.

(2022)

공정의
오십 가지
그림자

정치와 도덕을 주제로 삼는 생존 철학자 중에 현재 대중에게 가장 널리 알려진 이는 마이클 샌델일 게다. 그다음은 아마 프린스턴대 명예교수인 해리 프랭크퍼트 아닌가 싶다. 프랭크퍼트는 2005년 현대 정치와 미디어를 비판한 『개소리에 대하여』라는 얇은 책을 냈는데 많은 공감을 얻어 뉴욕타임스 베스트셀러에 이십칠 주 동안이나 올랐다.

진중하고 두툼하게 쓰는 샌델과 달리 프랭크퍼트는 도발적인 아이디어를 짧은 글로 발표하기를 즐기는 모양이다. 『개소리에 대하여』를 내고 꼭 십 년 뒤, 그는 얇은 교양서 한 권을 또 출간했다. 국내에서는 '평등은 없다'라는 제목으로 알려진 책이다. 노철학자는 여기서 '경제적 평등은 도덕적으로 중요한 목표가 아니다'라는 경악할 만한 주장을 펼친다.

솔직히 프랭크퍼트 정도 되는 학자가 정색하고 얘기하니까 들어볼 마음이 생기지, 다른 사람이 한다면 미친 소리 취급당할 말이다. 아니, 그렇다면 어마어마한 빈부격차도 괜찮다는 소리냐? 프랭크퍼트는 그렇다고 대답한다. 황당해하는 독자들에게 그는 싸움이라도 걸듯 자기의 논거를 공격적으로 제출한다.

우리의 도덕적 목표는 좋은 삶이다. 우리는 남보다 우월해지기 위해서가 아니라, 좋은 삶을 살기 위해 좋은 삶을 살아야 한다. 마찬가지로 나쁜 삶을 피해야 하는 이유는 그게 남보다 못한 삶이어서가 아니다. 그 자체로 나쁜 것이기 때문이다.

이처럼 한 개인이나 사회가 추구해야 할 도덕적 목표는 평등과 별개로 존재하며, 그렇기에 "불평등은 그 자체로는 비난받을 만한 것이 아니"고, 고로 "경제적 평등은 반드시 실현해야 할 도덕적 이상이 아니다."*

하지만 현실에서는 경제적 불평등으로 인해 우리가 용납해서는 안 될 인간 존엄에 대한 훼손이 발생한다. 그런 사태를 막기 위해 불평등 축소를 요구할 수는 있다. 말하자면 평등주의에는 근원적 가치는 없지만 도구적 가치는 있다. 그래도 더 중요한 것은 나쁜 삶 자체를 막는 일, 즉 범죄와 빈곤을 없애는 것이

---

* 해리 프랭크퍼트, 『평등은 없다』, 안규남 옮김, 아날로그, 2019, 16쪽.

다. 이상이 프랭크퍼트의 논지다.

나는 이 책을 두 번 정독했는데 이게 궤변인지 아닌지 여전히 헷갈린다. 다만 철학 논증 속 인간과 진짜 인간이 매우 다르다는 점만은 잘 안다. 사람은, 논리야 어떻건 간에 남의 삶을 열심히 살피고, 거기에 큰 영향을 받는다. 소득이 비슷해도 부자나라에서 서민으로 사는 것보다 가난한 나라에서 중상층으로 사는 게 훨씬 더 만족스러울 수 있다.

평등에 대해 파고들수록 그게 매우 복잡한 개념이며, 때로 논의가 반직관적인 방향으로 흐를 수 있음을 알게 된다. 동시에 그에 대한 욕구는 반대로 거의 원시적인 감정임을 깨닫는다. 우리는 평등이 뭔지 잘 모르면서 그것을 열렬히 소망한다. 사랑, 행복, 구원과 마찬가지로. 우리는 프랭크퍼트에 어떻게 반박해야 할지 모르지만 그의 말이 이상하다고 '느낀다'.

공정 개념은 평등과 상당 부분 겹친다. 우리는 공정을 실현하는 과정과 그 결과가 평등에 대한 우리의 감각과 어긋나지 않기를 바란다. 평등 개념 자체가 모호하므로 공정에 대해서도 막연하게, 하지만 강력하게 요구한다. 아마 그런 감각과 욕구는 인류보다 더 오래됐을 것이다. 불공정하게 보상하면 실험실 침팬지도 화를 낸다.

공정이라는 혼란스러운 광원은 하나의 사안에도 수십 가지 그림자를 드리운다. 우리는 그 빛의 방향을 잘 파악하지 못하고, 그걸 좇다 도리어 길을 잃기도 한다. 괜찮은 정규직과 나머지 일자리로 노동시장이 이원화된 지 한 세대가 지났다. 좋건 싫건 이를 한국사회의 질서라고 인정하고 대처한 이들에게 공기업 비정규직의 정규직 전환은 심각한 반칙이다.

아직도 한국사회는 장관과 4대 권력기관장 중에 호남 출신은 몇이고 비서울대 출신은 몇인지 수를 센다. 공정과 부족주의의 기묘한 만남이다. 정당들은 청년세대도 그렇게 하나의 '부족'이라고 오해한다. 그래서 구성원 한두 사람을 지도부에 발탁하는 걸 좋은 대책이라고 여긴다.

차라리 공정이라는 무지막지한 빛보다, 그 그림자들이 어떤 땅에 떨어지는지를 살피는 편이 슬기롭겠다. 선거 공천에서 여성과 청년 할당제를 없애는 게 더 공정한가? 그 선거가 사회적 거리두기 중에 미디어 중심으로 펼쳐지는 '공중전'인지, 끈끈하게 지역 조직 관리 잘하는 사람이 유리한 백병전인지에 따라 답이 달라질 수 있다. 지성도 참을성도 바닥을 보이는 이 시대에, 우리에게 절실히 필요한 덕목이 섬세함이라니.

(2021)

2부

어떤 나라를 꿈꾸는가

분노는
진보의
필수 요소인가

『레 미제라블』의 주인공은 물론 장 발장이다. 그런데 이 작품은 장 발장 이야기로 시작하진 않는다. 고아 출신의 여자 직공 팡틴이나 팡틴의 딸 코제트로 시작하지도 않는다. 첫번째 장은 전부 미리엘 주교에 대한 이야기다. 은촛대를 훔쳐간 장 발장을 용서하고 감싸주는 바로 그 인물이다.

소설 도입부에서 이미 미리엘 주교는 성자나 다름없다. 자비와 박애를 신실하게 실천하고, 겸손한데다 유머 감각까지 뛰어나다. 주교로 임명된 지 사흘 만에 자기 거처를 좁은 자선병원으로 옮기고, 넓고 호화로운 주교관은 가난한 환자들이 쓰게 한다. 포악한 산적조차 주교의 인품에 감화된다.

그런데 주교는 뜻밖에도 프랑스혁명에 매우 비판적이다. 그는 대혁명에 참여했던 G라는 전 혁명의회 의원을 찾아가 날선 논쟁을 벌인다. 주교는 말한다. 자신은 노여움이 끼어든 파괴를 경계한다고. 단두대 앞에서 박수를 치는 일에 대해 어떻게 생각하느냐고. 대혁명이 숭고했다고 믿는 G는 이렇게 대꾸한다. 분노는 진보의 한 요소라고, 정당한 분노는 미래에 사면될 거라고.

G의 말처럼 진보는 분노와 떼려야 뗄 수 없는 관계인 걸까? 세상에는 그렇다고 보는 사람도 많다. 대혁명 이후 이백여 년이 지난 2010년, 프랑스에서는 '분노하라'는 말이 유행했다. 나치에 맞섰던 레지스탕스 출신으로 유엔인권위원회 프랑스 대표를 지낸 스테판 에셀이 펴낸 책 『분노하라』가 현지에서 출간 칠 개월 만에 이백만 부 넘게 팔리면서다. 에셀은 프랑스의 민주주의가 후퇴하고 있다며 청년들에게 분노를 주문했다. 역사는 더 큰 정의와 자유의 방향으로 흘러가며, 분노해야 그 흐름에 합류할 수 있다고(단, 에셀은 비폭력주의자다).

우리말에는 의분義憤이라는 단어가 있다. 세상에는 '옳은 분노'가 있다, 의로움과 노여움이 그렇게 한덩어리가 될 수 있다는 사상이 그 말 아래 깔려 있다. 공분公憤이라는 표현도 있다. 의분과 공분은 둘 다 우리에게는 직관적으로 와닿지만 영어로는 한 단어로 표현하기 쉽지 않은 개념이다.

정작 『레 미제라블』은 의분을 북돋고 혁명을 찬미한다기보다는 '분노 없는 의로움'의 가능성을 탐구하는 소설이다. 아전인 수식 해석일지 모르나 내게는 『레 미제라블』의 줄거리 전체가 첫번째 장에서 가톨릭 주교와 혁명가가 벌인 토론을 극화한 사고실험으로 여겨지기도 한다.

장 발장은 미리엘 주교의 정신적 후계자다. 개심한 장 발장은 당시 프랑스 사회의 온갖 모순과 부조리를 맞닥뜨리지만 결코 분노에 휩쓸리지 않으며, 동시에 의로움도 잃지 않는다. 민중 봉기의 한복판, 시민군 편에서 총을 들고 백발백중의 사격 솜씨를 자랑하지만, 정부군의 투구만을 절묘하게 겨냥해 누구도 다치지 않게 한다.

반면 분노 섞인 의로움을 동력으로 삼아 행동하던 조연들은 불행한 결말을 맞는다. 범죄자를 증오하던 경감 자베르가 그렇고, 바리케이드를 쌓고 정부군과 대치한 젊은 공화주의자들이 그렇다. 예외는 마리우스 정도인데, 그도 장 발장이 구해내지 않았더라면 동료들과 같은 운명을 맞았을 것이다.

전 혁명의원 G의 또다른 말, '정당한 분노는 결국 사면된다'는 주장은 어떤가. G가 언제부터 언제까지 혁명의원을 지냈는지 소설에서 정확한 시기는 나오지 않는다. 다만 1793년 루이 십육 세를 처형할 때 혁명의회에 있었다는 사실은 언급된다.

그 직전인 1792년에는 '9월 학살'이 있었다. 혁명정부가 반혁명파를 대대적으로 체포했고, 혁명의 열성 지지자들이 감옥을 습격해 그 반혁명 분자들을 살해했다. 파리에서만 천 명이 넘는 사람이 엿새 동안 목숨을 잃었다. 프랑스 각지에서 그런 학살극이 벌어졌고, 혁명과 아무런 관계 없이 사소한 죄로 감옥에 수감돼 있던 소시민들이 엄청나게 희생됐다. G는 그런 참극조차 역사의 발전에 따르는 부수적 피해이며, 결국 정당화되리라 주장하는 셈이다.

섬뜩하게도 G의 예상은 어느 정도 들어맞았다. 우리는 프랑스혁명을 말할 때 고귀한 이상을 주로 이야기하지, 9월 학살을 입에 잘 올리지는 않는다. 그럼에도 G를 만나면 미리엘 주교를 대신해 따지고 싶어진다. 분노의 적자嫡子는 진보가 아니라 또다른 분노 아니냐고. 그러니 분노에 의지하는 운동은 보복의 악순환에 갇히기 쉬운 것 아니냐고.

의로움이 노여움과 한몸이 되기 쉬울수록 우리는 그 사실을 주의하고 조심해야 하는 것 아니냐고. 단두대에 오른 정적을 보고 박수를 치고 싶어하는 마음을 우리의 본성이라 받아들일 게 아니라 단속하고 경계해야 하는 것 아니냐고. 의로움을 의롭게 추구할 수는 없느냐고. 왜 그런 높은 이상을 품지는 못하느냐고. 그 많은 피를 꼭 다 흘려야 했느냐고.

(2018)

나는
왜
보수주의자인가

그간 사회성 짙은 소설을 써왔다. 과업이 없다는 생각에 무기력에 빠진 청년들, 한국이 싫어서 이민을 가는 세태, 인터넷 여론 조작 등. 최근에 펴낸 단행본에서는 2010년대 한국의 경제 현실과 노동문제를 다뤘다.

이런 책들을 내고 언론 인터뷰를 하면 한두 번씩 받게 되는 질문이 있다. "당신은 스스로를 보수주의자라고 하면서 왜 이런 소설을 썼느냐?"는 것이다. 처음 그 질문을 받았을 때에는 당황해서 할말을 잃었다. '설마 보수는 청년문제, 노동문제에 관심을 가져서는 안 된다고 생각하는 건 아니겠지' 싶었는데, 그 설마가 맞았다. 요즘은 간편하게 '보수는 악'이라고 믿는 사람도 많은 것 같다. 가끔은 그런 명쾌함이 부럽다.

내가 이해하는 보수와 진보는 방향에 대한 개념이 아니다. 그것은 속도에 대한 것이다. 가야 할 방향은 명확히 정해져 있다. 경제의 역동성을 잃지 않으면서 사회안전망도 튼튼한 사회. 잠재력을 펼치고자 하는 이들이 기회를 얻고, 경쟁의 최전선에서 한발 물러나도 미래가 두렵지 않은 세상. 그것이 가능한가 하고 물으면 북유럽을 보라고 답하겠다. 우리와 여건이 다른 북유럽의 제도를 직수입하자는 것은 아니다. 북유럽 사람들이 해낸 일은 우리도 할 수 있을 거라는 얘기다.

우리는 대한민국이라는 대형 버스를 타고 그런 나라를 향해 간다. 가속페달을 얼마나 세게 밟아야 하는가를 놓고 늘 논쟁이 벌어진다. 마음이 급한 이들은 빨리 달리자고 한다. 겁이 많은 이들은 천천히 조심스럽게 가자고 한다. 그것이 내가 이해하는 진보와 보수의 건강한 논쟁이고, 나는 겁이 많은 쪽이다.

'○○○○년까지 최저임금 만원'이라는 말에 내가 비판적인 이유는 '만원'이라는 방향 때문이 아니라 '○○○○년까지'라는 속도 때문이다. 우리 앞에 놓인 길은 험난하다. 구불구불한 비포장도로의 곳곳이 파였고, 주변은 어둡다. 파괴적인 신기술이라는 웅덩이도 있고, 금융위기라는 낙석이 떨어지기도 한다. 차량 자체도 튼튼하지 않다. 자영업과 중소기업이 취약하고, 대외의존도가 높다. 내부 갈등 조정 능력은 거의 없는 수준 아닌가 한다. 이런 차로 이런 길을 달릴 때 최선은 언제나, 상황 봐서

페달을 밟는 것 아닐까. 자칫하다가는 차가 엎어지고, 더 나쁘게는 낭떠러지로 떨어질 수도 있다.

'너는 가진 게 있으니까 급하지 않은 거야, 너는 당해보지 않아서 서럽지 않은 거야'라는 지적은 달게 받아들인다. '혹시 내가 더 멀리 보는 건 아닐까' 하고 반박하고 싶지는 않다. '운전석에 앉아본 적이 없을수록 운전을 쉽게 생각한다'는 주장에는 반쯤 동의하고 반쯤 반대한다. 그 논리를 밀어붙이면 세대교체가 불가능해진다. 게다가 한국의 조직들은 운전석에 앉을 순서를 대개 실력이 아니라 연공서열로 정한다.

내가 생각하는 보수주의는 현실주의다. 현실은 복잡하고 회색이다. 탄탄대로가 펼쳐지는 상황은 드물다. 그러므로 현실주의자는 자주 브레이크를 향해 다리를 뻗는다. 대중과 역사가는 가속페달을 밟는 뜨거운 발에 우호적이다. 상관없다. 두 페달을 적절히 밟으며 부드럽게 목적지에 이르기를 바랄 따름이다.

보수와 진보에 대한 이런 비유에 동의하는 한국인은 얼마나 될까. 옛 바른정당 지지율쯤 되려나? 그러나 이것만큼은 나의 정의定義를 양보하고 싶지 않다. 죽창가를 올리는 페이스북 계정이나 확성기 소리 시끄러운 태극기 집회를 진보, 보수라고 부르기 부끄럽다. 그보다는 조선 말기 붕당 같은 걸로 이해한다.

현실을 살피자는 목소리를 낼 때 '타협한다'는 비난을 받으면 어리둥절해진다. 그러면 현실과 타협하지, 무엇과 타협하라는 말인가. 이상과 타협하라는 건가? 이상은 타협 대상이 아니다.

내가 생각하는 현실의 반대말은 이상이 아니라 구호와 아포리즘이다. 물론 이런 말들은 어떤 층위에서는 진실을 담기도 한다. '초고층 빌딩은 하늘을 찌르는 페니스'라는 서술은 공격적인 성공 야심으로 가득한 현대문명의 한 속성을 날카롭게 고발한다. 그런데 저 표현을 몇 층 아래로 그대로 가지고 내려와 '그러므로 저 빌딩의 건축가는 남근 콤플렉스가 있다'고 이어가면 얘기가 우스워진다.

세상을 그렇게 보는 이들을 뭐라 불러야 하나 고심했는데, 모이제스 나임의 『권력의 종말』(김병순 옮김, 책읽는수요일, 2015)을 읽다가 적당한 용어를 발견했다. '단순주의자'라는 단어였다. 지금 우리 사회에는 단순주의자가 이쪽저쪽에 너무, 너무 많다.

(2019)

심오롭고
공허한

'고요히 진리를 기다리며 물음표의 존재 안에서 앉아 숨쉬는 것.'

성공회 신학자이자 104대 캔터베리 대주교인 로언 윌리엄스는 자신의 신앙을 이렇게 설명했다. 그런데 이 말은 정확히 무슨 뜻일까?

철학자 대니얼 데닛은 저 문장을 두고 '심오롭다'고 놀린다. 심오한profound 것 같지만 사실은 별 뜻 없지 않으냐는 야유다. 데닛이 심오로움deepity의 다른 예로 드는 문장은 다음과 같다.

'사랑은 단어일 뿐이다.'

아, 그렇지. '사랑'은 물론 단어다. 그런데 그게 어떻다는 거지? 그런 식으로 따지면 맛있는 '치킨'도 단어일 뿐이고 끔찍한

'범죄'도 단어일 뿐이잖은가? '사랑은 단어일 뿐이다'라는 말은 문장일 뿐이고?

미국 철학자들은 이런 심오로움을 몹시 싫어하는 모양이다. 예일대의 셸리 케이건 교수는 할리우드 영화에 가끔 나오는 대사를 물고 늘어진다.

'인간은 모두 홀로 죽는다.'

인간은 모두 홀로 죽는다고? 아닌데. 비행기 사고가 나면 다 같이 죽는데.

아, 그게 아니라 죽음은 모든 사람에게 개별적이고 독립적인 의미를 가진 사건으로서 다가온다는 의미라고? 그런데 그건 뭐든 그렇지 않나? 그런 식으로 따지면 식사도 영화 감상도 모두 홀로 하는 거지. 친구랑 같이 밥을 먹어도 음식맛은 혼자 느끼는 거니까. 그러니 '인간은 모두 홀로 죽는다'라는 경구는 별로 가리키는 바가 없는, 무의미한 아포리즘이라는 얘기다.

소설가인 나는 이 문제에 철학자들보다는 열린 마음이다. 로언 윌리엄스의 신앙고백이 정확히 무슨 뜻이냐고 누가 설명을 요구하면 할말은 없다. 그러나 '앉아서 고요히 숨쉬며 진리를 기다린다'는 묘사는 분명 내게 어떤 심상을 불러일으킨다. 그리고 '물음표의 존재'가 구체적으로 무엇을 가리키는지는 잘 모르겠지만, 그 표현 자체가 멋있다고 생각한다. 여기서 철학과 문학이 갈라선다.

문학이 싫어하는 것은 '심오로움'이라기보다는 '진부함'이다. '사랑은 단어일 뿐이다'라는 말은, 물론 텅 비어 있기도 하지만, 그보다는 너무 뻔하기 때문에 형편없는 문장이다.

어떤 문장들은 뻔하고 공허한 주제에 위험하기까지 하다. '인간은 모두 홀로 죽는다'라는 대사를 읊는 할리우드 영화의 조연 캐릭터들 운명이 어떤지 아는가? 대개 저 말 하고 나서 몇 분 뒤에 죽는다. 한 걸음만 떨어져서 보면 이때 저 대사는 자멸적 허세에 불과하다. 발화자는 그 말에 취해서 냉정한 판단을 하지 못한다. 자신이 무척 용감한 사람이고 그 순간이 굉장히 비장한 상황인 듯한 착각, 다시 말해 나르시시즘에 사로잡히는 것이다.

이런 심오로운 문구들은 요즘 사회관계망 서비스SNS에서 전성기를 누리고 있다. 여러모로 플랫폼과 궁합이 잘 맞는다. 길이가 짧아서 퍼지기 좋고, 비록 잠시지만 특별한 깨달음을 얻은 듯한 착각을 불러일으킨다. 플랫폼 이용자들도 대개 인생 경험이 풍부한 편은 아니고, 자기표현 욕구가 강한 사람들이 많은 걸로 안다.

대체로 SNS에 올라오는 글들은 내용이 심오로울수록 '좋아요'나 리트윗 수가 더 많아지지 않나 싶다. 거기까지는 오케이. 문제는 그중 위험하거나 해로운 녀석들이다. 예를 들어 이런 거.

'모든 형태의 차별에 반대한다.'

이 문장의 심오로움 지수는 아주 높다. 거창하게 들리지만 실상은 그렇지 않다.

일단 가능하지가 않다. 나는 죽을 때까지 평양냉면과 함흥냉면을 구분하고 서로 다르게 대우할 것이다. 삼겹살과 돼지껍데기에 대해서도 그렇다.

아, 사람에 대한 얘기라고? 그런데 장학생을 선발할 때에는 가정 형편에 따라 학생들을 차별해야 하지 않을까? 형사재판을 할 때에는 저지른 죄에 따라 범죄자에게 서로 다른 벌을 내려야 하지 않나?

깊이 들어가면 들어갈수록 모든 형태의 차별에 맞서겠다는 결의보다는 그 차별이 어떤 형태냐는 질문이 중요해진다. 차별을 둘러싼 첨예한 논쟁들은 차별 찬성론자와 반대론자가 벌이는 것이 아니다. 무엇이 차별인가에 대한 해석을 다르게 하는 사람들이 벌이고 있다. 소수자 우대 정책을 찬성하는 이들은 소수자를 우대하지 않는 것이 차별이라고 주장하고, 반대편 진영은 소수자 우대가 차별이라고 반박한다.

이런 때 '모든 형태의 차별에 반대한다'는 심오로운 선언은 어떻게 쓰이나. 특히 SNS에서 말이다. 내가 보기에는 질문과 토론을 막는 모양새로 쓰인다. 너희와 달리 우리는 차별에 반대하는 사람들이다! 우리 편은 이렇게나 많다! 그런 느낌이다. 이런 여건에서 숙의熟議 민주주의가 가능할까?

정치에서 감성을 중시하는 정당이 세력을 잡은 요즘, 심오로운 슬로건들을 어느 때보다 많이 보고 있다. '4차 산업혁명'이라는 신조어가 입에 오르내렸다. 과문한 나는 그게 몇십 년 전 유행어였던 '제3의 물결'과 근본적으로 뭐가 다른지 잘 모르겠다.

'적폐청산'이라는 말은 어떤가. '적폐'가 무엇인지 구체적으로 설명하는가, 아니면 '청산해야 할 대상이 있다'는 결의에 무게중심이 있나. 아직까지는 꽤나 심오로운 단어라고 생각한다.

(2017)

지역갈등과
세대갈등

제19대 대선 결과를 보면 한국에서 지역갈등은 마침내 사라진 단계에 온 것 같다. 그리고 그 자리에 세대갈등이 들어서는 듯하다.

영남과 호남이 맞서고, 그 사이에서 충청이 역할을 했던 구도는 이제 이런 식으로 바뀌지 않을까. 베이비붐 세대와 팔십팔만원 세대가 맞서고 그 사이에 태어난 이들이 캐스팅 보트를 쥐는.

그런데 그 구도는 얼핏 비슷해 보일지라도, 갈등이 펼쳐지는 양상과 결은 이전과 매우 다르지 않을까 하는 게 내 생각이다. 어쩌면 더 풀기 어렵고, 골이 훨씬 깊어질 수 있겠다는 걱정도 든다.

우선 청년과 노인이 선입견 없이 만나 수평적으로 대화할 기회 자체가 극도로 적다. 지역감정이 한창인 시절에도 사람들은 학교나 직장에서 서로 어느 지역 출신인지 모른 채로 만나 섞일 수 있었다. 일을 같이 하고, 우정을 쌓고, 심지어 연애를 하다가 뒤늦게 상대의 고향을 알게 되는 경우도 있었다. 그게 꼭 상대 집단에 품고 있던 반감을 버리는 결과로 이어지지는 않았다 하더라도 말이다.

지금 팔십팔만원 세대와 베이비붐 세대 사이에서는 그런 일이 벌어지기 어렵다. 특히 빈곤 청년과 부유한 노인이 얼굴을 보고 평등하게 의견을 나눈다는 것은 거의 불가능에 가깝다. 뿌리깊은 유교 문화의 문제도 있고, 대개 빈곤 청년과 부유한 노인은 머무는 공간 자체가 분리된다.

갈등의 결은 어떨까? 영호남 사이의 적대감은 일종의 '악마화'에서 비롯되었다고 본다. 지역갈등의 당사자들은 〈우리〉와 〈그들〉을 구분하고, 〈그들〉을 '나쁜 놈들, 교활한 인간들'로 묘사했다. 그런데 이때 〈그들〉은 적어도 머리가 나쁘지는 않았다. 지성이라는 면에서는 우리와 같은 존재였다. 냉전 시대 미국과 소련, 종교전쟁 시대 구교도와 신교도가 상대를 이렇게 봤다.

지금 우리 사회에서 벌어지는 세대갈등은 그와는 다소 다른 듯하다. '악마화'라기보다는 '비인간화'에 가깝지 않나 싶다. 세대갈등의 당사자들 역시 〈우리〉와 〈그들〉을 구분한다. 그런데 이때 〈그들〉은 사악하다기보다는 차라리 '덜 떨어진 인간들'이다. 제국주의 시대 유럽인이 유색인종을 보던 태도에 가깝다.

젊은 세대는 노인들이 쓰는 거친 언어와 난폭한 행동에 경악한다. 〈그들〉은 둔하고, 볼품없고, 촌스럽다. 인권을 비롯해 현대사회 시민이 지녀야 할 기초적인 개념과 소양을 두루 갖추지 못한 것 같다. 몰상식한 주제에 억지까지 부린다. 〈그들〉에 대한 〈우리〉의 반응은 종종 '역겹다'는 것이다.

노인 세대는 요즘 젊은 사람들이 약하고 얕다고 여긴다. 나는 얼마 전 어느 장례식장에서 전직 관료들을 만나 이야기를 들었다. 팔십팔만원 세대에 대한 이들의 솔직한 정서는 '같잖음'인 듯했다. 정돈된 거대 담론에 익숙한 과거의 엘리트들에게 〈그들〉의 주장은 일관성이라고는 없이 그저 중구난방이고 엉성해 보일 뿐이다. 〈그들〉 중 며칠 굶어본 사람이 없다는 사실도 분명하다.

악마화는 증오로 이어진다. 비인간화의 정서는 경멸이다. 어떤 면에서는 증오가 경멸보다 쉽게 풀린다. 〈그들〉이 굴복하거나 참회하면 된다. 경멸은 그런 식으로는 사라지지 않는다. 상호 경멸이라는 형태로 반목하는 두 집단이 상대를 이해하고 인정하려면 어떤 기적이 일어나야 할까. 최근 갈등의 모양새는 비인간화 위에 악마화까지 덧씌워지는 중 아닌가 하는 우려도 든다.

정치가 해결책이 될까. 별로 기대하지 않는다. 과거에도 지역 갈등 극복을 위해 애쓴 정치인보다는 갈등을 이용하고 조장하기까지 한 모리배들이 더 많았다. 수가 적어도 튼튼한 지지층을 확보하려는 전략들이 들어서면 정치는 오히려 갈등을 부추기고 키우는 증폭기가 된다. 선거가 연령 단위가 아니라 지역 단위로 시행된다는 점은 그나마 다행이다.

경제 상황은 더 암울하다. 한국사회는 그동안 모든 사회갈등에 대한 만병통치약으로 경제성장을 내세웠는데, 이제 그 약을 구하기 어렵게 됐다. 수명이 길어지고 고령층이 경제적으로 붕괴하면서 빈곤 노인과 빈곤 청년이 일자리와 복지재원을 둘러싸고 점점 더 치열하게 다투게 될 것이다. 내가 무엇을 할 수 있을까. 두 세대가 잘 모르지 않을까 싶은 이야기를 하나씩 추측해 써볼까 한다.

하나, 개인주의와 인권 감수성은 언어와 같다. 몇 시간 공부한다고 저절로 몸에 익지 않는다. 그리고 성, 인종, 성적 지향에 대한 인권 의식이 지금과 같은 수준으로 올라온 건 선진국에서도 최근 일이다. 나를 비롯한 기성세대들은 지금 외국어를 배우느라 허우적거리는 중이다. 기본적으로 서툴고, 아는 것도 자꾸 틀린다.

둘, 사람을 진정 괴롭히고 좌절시키는 것은 배고픔이 아니라 전망이 안 보이는 상태라고 생각한다. '어쨌든 내일은 오늘보다 나으리라는 믿음' 속에 태어나 자란다는 것은 인류 역사 전체에서 몇몇 세대에만 허락되는 일종의 은총이자 특권 아닐까. 한국의 젊은 세대는 현재 그 특권을 누리지 못하고 있다.

(2017)

X 세대의
빛

『한국이 싫어서』(민음사, 2015)를 내고 언론 인터뷰를 하면서 젊은 세대에 대한 질문을 많이 받았다. 그들은 무엇을 원하고 무엇을 고민하는가? 나는 몇 번은 이런저런 추측을 늘어놓았고, 한두 번은 '내가 아니라 당사자들에게 직접 물어야 하는 것 아니냐'고 되묻기도 했다.

그러는 동안 오히려 나의 세대에 대해 더 오래 생각하게 됐다. 1970년대 중반쯤 태어나 한때 'X 세대'라고 불렸고, 이제 사십대 혹은 오십대로 접어든 우리들. 우리는 스물에서 서른 사이에 무엇을 원했고 무엇을 고민했던가? 그리고…… 무엇을 했나?

건국 이래 우리 앞까지 모든 세대가, 공이 과를 훌쩍 넘는다.

나의 조부모 세대는 헌법과 정부와 학교를 만들고 자식들에게 우리말을 가르쳤다. 나의 부모 세대는 허허벌판에 공장을 세우고 달러를 벌고 보릿고개를 없앴다. 나의 삼촌 이모와 사촌 형 누나들 덕분에 오늘 내가 어디 음침한 방에 끌려가 알몸으로 두들겨맞을 걱정 없이 술자리에서 실컷 정치를 논한다. 앞선 세대가 중진국 진입과 대통령직선제를 간절히 소망하며 거기에 이르는 길을 깊이 고민한 덕분이다. 대개 해법은 피가 나도록 맨몸으로 부딪치는 것이었다.

X 세대는 무엇을 원했던가? 우리는 촌스럽고 엄숙한 것이 지독히 싫었고, 세련됨과 자유로움을 열렬히 추구했다. 우리는 어떤 변화의 중심에 섰고, 그 결과 한국 대중문화가 세계적인 수준에 올랐다.

그러나 그 성취는 반쪽짜리였다. 무대 위에서는 십대 소녀들이 몸을 아슬아슬하게 가린 옷을 입고 골반을 흔들며 유혹을 노래하지만, 무대 아래 한국사회는 여전히 촌스럽고 엄숙하다. '청소년도 성관계를 가질 자유가 있다'는 말에 화들짝 놀란다. 십대에게 어떻게 피임을 가르쳐야 할지 몰라 그냥 침묵한다.

우리의 고민이 모자랐기 때문이다. 우리의 에너지는 주로 우리 세대의 욕망을 해결하는 데 쓰였다. 자유와 해방의 물결은 우리가 관심을 둔 영역에서만 좁게 일었다. 사회 진보를 고민한 친구들은 선배들의 구호를 답습했다. 학생운동이 몰락한 과정은 자멸에 가까웠다.

젊은 세대가 변혁의 투지를 소녀시대의 노래로 표현하는 모습이 보기 좋은가? 나는 좀 다른 의견이다. 수십 년간 공동체 발전의 한 축이었던 훌륭한 전통이 무관심과 게으름으로 인해 1990년대 중후반 이후 업데이트되지 않아 헐리고 무너진 광경을 본다. 가장 무관심했던 사람으로서, 부끄러움을 무릅쓰고 말한다.

게으름에 대해 말하자면, '김영삼 정권 타도' 따위의 구호가 게으름이었다. 우리가 양성평등 같은 어젠다를 보다 깊고 무겁게 제기했더라면 얼마나 좋았을까. 그랬더라면 지금 젊은 청년들이 남혐 여혐 군대 출산 어쩌고보다는 나은 논의를 펼치고 있지 않을까. 우리가 생활 현장의 민주화를 더 강하게 요구하고 실천했더라면 얼마나 좋았을까. 그랬더라면 넌더리 나는 야근과 회식 문화는 진즉 사라지지 않았을까.

물론 외환위기가 있었다. 그러나 내 기억에 X세대가 생존을 걱정했던 기간이 그리 길지는 않았다. 기껏해야 몇 년 정도였다. 이후에는 생존보다는 이익을 위해 싸웠다. 원어민 선생님이 있는 영어 유치원에 아이를 보내기 위해 허덕이는 내 또래 부모들을 보면서 그렇게 느낀다. 영어 유치원에 다니지 못하면 아이 인생이 끝장난다고 보기는 어렵다. 부모들도 그렇게까지 말하지는 않는다. 그저 아이가 누릴 수도 있을 약간의 이익을 포기하기 싫어서, 또는 남들도 하니까, 정도의 이유인 것 아닌가.

이것이 죄라고 생각하지는 않는다. 개개인의 책임을 따져 물을 일도 아닐 게다. 우리만 잘못한 것도 아니었고, 우리가 가장 큰 잘못을 저지른 것도 아니었다. 전체적으로는, 부모와 선배들이 닦아놓은 길을 잘 관리하면서 넓혀왔다고 평가한다.

다만 새로운 길을 충분히 냈는지는 모르겠다. 지금 한국사회가 어디로 가야 할지 몰라 헤매는 데는, 이십 년 전 젊은 세대의 고민이 부족했던 탓이 크지 않은가. 각 세대가 앞 세대로부터 무엇을 물려받고 다음 세대에 무엇을 물려주었는지를 따져보면, 우리의 성적표가 가장 초라하지 않을까.

다행히 우리에게는 아직 기회가 있다. 한국에서 그나마 여유와 역량이 있는 세대를 찾으려면 그것도 우리다. 어떤 나라를 꿈꾸는가? 그 답부터 찾아야 한다. 미국도 일본도 네덜란드도 덴마크도 정답은 아니다. 한국에는 없는 심각한 문제가 있거나, 또는 한국과 여건이 다르다.

책을 읽으며 생각을 가다듬는 동안, 당장 실천할 수 있는 일을 먼저 시작하는 것도 좋겠다. 불필요한 야근을 없애고, 법으로 정해진 휴가는 다 누릴 수 있는 조직 분위기를 만드는 작업은 어떤가. 사장이 아무리 "일찍 퇴근해라, 휴가 써라" 해봤자 사원들은 따르지 않는다. 믿지 않기 때문이다. 사장이 아무 말 없더라도 부장, 차장이 솔선수범하면 그 파급력은 놀랍다. 부하

직원들이 '이 선까지는 괜찮나보다' 여긴다.

윗사람에게 찍힌다거나 하는 위험이 따를 수는 있겠는데…… 그 정도는 감수할 수 있지 않을까? 우리 부모와 선배들이 했던 일을 떠올리면서. 그리고 그 위험이 정말 생존과 관련된 문제인가? 오히려 업무 성과는 더 높아질지도 모른다.

(2017)

제정신으로
살기
위하여

2010년 10월 30일, 미국 워싱턴 DC에서 '제정신 회복을 위한 집회'가 열렸다. 점점 상식을 잃어가는 미국 정치의 좌우 극단주의에 질린 시민들이 제발 제정신을 되찾자며 모인 것이다. 집회에 참여한 군중의 규모는 이십만 명 이상이었다. 사람들은 '아무나 히틀러라고 부르지 말자' '온건파에 한 표' '국회는 일하라' 같은 구호가 적힌 피켓을 들었다. 미국 정치 상황을 풍자하는 코미디 공연이 열렸고, 제정신을 지킨 유명인에게 메달을 수여하는 시상식도 있었다.

마음 한구석에서는 우리도 광화문 앞에서 이런 집회를 열자고 외치고픈 충동이 인다. 올드 미디어건 뉴 미디어건 제정신이 아닌 사람들만 가득해 보여서, 제정신인 사람이 아직 남아 있다는 걸 그렇게라도 눈으로 확인하고 싶다. '우리는 제정신이 맞다'라고 서로 위로하고, 정신을 잃지 말자고 다짐하고 싶다. 어지간한 강단 없이는 제정신을 유지하기 어려운 세상이 오는 것 같기에.

한편으로는 그런 집회를 열어서 무슨 소용이 있겠나, 고개를 젓게 된다. '제정신 회복을 위한 집회'가 열리고 육 년 뒤 미국에서는 도널드 트럼프가 대통령으로 당선됐다. 미국 정치는 꾸준히 제정신이 아닌 방향으로 달렸다. 정치 리더십은 증발하고, 좌파 포퓰리스트와 우파 포퓰리스트가 상대를 나치라고 비난하고, 정국은 극도로 불안정해져서 수시로 대통령 탄핵이 언급되고, 여론조사 결과가 툭하면 틀리는, 우리에게도 익숙한 바로 그 방향으로.

애초에 제정신과 집회라는 두 단어는 어울리지 않는다. 유튜브에서 2010년 당시 워싱턴의 집회 영상을 찾아봐도 어딘지 열기가 부족해 보인다. 제정신이 있으면 차분해지니까 당연한 일이다. 괴벨스가 했다는 말처럼 대중을 열광시키는 힘은 분노와 증오에서 온다. 지금 제정신은 힘이 없고, 대중의 분노는 실체가 있다. 세계화와 기술 발전으로 선진국에서 괜찮은 중산층 일자리가 사라지고 있다. 기성세대는 벼랑 끝에 몰린 심정이며, 그 일자리를 만져볼 기회조차 차단된 청년세대는 자기 인생이 처음부터 잘못됐다고 느낀다.

여기에 좌우 양쪽에서 분노와 증오를 증폭하는 선동가들이 활개를 친다. 지난 십 년 사이에 인터넷과 소셜 미디어는 현실에 영향을 끼치는 선을 넘어, 본격적으로 현실을 재구성했다. 그 기술의 발명가들은 참여자가 많아질수록 민주주의도 저널리즘도 정비례로 발전한다고 순진하게 믿었다. 그렇게 무책임한 아마추어 정치와 유사 언론이 파괴적인 영향력을 얻었다. 물론 대개 결과는 안 좋다. 그들이 주장하는 세상은 편한 대로 재구성한 가상현실이기에 진단도 대책도 진짜 현실에 들어맞지 않는다. 그런데 어쩐 일인지 이들의 실패는 경험과 반성이 아니라 더 터무니없는 음모론 쪽으로 나아가는 것 같다.

이런 퇴행이, 어떤 폭력적 파국을 거치지 않고 저절로 멈출 수 있을까? 불길한 전망에 사로잡히기 전에 일단 나부터 제정신을 유지할 방법을 강구해야겠다. 어쩌면 우리는 제정신의 확산이 아니라 그 생존을 걱정해야 할 단계에 이미 접어들었는지도 모른다. 지난 몇 년간 주변에서 제정신을 잃은 지인들을 너무 많이 봤다. 조국 전 법무부장관 사태 때에는 사람들이 우르르 휩쓸려 나갔다.

나는 우선 제정신이 아닌 사람들 속에 있지 않으려 한다. 동조 심리는 괴물처럼 이성을 집어삼킨다. 옆에 앉은 사람들이 입을 모아 오답을 말하면, 길고 짧은 선분 길이 알아맞히기처럼 쉬운 문제도 풀지 못한다. 우리는 그렇게 쉽게 제정신을 잃는다. 여러 심리학 실험들이 증명한 엄연한 사실이다. 그러니 동창회고 인터넷 커뮤니티고 제정신이 아닌 인간들이 점령했다 싶으면 도망쳐야 한다.

제정신이 아닌 사람들과 실시간 논쟁도 피하려 한다. 제정신이 아닌 이들은 불리하면 링에 망치를 들고 올라와도 괜찮다고 생각한다. 논쟁에는 자신 있다고 큰소리치다가 망치에 한 대 얻어맞고는 제정신을 잃고 길길이 뛰는 사람도 여럿 봤다. 그런 이들 상당수는 그대로 질 수 없다며 자기 망치에 손을 뻗었다. 이런 광기는 꼭 인플루엔자 바이러스 같다. 애초에 감염자와 침방울이 튀지 않을 정도의 거리를 유지하는 게 좋다.

다행히 우리는 중증 감염자를 쉽게 알아볼 수 있다. 사이비종교 교도를 가려내는 일과 기본적으로 같다. 그들은 무오류를 확신하며, 선민사상과 피해의식에 동시에 빠져 있고, 공허한 구호를 기침처럼 콜록콜록 뱉는다. 지식 정보 시대에 참으로 아이러니한 역병이다.

(2020)

대한민국
주류 교체와
두 파산

한국사회에서 내전중인 두 진영을 진보와 보수라고 부르는 게 타당할까. 혹은 좌파와 우파라고 부르는 게? 나는 아니라고 생각한다. 그들이 각각 진보/보수, 좌파/우파의 가치를 추구한다면 '내로남불'은 없을 것이다. 진보는 진보의 가치를 버린 국회의원 당선자를 당적을 막론하고 비판할 것이다. 보수는 표를 잃더라도 보수의 가치를 지키려 할 것이다.

한데 한국 현실은 반대다. 두 집단이 모두 어제 주장한 것과 오늘 주장하는 것이 다르다. 그에 대한 부끄러움도 없는 듯하다. 가치를 추구하는 집단이 아니니 진보, 보수, 좌파, 우파라는 명칭은 맞지 않는다. 그들이 꾸준히 일관성 있게 추구해온 것은 가치나 사상이 아니라 헤게모니다. 그러니 대한민국 신주류와 구주류 정도로 부르면 적당하지 않나 싶다.

그렇다면 두 진영은 무엇이 다른가. 나는 인재 채용 방식이 가장 달랐다고 본다. 구주류는 주로 시험과 상속으로 구성원을 영입했다. 시험에는 사법 고시, 외무 고시, 행정 고시가 있었고, 의사 자격증 시험이나 주요 언론사 입사 시험, 몇몇 공채도 그에 준한다고 쳐줬다. 또 조부모나 부모가 커다란 부를 소유하고 있으면 해외 유학이라든가 후계자 수업을 통해 주류 사회에 쉽게 들어갈 수 있었다. 능력제와 세습제의 혼합이었다.

구주류의 채용 시험에 합격하기는 어려웠다. 합격자들이 헤게모니를 누리는 방식은 폐쇄적이고 배타적이었다. 구주류는 시험과 상속이 아닌 다른 방식의 성공은 좀처럼 인정하려 들지 않았다. 내부는 어둡고 끈끈하게 담합했고, 자주 카르텔이나 마피아에 비유됐다.

신주류의 채용 방식은 그보다는 열려 있었고 아스팔트에 가까웠다. 학생운동, 시민 단체, 팟캐스트, 트위터로도 신주류에 합류할 수 있었다. 물론 구주류와 신주류의 자격을 다 갖춘 신인이 가장 환영받았다. 명문대 출신 시민운동가라든가, SNS 스타인 판검사라든가.

부잣집에서 태어나지 않았거나 '시험 머리'가 각별하지 않은 갑남을녀는 자연스럽게 구주류에 한을 품었다. 신주류가 훨씬 더 서민의 편 같았다. 그럼에도 구주류의 기득권이 두 세대 이상 이어져온 것은 그들의 실력에 대한 믿음 때문이었다. 적어도 시험을 통과한 놈들은 똑똑한 놈들이겠거니 하는.

그런 믿음은 지난 박근혜 정부 때 산산이 깨졌다. 그 잘난 놈들이 모였다고 하는 정부와 여당, 명문대 교수들이 청와대를 들락거린 괴이쩍은 비선 실세의 변덕에 의문도 반론도 제기하지 못하고 꼬리를 흔들며 순종한 꼬락서니를 전 국민이 똑똑히 보았다. 배운 자들의 비판적 지성? 놀고 있네. 구주류는 파산했다. 재건하는 데 시간 좀 걸릴 것이다.

반면 신주류에게는 늘 실력에 대한 의문이 꼬리표처럼 따라다녔다. 말이 거친 술자리에서는 '근본 없는 놈들'이라고 업신여김도 당했다. 그럼에도 신주류에 대한 심정적 지지가 두 세대 이상 이어져온 것은 그들의 도덕성에 대한 믿음 때문이었다. 서툴긴 해도 더 깨끗하고 더 정의롭겠거니 하는.

그런 믿음이 깨지는 모습을 우리는 지금 보고 있다. 몇몇 인물의 부정 의혹을 말하는 게 아니다. 정당한 의혹 제기에 발끈해 뭐가 문제냐고 침을 튀기며 반발하는 신주류의 입들, 마땅한 비판에 되레 반동이라 욕하며 돌을 드는 핏발 선 눈들을 말하는 것이다. 도덕성을 묻는데 불법이 아니라고 반박할 때 그 도덕성은 파산선고를 받는다.

두 진영은 무너질수록 점점 더 적대적 공생관계가 되어간다. 상대를 향한 비난 외에는 사람들의 마음을 끌 수 있는 비전이 없기 때문이다. 두 진영이 그 사실을 아는지 모르겠다. 상대를 국민의 일부로 인정하지 않고 진심으로 제거하려는 태도를 보면 모르는 것도 같고, 스스로를 비주류라 우기며 상대를 엄청난 힘을 지닌 음모 세력으로 몰아가는 걸 보면 아는 것 같기도 하다.

사회를 끌어가는 두 날개가 지적, 도덕적으로 파산할 때 그 사회도 파산한다. 가슴을 뛰게 할 새로운 가치를, 사상을 원한다. 당장 그럴 비전을 제시할 능력이 없다면 두 진영 선수들은 일관성을 지키는 노력부터 시작하는 게 좋겠다. 이익이 아니라 근거에 입각해 말하다보면 경쟁이 건전해지고, 그러다보면 현실을 보는 눈도 정확해지지 않을까. 정곡을 찌르는 현실 진단들이 쌓이면 미래에 대한 청사진도 점점 윤곽이 뚜렷해지지 않을까.

가냘픈 희망이지만 그 길밖에 없다고 생각한다. 위험한 야심을 지닌 포퓰리스트들에게 점점 더 유리한 환경이 조성되는 듯해 두렵다.

(2020)

팬덤이라는
세계관

'역사를 잊은 민족에게 미래는 없다'는 말을 개인적으로 좋아하지 않는다. 단재 신채호의 명언으로 인용되기도 하고 윈스턴 처칠의 말이라고 반박하는 사람도 있는데, 기실 둘 다 아니라고 한다. 불분명한 출처를 밝히는 일보다 중요한 것은 지금의 쓰임새겠다. 입에 자주 담는 이들은 '잊지 말아야 할 역사'를 편파적으로 고르는 것 같다. 일제강점기를 두고 저 말을 쓰는 경우는 흔한데, 6·25 전쟁을 두고 그러는 예는 별로 본 기억이 없다.

아마 수학을 잊은 민족의 미래도 밝지는 않을 것이다. 그런데 누군가 내 앞에서 수학교육의 중요성을 강조하면서 '민족의 미래를 위해'라고 말한다면 좀 으스스한 기분이 들 것 같다. 역사에 대해서도 마찬가지다. 민족의 번영보다는 내가 속한 시공간을 알고, 인간세계를 움직이는 거시적 힘들을 이해하고, 균형 잡힌 시선으로 주변을 살피고, 반성하는 인간이 되기 위해 역사를 공부하려 한다.

앞으로 세계인들과 함께 헤쳐가야 할 전 지구적 미래에 민족이 얼마나 유의미한 정치적 단위일지 생각해보면 더 그렇다. 수십 년 사이에 그 개념이 사라지지 않으리라는 사실은 분명하다. 그러나 민족이 통합과 혁신의 주체로 힘을 발휘할 가능성은 낮아 보인다. 지난 시대에 많이 쓰인 '자랑스러운 단일민족'이라는 표현을 최근에 들어본 적이 있는지. 민족은 이제 분쟁, 갈등과 자주 엮이는 단어가 됐다.

그렇다면 현재 가장 강력한 정치단위는 무엇이고, 그 단위 속에서 살아가야 하는 미래세대에게 필요한 교육은 뭘까. '지구문명'이라는 단어는 아직 너무 멀다. 그보다 훨씬 작은 야심이었던 '베세토'(베이징-서울-도쿄를 아우르는 동북아시아 문화 및 경제권) 구상은, 이제 그 단어조차 가물가물한 지경이다. 풀뿌리 정당의 책임정치는 과거나 지금이나 이 땅에서 여전히 신기루 같다. 사회적 대타협의 한 축을 담당하는 유럽식 노동조합? 긴 말 않는다.

나는 과감하게, 지금 제일 유심히 살펴야 할 정치사회 세력이 '팬덤'이라고 말해본다. 이제는 더이상 흥미로운 현상 차원의 문제가 아닌 것 같고, 특정 진영만의 일도, 한국만의 문제도 아닌 듯하다. 인터넷, 소셜 미디어에 힘입어 여론과 사회를 흔드는 거대한 힘과 구조가 새로 등장한 것 아닐까? 지금 중대한 역사적 사건이 진행중인 것 아닐까?

지금의 정치 팬덤은 '3김 시대'의 열성 지지자들과는 다르다. 그 시절의 유력 정치인들은 자신의 선택을 지지자들이 따르도록 이끌 수 있었다. 지금은 선거 때건 아니건, 늘 총력전 태세인 팬덤이 정치인 중에서 자신들의 스피커를 고른다. 팬덤의 중심부에 있는 인물들은 대체 가능하며, 외려 정치인들이 팬덤의 간택을 기다려야 하는 처지다. 그 와중에 직접민주주의가 실현된다기보다는 의회제도가 무력해진다.

나는 여전히 자기 성찰을 하는 팬덤이라는 희망을 품고 있다. 우리가 불평등이나 기후변화 같은 지구적인 규모의 과제들을 해결하려면 팬덤의 순발력이나 수평적 연대 같은 장점이 꼭 필요하다고 보기 때문이다. 정치학·사회학뿐 아니라 기술 분야까지 다양한 학제 간 연구가 펼쳐지면 좋겠다. '포스트 코로나19'보다 '포스트 팬덤'이 더 중요할 수도 있다. 팬덤 세계관이 코로나19 바이러스보다 사회 전체에 더 심오한 영향을, 더 오래 미칠 수 있다고 보기 때문이다.

다시 돌고 돌아 교육 이야기를 하자면, 팬덤 시대를 헤쳐갈 미래세대에게 과학과 경제학 교육을 강화했으면 하는 바람이 있다. 그들이 어떤 팬덤에 참여하든, 무엇보다 현실(팩트)을 중시하고, 건강한 회의주의를 습관처럼 몸에 지니고, 세상에 도덕 만능주의로 해결되지 않는 문제가 넘쳐난다는 사실을 알아야 한다고 믿기 때문이다. 참으로 무력한 민간 처방이긴 하지만, 지금으로서는 그 이상이 떠오르지 않는다.

(2020)

간증과 저주,
그리고
개인숭배

포털 사이트 댓글창을 보면 정치, 연예 기사에서 사회, 경제 뉴스에 이르기까지 온통 팬클럽들의 전쟁터 같다. 누구누구의 '빠'(극성팬)와 '까'(안티팬)가 치열하게 서로를 헐뜯는다. 심지어 정보 기술·과학 분야 기사에서도 삼성 팬, 애플 팬들이 서로를 멸칭으로 부르며 비하하고 도발한다. 외신 정도가 예외일까?

갈등이 불거져 이슈가 되어 사람들의 이목을 끌면, 해결 방안을 모색하는 목소리들이 나오는 사회가 정상이다. 고성이 오가더라도 "이렇게 해결해보자, 아니다, 그 방법 말고 이 방식으로 해보자"라며 갑론을박이 벌어진다면 건강하고 생산적이다. 논의가 깊어져 다양한 연관 문제와 커다란 방향을 이야기하게 되면 그때부터는 가치와 철학의 토론이 된다.

그런데 우리는 가치와 철학을 두고 다투기는커녕, 논쟁중에 처음의 쟁점조차 흐릿해지는 경우가 잦다. 해결책에 대한 아이디어들이 나와야 할 자리를 특정 인물이나 집단에 대한 말싸움이 대신 채우는 탓이다. '역시 그가 옳다' 내지는 '불미스러운 일을 저질렀지만 그래도 나는 그를 지지한다'는 옹호, 옹호의 이유, 반박, 반박의 이유 같은 것들이.

그런 모습이 너무나 맹목적이어서 옹호가 간증으로, 반박은 저주로 보일 때도 많다. 그러다보면 정책은 내용이 아니라 누가, 혹은 어느 정권이 주장했느냐의 문제가 되고, 노래는 완성도나 작품성이 아니라 어느 뮤지션이 발표했느냐의 문제가 되며, 음주 운전도 누가 했느냐를 따지게 되기 일쑤다.

'이번 신곡이 아쉽긴 하지만 내가 지지하는 아이돌의 노래이니 무조건 음원을 산다'는 마음까지는 그래도 이해한다. 그러나 정치사회 이슈마저 그런 식으로 소비되면 안 된다. 왜냐하면 엔터테인먼트 시장에서는 생산자와 소비자가 분리되지만, 정치는 그러지 않기 때문이다. 민주주의는 시민의 참여로 이뤄진다. 정치는 여의도에서 잠룡들이 벌이는 게임이 아니며, 우리도 관전자가 아니다.

그럼에도 한국사회는 모든 문제를 해결해줄 구세주가 어느 날 내려오기만을 기다리는 듯 보인다. 그렇게 어제는 메시아로 보였던 이가 오늘은 적그리스도로 판명 난다. 환호와 간증, 환멸과 저주가 그 사이를 채운다. 얼마 뒤 새 예언자가 나타난다.

'시민사회가 미성숙해서'라고 간단히 넘어가기에는 이거 좀 심하지 않은가 싶을 때도 있다. 그런 유난스러운 개인숭배가 무척이나 한국적인 현상처럼 느껴지기도 한다. 배후에 어떤 구조적 원인이 있는 건 아닐까? 몇 가지 가설을 내본다.

①대중문화 영역에서 시작한 팬덤 문화의 확산. 정치인 팬클럽 현상은 '3김 시대'로도 거슬러올라갈 수 있을 테고, 연예인 팬클럽도 그렇다. 그러나 1990년대 아이돌 그룹과 팬덤 문화가 등장하면서 '팬덤식 세계관'이 퍼지지 않았나 하는 생각이 든다. 팬덤은 매체이기도 하다. 팬들은 서로 끈끈하게 소통하면서 팬덤의 눈으로 세상을 본다. 불행히도 이는 '고결한 우리 대 부패한 박해자들'이라는 잘못된 세계관을 낳기 쉬운 것 같다. 게다가 이런 세계관은 중독성이 아주 강하다. 세상 모든 것을 설명할 수 있으면서, 나를 특별한 존재로—더 옳고, 더 깨어 있고, 더 사명을 지닌 존재로—느끼게 해주기 때문이다. 그 기묘한 자아도취 속에서 세계는 늘 성전聖戰중이다. 한발도 물러나서는 안 되는데 논리나 행동의 일관성 따위가 뭐 대수로운 문제랴.

②비주류 계급에 대한 끊임없는 차별과 기회 봉쇄. 한국사회는 주류와 비주류의 경계가 상당히 뚜렷하며, 비주류에게 좀처럼 자원과 기회를 나눠주지 않는다. 오랫동안 비주류 신분에 머

물러 설움이 쌓이면 누구나 절박해지고 또 조급해진다. 그 부조리를 해결해줄 가능성을 특정 인물에게서 보게 되면 설사 그가 무슨 잘못을 저지르더라도 '실드'를 쳐주고 싶기 마련이다. 그것이 지름길이기 때문이다.

③유교 전통과 권위주의 문화에. "북한에서는 개인숭배가 어떻게 그렇게 오래 지속될 수 있느냐"고 묻는 소련 간부에게 김일성이 "유교 덕분"이라고 대답했다고 한다. 돈 오버도퍼, 로버트 칼린의 『두 개의 한국』(이종길·양은미 옮김, 길산, 2014)에 나오는 얘기다. 혹시 복종을 내면화하게 만드는 사회 분위기와 교육 탓에 우리 스스로가 정치의 주체라는 사실을 자꾸 까먹고, '높으신 분'이 우리 문제를 해결해주리라고 착각하는 것은 아닐까.

④제도와 시스템보다는 인물에게 기대는 인치人治 사회라서. 회장님의 사모님이 전횡을 부리는 조직에서 경영 철학을 논하는 게 무슨 소용이겠는가. 사모님과 따님의 심기를 살피는 일이 훨씬 더 중요하지 않겠는가. 정치인 몇몇이 심사가 뒤틀리면 없던 정당이 생기고 있던 정당이 쪼개지는 풍토에 가치를 둘러싼 논쟁이 무슨 의미가 있겠는가. 인물의 성향과 됨됨이를 판단 기준으로 삼는 게 가장 현명하지 않겠는가.

어떤 가설이 옳을까. 모두 조금씩 다 옳다면, 우리의 과제는 참으로 많은 셈이다. 사람이 아니라 시스템이 움직이는 사회를 만들고, 권위주의를 없애고, 주류와 비주류를 나누는 벽을 무너뜨리고, 남이 아닌 자신의 일을 통해 스스로를 규정하는 개인들이 돼야 한다는 말이니.

(2018)

한반도에서
산다는
것

불과 일 년 전에는 '이러다 전쟁 나는 거 아냐?' 하고 걱정하고 있었다. 미국과 북한은 서로에게 '로켓맨' '개 짖는 소리' 같은 폭언을 퍼부었다. 그때 누가 "앞으로 일 년 안에 남북정상회담이 세 번 열린다"고 예언했다면 믿을 사람이 몇이나 있었을까. 그런데 그것이 현실이 됐다. 내년 이맘때에는 상황이 또 어떻게 바뀌어 있을지 모르겠다.

요즘 남북 관계, 북미 관계에 대한 뉴스를 접하며 맛보는 기분은 일단은 안도와 감격, 반가움이다. 그리고 어리둥절함, 멀미, 어지럼증과 같은 느낌이 뒤따른다. 전쟁 위기보다야 대화와 화해 국면이 좋은 것은 분명하니 박수를 친다. 그런데 내가 어디로 가고 있는지, 지금 여기서 무슨 일이 벌어지고 있는 건지 잘 모르겠다는 생각이 든다.

산에 올랐다가 내리막길에서 깔깔 웃으며 신나게 달리던 어린 시절이 기억난다. 방향을 틀어야 한다고 생각했는데 속도를 제어하지 못해 길 밖으로 벗어난 적도 있다. 그러다 넘어지거나 나무에 부딪혀 호되게 다치기도 했다.

우리는 지금 어디로 가고 있는가? 우리 몸에 붙은 가속도는 우리가 가야 하는 길과 같은 방향인가? 앞에 돌부리나 중대한 갈림길은 없나? 지도를, 내비게이션을 원한다. 그래야 조금 전의 한 걸음이 제대로 된 것이었는지, 이제 어디로 발을 뻗어야 하는지 평가하고 논의할 수 있다. '큰 걸음'이었다고, '대체로 그 방향'이라고 무턱대고 반길 일은 아니다.

대전환기임은 분명한데, 주변 상황을 설명하고 방향을 제시하는 담론은 잘 보이지 않는다. '한반도에서 산다는 것'에 대해 어릴 때부터 들어왔던 몇 가지 담론들은 현재 그 역할을 못하는 것 같다.

그중에는 한 핏줄이니까 한 나라를 이뤄야 한다는 담론이 있었다. 그러나 한 민족이 여러 국가로 나뉜 사례는 수두룩하다. 정작 한국은 다민족국가로 진입하는 중이다. 같은 민족이라고 묶기에 남북한의 거리는 다방면에서 너무 벌어졌고, 이산가족 수는 줄고 있다. 이산가족은 통일이 아니라 자유로운 교류와 왕래만으로 해결할 수 있는 문제이기도 하다.

분단체제를 한국사회 부조리의 근원으로 여기고, 그 체제를 불러온 강대국, 특히 미국을 비판하던 담론도 있었다. 이 담론을 순진하게 확장하면 '외세를 배격하고 우리 민족끼리'가 된다. 우리가 서구에서 들여온 민주주의, 자유주의도 그 '외세'에 포함되는 것일까? '민족 자주'는 민주주의에 앞서는 가치일까?

남한의 자본과 기술, 북한의 노동력과 지하자원이 결합하면 '대박'이라는 담론도 있었다. 그러면 자유무역협정과 관세동맹 협상은 열심히 하되, 정치범 수용소 이야기는 되도록 삼가는 게 현명할까? 남한의 자본이 북한의 노동력과 결합할 때 남한의 저임금 노동자들은 어떻게 해야 할까?

우리는 삼십 년쯤 뒤 한반도가 어떤 모습이길 바라는 걸까? 통일 대통령과 통일 국회가 있기를 바라는가? 평양의 주체사상탑은 그 이름 그대로 남아 있어야 하나? 젊은 여성이 다 남쪽으로 내려갔다며 북한 총각들이 울분을 터뜨리는 시나리오는 미리 막아야 할까? 우리는 무엇을 원하는가? 평화와 통일, 경제와 공화共和가 충돌할 때 어떤 가치를 좇아야 하는가?

이런 질문에 답을 해줄 새로운 담론이 필요하다는 생각이다. 그 담론의 청사진을 여기서 소상히 그려낼 능력은 없다. 다만 두 가지 조건은 갖춰야 하지 않을까 추측해본다.

하나는, 새 담론이 개인의 삶과 연관이 돼야 한다는 것이다. 한반도가 좋은 미래로 가는 과정은, 내가 좋은 삶을 사는 길이기도 해야 한다. 남북 화해 협력은 한반도에서 사는 개개인에게 이익이어야 한다. 또한 특정 계층의 희생을 바탕으로 총합이 더 커지는 노선이라면 지름길이라도 거부해야 한다.

'좋은 삶'은 경제적 문제인 동시에 도덕적 문제이기도 하다. 세월호가 가라앉았을 때 우리는 좋은 삶을 누릴 수 없었다. 마찬가지로 북한의 요덕수용소가 있는 한 우리가 좋은 삶을 누리긴 어렵다. 서울에서 요덕수용소는 팽목항보다 가깝다.

새 담론은 그렇게 개인의 삶과 연결되는 동시에 세계와도 연결돼야 한다. 한반도의 지정학에서 벗어나 다른 지역의 국제분쟁, 빈부 격차, 난민 문제에도 적용할 수 있는 보편 가치, 인권 철학이 담겨야 한다는 뜻이다. 그래야 우리의 목소리를 다른 나라에서도 귀기울인다. 협상 당사자로 나서야 하는 정부는 이 문제에서 운신의 폭이 좁다. 시민사회의 역할이다.

우리는 호랑이 등에 올라탔다. 우리 자신을 보호하는 가장 좋은 방법은 호랑이 입에 재갈을 물리는 것이다. 우리가 마련할 수 있는 가장 좋은 재갈은 도덕적 정당성이라고 생각한다. 튼튼한 재갈을 채운 뒤에도 호랑이 등 위에서 한참 힘을 겨뤄야 할 듯싶다.

(2018)

북한
옆에서
산다는 것

문재인 정부가 추진하는 종전 선언에 대해 나는 필부의 눈높이에서 몇 가지 막연한 생각을 가지고 있다. 먼저 이게 임기 말 업적 세우기라는 생각을 한다. 그리고 임기 초인 2018년 세 차례나 열렸던 남북정상회담의 결과가 이제 보니 실망스럽네, 북한이라는 나라는 역시 못 믿을 나라군, 하고 생각한다. 대한민국 외교력의 한계도 절감한다.

정상회담의 흥분이 차갑게 식는 데 불과 삼 년도 걸리지 않았다. 남북 관계라는 것이 매우 복잡하고 어려운 문제이며, 이벤트와 분위기의 힘으로 해결할 수 있는 이슈는 별로 없다는 생각도 한다. 그러므로 만약 종전 선언이 이뤄진다 하더라도 나는 흥분하지 않으려 애쓸 것이다. 그 선언이 약속해주는 바가 그다지 많지 않다고 여긴다.

휴전 상황이라는 것이 아무래도 기괴한 상태이고, 6·25 전쟁은 끝난 거나 마찬가지니까 이제 그만 매듭지으면 좋겠다, 하는 마음도 있다. 여론조사에서 종전 선언 필요성에 공감한다고 답한 이들의 상당수는 나와 비슷한 정도의 인식이지 않을까. 다른 문항들을 살펴보면 남북 관계 전망에 대해서도, 북한이라는 나라에 대해서도 심드렁한 응답이 많다.

동시에 나는 북한은 못 믿을 나라이므로, 종전 선언을 하건 안 하건 안보 태세는 언제나 튼튼히 갖춰야 한다고 생각한다. 그래서 종전 선언이 주한 미군 철수의 빌미가 되는 일을 우려한다. 종전 선언으로 북한이 핵을 포기할까? 내가 북한이라면 절대 안 한다. 마지막 남은 협상 카드이지 않은가. 그렇다면 우리에겐 핵우산이 필요하다.

큰 기대는 안 하지만 만약 종전 선언과 평화협정이 어찌저찌 이뤄진다면 그다음에는 북한에 전쟁에 대한 사과를 요구해야 한다고 생각한다. 6·25는 스탈린의 만류를 무릅쓰고 김일성이 일으킨 침략 전쟁이며, 그로 인해 백만 명 이상이 끔찍하게 죽었다. 그리고 지금 북한의 통치자는 김일성의 적통임을 자랑한다.

한편 나는 북한과의 교류 협력이나 대북 지원을 지지한다. 이걸 모순이라 여기지는 않는다. 나는 일본에 대해서도 그들이 전쟁범죄를 더 깊이 사죄해야 한다고 본다. 동시에 정치, 경제, 문화 등 모든 면에서 한국과 일본이 더 친해지기 바란다.

내가 이해하지 못하는 건 따로 있다. 민주 평화 세력을 자처하는 시민사회 진영이 자신들을 정부 당국자와 동일시하면서 전쟁 책임이나 북한 인권 문제에는 말을 삼가는 모습이다. 오히려 정반대로, 공무원이 말하기 힘든 얘기를 시민사회가 활발히 대신 해주면 정부의 운신 폭도 넓어지고, 우리의 외교적 영향력에도 도움이 될 텐데 말이다.

내가 몸담은 한국문학계를 예로 들면, 한국작가회의를 비롯한 문인 단체 5곳이 지난해 종전 선언을 촉구하는 성명을 냈다. 그런데 이들 단체가 북한 인권 관련 성명을 냈다는 얘기는 들어본 적이 없다. 세계 최악의 정치범 수용소를 운영하는 반인권 국가에 대해 유엔은 매년 결의안을 채택하고 비판하는데 한국 작가 단체들은 침묵한다.

'남북 관계의 특수성' '특수한 상황' 때문인가. 통일부가 올해 발간한 책자 『2021 북한인권 알아가기』에는 그런 표현이 되풀이해서 나온다. 나는 북한 같은 거대한 악 옆에서 사는 사람에게는 특수한 도덕적 의무가 생긴다고 생각한다. 특수한 상황 앞에서도 보편 가치를 주장해야 하는 책무다. 1930년대 독일 지식인들에게는 그런 의무가 있었다.

인생이 도덕적 책무로만 구성되는 것은 아니며, 도덕에 짓눌리는 게 좋은 삶이라고 생각하지도 않는다. 도덕적 책무의 우선순위를 따지는 것은 위험한 일일 수도 있다. 하지만 개들을 굉장히 사랑함에도 불구하고 나는 유기견 구조 단체가 아니라 북한 인권 단체를 후원한다. 남에게 강요할 수는 없지만 내게는 그런 순서여야 할 것 같다.

북한이라는 나라 옆에서 어떻게 살아야 할까. 과거 군사 독재 정권이 북한의 존재를 권력 유지의 도구로 이용하는 바람에 한국의 이념 지형은 몹시 왜곡됐다. 거기 휘둘리지 않는 세계시민이 되어야 한다. 동시에 이 장소, 이 문화, 이 언어에 대한 새로운 자각과 책임감도 필요할 것 같다. 북한을 제일 잘 도울 수 있는 사람들은 결국 한국인이다. 종전 선언 추진 기사들을 읽으며 그런 생각들을 해본다.

(2021)

저출생
대책을
넘어서

부모가 될 것인가, 말 것인가. 결혼 이 년 차에 아내와 상의했다. 결론은 둘이서 사랑하며 아이 없이 늙자는 것이었다. 그래서 내가 정관수술을 받았다. 아직까지 그 결정을 후회하지 않는다.

그사이에 친구들은 학부모가 됐다. 어떤 녀석들은 내게 이렇게 놀린다. "우리 애가 커서 너희 국민연금 대줄 거다, 감사히 받아라." 나는 이렇게 대꾸한다. "우리가 지금 걔 교육비 내고 있는데, 세금으로." 아이를 낳지 않기로 한 선택에 대해 우리 부부는 누구에게도 미안하지 않다.

이런 개인 사정 때문에 문제를 억지로 밝게 보는 걸까? 한국 출생아 수가 사상 처음으로 사십만 명 아래로 떨어졌다는 며칠 전 보도들을 접하고도 솔직히 우려스럽지가 않다. '이대로 가다간 2750년에 대한민국이 사라진다'는 호들갑에는 코웃음이 난다. 신라 사람이 조선왕조 걱정하는 격 아닌가.

지금 우리가 맞닥뜨렸다고 하는 위기, 그리고 '출생 장려'라는 대책의 논리가 나는 썩 이해가 안 간다. 수명이 길어져 부양받아야 하는 사람이 늘어나니까 부양할 사람을 그에 맞춰 늘려야 한단다. '빌린 돈을 갚기 위해 돈을 빌려야 한다'는 말처럼 들린다. 이 논리에 따르면 인간의 수명은 점점 더 길어질 테니 인구가 계속 증가해야 한다. 참고로 한국은 인구 천만 이상인 국가 중에서는 세계에서 세번째로 인구밀도가 높은 나라다.

게다가 지금 아이를 낳아도 그 아이가 대학을 졸업하고 일을 하는 건 이십오 년쯤 뒤일 텐데, 요즘 시대에 이십오 년이라는 시간은 변화무쌍하기로는 신라 시대의 이백오십 년과 맞먹는다. 그때쯤이면 말하고 걷는 로봇이 웬만한 일을 전부 맡아 하는 거 아닐까? 역逆노화 기술이 발전해 팔십대 노인이 사십대처럼 팔팔할지도 모른다.

무엇보다, 지금 우리에게 모자란 건 일할 사람이 아니라 일자리다. 그 적은 일자리마저 심지어 줄어드는 추세다. 그런데 '생산가능인구'를 늘려야 한다니? 그 인구가 무엇을 생산할 수 있기에? 이런 마당에 출생 장려, 출생 독려는 누구를 부양하기는 커녕, 자기 밥벌이도 해결 못해 눈물 흘리는 청년들만 늘리는 일 아닐까.

뭔가 잘못됐다고 생각한다. 후손들의 일손을 왜 우리가 염려해주나. 그들에게는 우리보다 뛰어난 과학기술이 있을 텐데. 우리는 미래의 노동력 부족이 아니라 현재의 행복 부족을 고민해야 한다. 노인이 많아지는 현상을 보고 경제력이니 생산성이니 하는 차가운 관념을 떠올리기보다, 그 많은 노인들의 표정을 살폈으면 좋겠다.

한국은 가난한 노인과 자살하는 노인이 엄청나게 많은 나라다. 흔히들 청년 자살이 많아서 한국의 자살률이 높다고 오해하는데, 그렇지 않다. 한국에서 십오~이십구 세 청년들은 십만 명당 18.2명이 자살하는 반면, 칠십 세 이상은 십만 명 중 116.2명이 스스로 목숨을 끊는다(2014년 세계보건기구 보고서 참고). 육십오 세 이상에서 빈곤층 비율은 OECD 회원국 중 압도적 1위다.

아이가 적다는 게 아니라 불행한 노인이 많다는 게 우리의 진짜 문제다. '그 노인들에게 연금을 주려면 젊은이들이 많아야 하고, 그러기 위해 출생률을 높여야 한다'는 도돌이표 같은 주장에 반대한다. 기업에서 개인까지, 고소득자에서 저소득층까지, 전반적으로 부담의 수준을 높이고 혜택도 많이 받는 사회가 되는 게 답이다. 출산이 사회적 책임인 양 몰아가지 말자. 출산이 아니라 세금이 책임이다.

세금 낼 사람이, 일할 사람이 부족한가. 한국은 비경제활동인구가 비정상적으로 많은 나라다. 전업주부, 고시생, 취업 포기자들이 일을 찾게 만들면 된다. 결국엔 좋은 일자리를 얼마나 만드느냐 하는 문제다. 노인 일자리가 하나 생기면 피부양자가 한 사람 줄어드는 동시에 부양자가 한 사람 늘어난다. 정부와 지방자치단체들이 물론 이를 잘 알고 사회적 일자리를 개발하고 있지만 그 내용과 성과는 아직 흡족하지 않다.

이렇게 보면 저출생은 문제가 아니요, 출산도 대책이 아닌 셈이다. '아이는 대한민국의 미래'라거나 '가장 좋은 선물은 동생입니다' 같은 구호를 보면 불쾌하다. '인구는 국력'이라는 인식과 뭐가 다른지 모르겠다. 우리도, 또 우리의 아이들도 다른 무언가의 수단이 아니다. 우리를 목적으로 대접하는 사회는 '당신이 행복해지는 것이 가장 중요하며, 부모가 될지 말지는 그에 따라 선택할 일'이라고 할 것이다. 휴가와 정시 퇴근 역시 그 자체로 당연한 권리니 거기에 '엄마가 행복해져야' 어쩌고 하는 군더더기를 붙일 필요 없다.

다가오는 '노인 중심 사회'에 잘 적응하고, 살기 좋은 고령사회를 만드는 것을 우리의 목표로 삼아야 하지 않을까. 노인을 공경하는 문화 운운하는 것이 아니다. 노인임이 부끄럽지 않고, 늙어감이 두렵지 않은 나라를 만들자는 것이다. 그러기 위해서는 노년층 스스로도 바꿔야 할 의식이 많다고 생각한다.

고령사회가 꼭 활력이 부족할 거라고 예단하진 말자. 북한산에 가보면 젊은 사람들은 눈에 별로 안 띄는데도 등산로가 생기 넘치는 웃음소리로 시끌벅적하다. 그 기운을 평지로 끌어올 묘수 없을까.

(2018)

확진자 A씨의
동선과
새로운 바이러스

나는 나와 같은 구區에 사는 코로나19 확진자 A씨에 대해 꽤 안다. 그의 나이를 알고 성별을 안다. 어느 동네, 어느 지하철역 몇 번 출구 근처에 사는지도 안다. 그의 회사 사무실이 어느 동네, 어느 교차로 근처인지도 안다. A씨의 친구가 어느 동네에 사는지도 안다. A씨가 그 친구 집을 지난달 무슨 요일에 찾아서 얼마나 오래 머물렀는지도 안다.

A씨는 자기 몸을 열심히 관리하는 사람 같다. 이틀에 한 번 꼴로 헬스장에 가는데 갈 때마다 두 시간씩 운동한다. 나는 그 헬스장이 어느 동네, 어느 지하철역 몇 번 출구 쪽인지도 안다. A씨가 열흘 동안 어디에 갔고 거기서 몇시부터 몇시까지 머물렀는지는 구청이 알려줬다. 이 원고를 쓰는 2020년 3월 17일

낮 현재 구청 홈페이지에 확진자 동선 정보가 공개되었고 기사로도 수십 차례 보도됐다.

내가 A씨라면 몹시 당혹스러울 것 같다. 나의 사무실, 아파트, 헬스장에 보건 당국이 와서 방역 작업을 한다. 사무실과 헬스장에는 폐쇄 조치를 내린다. 그뒤에 나는 격리 병동에 입원해 모습을 감췄으니 직장 동료나 이웃, 헬스장 회원들은 내가 확진자 A씨임을 알아차릴 가능성이 높다. 이제 그들은 알려주고 싶지 않은 나의 정보를 알고, 내 사생활을 함부로 추측한다. A씨 상황은 그나마 낫다. 어떤 확진자는 동선이 공개되고 불륜남이니 업소녀니 하는 비난을 들어야 했다.

사실 우리 구 확진자 동선 공개 수준은 다른 지방자치단체에 비해 덜 상세한 편이다. 구청은 공지를 통해 일부 자치단체에서는 확진자의 세밀한 동선을 공개하지만 이는 법에 저촉되고 효과도 거의 없는데다, 확진자의 프라이버시를 침해할 수 있고 선의의 피해 업소도 양산한다며 주민들의 이해를 구했다.

하지만 구청의 블로그에는 주민들의 항의성 댓글이 수백 건 달렸다. 이렇게만 알려주면 무슨 도움이 되느냐는 것이다. A씨의 집과 사무실이 정확히 어디인지, 그가 다닌 헬스장의 상호명이 무엇인지 알아야 피할 것 아니냐고 한다. 무슨 지하철역 몇 번 출구 근처라고만 하면 그 일대를 아예 가지 말란 말인가? 그 동네 전체에 발을 딛지 말란 말인가?

나는 구청의 문제의식에 공감한다. 구민들의 답답함도 이해한다. 그런데 두 마리 토끼를 잡는 게 불가능하지만은 않다고 생각한다. 사람을 중심에 놓고 장소와 시간을 얘기할 필요가 있나. 그냥 장소와 시간만 구체적으로 알려주면 되지 않을까? 어느 헬스장에 언제 확진자가 왔고 몇시에 방역 소독 했으니 그 사이 들른 분은 주의하세요, 그 시간대 방문자가 아니라면 안전합니다, 하고 말이다. 확진자가 헬스장에서 나온 정확한 시간이 의미 있을까? 그의 성별이나 나이가 중요한가? 그가 다음날 어느 사무실로 출근한 확진자와 동일인임을 알아야 하나?

한국의 빠른 코로나19 검사 속도에 세계가 놀란다. 한국의 보건 당국이 확진자의 동선을 공개하기로 결정하고 한 달이 훌쩍 지나서야 '개인을 특정할 수 있는 정보는 제외하라'는 지침을 낸 걸 알면 다른 표정으로 놀라지 않을까 싶다. 우리는 병의 확산을 막는 데에만 혈안이 되었을 뿐 감염자 개인을 보호하는 방법에 대해 고민이 없었다. 한데 우리에게 시간이 부족한 건 아니었다. 오 년 전 메르스 사태 때도 똑같이 불거진 문제였으니 말이다.

당시 서울시는 밤에 긴급 기자회견을 열고 어느 메르스 확진자의 동선을 공개했다. '병원 직원이 대형 행사에 참석했다'고 해도 될 걸 '의사가 재건축조합 총회에 참석했다'고 알렸다. '무개념 의사'로 몰려 여론의 뭇매를 맞은 확진자는 '서울시 발표와 달리 행사장에 간 날에는 아무 증상이 없었다'며 강력 반발했다. 그는 나중에 트라우마 치료를 받았다고 한다. 한국사회는 그런 일을 반복하지 않을 방안을 연구하는 대신 이 사건을 정쟁의 소재로 삼았다.

오 년이 지나 인권 변호사 출신 서울시장은 더 화끈해졌다. 신천지 교주를 숫제 살인 혐의로 고발했다. 역시 인권 변호사 출신인 경기지사와 누가 더 과감한지 경쟁하는 듯 보인다. 나는 그 '과단성'을 경계하는 사람이 많아져야 한국사회가 발전한다고 생각한다. 민주주의는 화끈한 결과가 아니라 차분한 과정에 있다고 믿기에.

이 위기만 넘기면 그만일까. 코로나19가 우리 시대의 마지막 신종 감염병일 리 없다. 새로운 바이러스가 분명히 또 찾아온다. 당신도 나도 A씨가 될 수 있다. 그 전에 보다 현명해져야 한다.

(2020)

K-방역에서
궁금한
것들

흔히들 한국어는 표기와 발음이 일치한다고 생각하지만, 꼭 그렇지는 않다. '버스' '돈가스'라고 쓰지만 소리 내어 발음할 때에는 다들 '뻐스' '돈까스'라고 말한다. 상당수 한국인들은 그런 불일치를 의식하지도 못한다.

그러다 어떤 특정한 단어에 이르러 불쑥 위화감을 느끼고 만다. 왜 '짜장면'이라고 말하는 음식을 '자장면'이라고 쓰라고 하는 거냐, 하고. 그럴 때 국립국어원 같은 기관은 동네북이 된다. 결국 짜장면은 복수 표준어가 됐지만.

나도 자장면이 뭐냐, 짜장면이지, 하고 불만을 터뜨리던 사람이었다. 하지만 국립국어원의 설명을 접하고 불만의 수위는 상당히 낮아졌다. 외래어 표기에는 몇 가지 원칙이 있는데, 그 원칙들이 '짜장면'에서 서로 충돌했다. 국립국어원은 그 상황에서 자신들이 어떤 가치를 우선하는지 충실히 해명했고, 찬성하지는 않았지만 이해할 수는 있었다.

감염병 대응에도 여러 원칙이 있으며, 그 원칙들은 많은 지점에서 첨예하게 맞부딪친다. '값싸고 질 좋은 물건'처럼, '철저하되 편안한 방역'도 애초에 무리한 요구이리라. 방역 당국의 고충을 십분 이해한다. 헬스장에서 틀 수 없는 빠른 박자의 노래 같은 문체부의 지침에 대해서도 지나치게 따지고 싶지 않다.

그럼에도 불구하고, 피로가 쌓이면서 스멀스멀 위화감이 올라온다. 이제 나는 아래 의문들에 대해 설명을 듣고 싶다. 제대로 된 설명을 들으면 좀더 잘 버틸 수 있을 것 같다. 원칙을, 철학을 듣고 싶다. 이유를 이해하면 언뜻 부조리해 보이는 정책도 보다 열린 마음으로 받아들일 수 있다. 문제가 해결되지 않더라도 말이다.

첫째, 지하철은 아침저녁으로 미어져나가는데 왜 택시 승객 수만 규제하는가. 이용자들이 띄엄띄엄 앉아 모니터를 보는 PC방이 왜 식당보다 더 세게 철퇴를 맞는가. 혹시 지하철과 식당은 손대기 부담스럽고 택시와 PC방은 만만해서인 건 아닌가. 대상에 따라 방역 수칙의 강약이 달라진다고 느끼는 사람은 나 하나뿐인가.

둘째, 왜 수천만 명에게 이십오만원을 주는 건가. 이십오만

명에게 수천만원을 줘야 하지 않나. 지금 사람들이 재난 지원금을 쓰면 코로나19 사태의 피해 업종이 아니라 수혜 업종으로 돈이 더 흘러가는 거 아닌가. 피해 업종을 파악하는 게 어렵나? 이 년 전 납세 실적으로 금방 알 수 있지 않나. 나라에서 장사를 막은 노래방과 유흥 주점 주인들에게는 미안하지도 않은가.

셋째, 이 상황을 왜 '짧고 굵게' 해결해야 하는가. 버티기 힘들어 뵈는 이들이 너무나 많은데, 짧고 굵게 마치려다 사회 어느 구석이 부러지거나 부서지는 건 아닌가. 가늘고 길게 가는 게 차라리 낫지 않나. 혹시 다른 사안은 보지 못한 채 오로지 '확진자 수를 줄여야 한다'는 도그마에 갇힌 건 아닌가.

감염병 전문가들은 자영업자의 고통을 넘기기 쉽고, 경제 전문가들은 환자와 의료진의 고통을 어떻게 줄여야 하는지 모른다. 양쪽의 고통 모두 엄연한 실존이기에, 총체적 고통을 고민할 '컨트롤 타워'가 필요하다. 새로 생긴 방역기획관이 그런 자리인 줄 알았는데 그냥 연락관이라고 한다. 그러면 '짧고 굵게'는 무엇을 근거로 어디서 낸 전략인가.

지난해 한국에서 교통사고로 숨진 사람이 3079명이다. 그 하나하나가 가슴 아픈 비극이었다. 이 죽음들을 막을 방법은 간단하다. 자동차 운행을 금지하면 된다. 그러나 아무도 그런 주장을 펼치지 않는다. 그로 인해 치러야 할 사회적 대가가 너무 크기 때문이다.

비정한 산수라고 욕할 수도 있으리라. 나는 고통의 철학이라고 부르런다. 지난해 한국에서 코로나19로 숨진 사람은 917명이다. 교통사고와 달리 바이러스는 전파된다. 더 위험하다. 그러나 그걸 어느 선에서 막을 것인가에 대한 엄혹한 고민은 마찬가지로 필요하다.

기쁨의 철학도 필요하다. 때로 그것은 위생적으로 완전무결한 상태를 의미하진 않는다. 한때 방역 당국이 결혼식에 친족만 49명까지 참석할 수 있다는 지침을 내렸다. 세상에 친구 없이 결혼식을 올리고 싶은 사람이 있을까. 만원 지하철을 어쩔 수 없다면, 결혼식장에 대해서도 보다 관대해져야 하지 않을까.

확진자가 매일 수만 명씩 나오는 영국에서 사람들은 마스크를 벗고 유럽축구선수권대회를 관람했다. 그게 잘한 일인지는 모르겠다. 그러나 우리 삶에 결혼식 피로연과 축구가 꼭 있어야 한다고 생각한다. 컨트롤 타워가 어떤 고통과 기쁨의 철학을 지니고 이 문제를 고민하고 있는지, 설명을 듣고 싶다.

(2021)

쇼핑과
정치

마트에서 장을 볼 때마다 민주주의와 자본주의에 대한 믿음이
바닥에서부터 흔들린다. 두 제도는 모두 우리 인간이 이성적인
존재라고 가정한다. 어떤 지도자나 정책이 훌륭한지 유권자가
스스로 결정할 수 있으니 '국민에 의한 정치'를 하라고 한다. 생
산은 생산자에게, 소비는 소비자에게 맡기면 가장 유리한 선택
을 합리적으로 내릴 거라고 한다.

그런데 과연 실제로 그런가 말이다. 정말 그렇다면 '반값 할
인'이라는 말에 혹해서 필요 없는 떨이 상품들을 그렇게 많이
장바구니에 담지 않을 텐데. 마트에 들어서면서는 꼭 필요한 물
건만 사자고 다짐하지만 20퍼센트 할인이라는 문구를 보면 마
음이 흔들린다. 40퍼센트 할인이라고 적혀 있으면 그 상품이

필수품처럼 보인다.

정말 바보 같지만 장을 보는 동안 배가 고프면 간식거리들을 많이 주워 담게 된다. 당장 먹을 것도 아닌데 그렇다. 튀김 코너에는 작은 액정 화면이 있는데 거기서 자글자글 기름 끓는 음향과 함께 노릇노릇 먹음직스럽게 튀겨지는 새우나 닭다리 동영상이 나온다. 참 나, 이런 뻔한 노림수에 누가 넘어가겠냐 싶은데 바로 내가 넘어간다.

내가 합리적이지 않다는 사실은 나보다 유통업체들이 더 잘 안다. 나를 낚으려고 그들은 연구를 거듭한다. 평소 호감이 있는 연예인을 광고 모델로 쓴다. 일만원짜리 상품은 구천구백원이라고 적는다. '아, 이것도 필요했었지' 하는 생각이 들게 상품을 배치한다. 그중에서도 자신들에게 가장 이윤이 남는 물건을 내 시선이 주로 머무는 진열대에 배치한다. 그렇게 철저한 전략 속에서 나는 무방비 상태나 다름없다.

기업들이 브랜드 이미지와 마케팅에 들이는 어마어마한 비용을 떠올려보면, 그게 다 나를 낚기 위한 투자임을 생각해보면 등골이 서늘해진다. 물론 내가 최소한 사기를 당하지는 않게 막아주는 사회적 장치들이 있다. 과장 광고를 하는 업체들을 공정거래위원회에서 적발한다. 먹거리에 어떤 색소가 얼마나 들어가는지 식품의약품안전처에서 감시한다. 엉겁결에 산 물건을 반품하고 환불받으려 할 때는 한국소비자원에서 도와준다.

무엇보다 마트 스스로 주의한다. 퍽퍽하고 맛없는 과일을 비싸게 내놓으면 고객을 잃게 된다는 것을 운영자들은 안다. 나도 그들이 불량 식품을 팔지는 않을 거라고, 유통기한을 바꾸는 저열한 속임수를 쓰지는 않을 거라고, 한국소비자원까지 찾아가지 않아도 상식적인 선에서 환불 요구를 받아줄 거라고 믿는다.

정치적 선택에 대해서도 같은 말을 적을 수 있으면 좋을 텐데, 그러지 못한다. 마트에 있을 때보다 기표소에 있을 때 내가 더 합리적이라는 증거는 어디에도 없다. 정당들이 소비재 기업보다 더 양심적이라고 믿을 이유도 전혀 없다. 유사 언론과 가짜 뉴스의 선동에 비하면 기업들의 광고 문구는 점잖다고 해줘야 할 판이다. 선거 때만 되면 온갖 신생 정당들이 생겨나고 기형적 꼼수가 등장하는 꼴을 보면 마트를 비교 대상으로 삼는 게 미안해진다.

많은 이들이 우리 시대의 정치 행위가 점점 더 쇼핑을 닮아간다고 걱정한다. 정치 영역을 기업처럼 여기는 사람들이 늘고 있다. 우리는 무엇을 요구한다, 그러니 너희가 내놓아라, 하는 식이다. 요구를 들어줄 때까지 정치 영역을 압박하고, 요구를 거부하면 불매운동에 들어간다. 모든 시민이 곧 정치인이어야 하고 시민과 정치인 모두 현실에 대한 이해, 숙고, 토론, 협상, 반성 같은 과제를 수행해야 한다는 주장은 순진하다못해 낯설게 들린다.

그런데 나는 이제 차라리 정치가 쇼핑이라도 닮기를 바란다. 쇼핑을 할 때에는 적어도 내 지갑에서 돈이 나간다는 인식이라도 있다. 아무리 광고 문구가 번드르르하고 포장이 그럴싸해도 진열대 앞에서 우리는 내용물을 의심하고 고민하며, 판단의 결과에 책임을 진다. 지금 한국 유권자들이 그런가? 야바위꾼을 징계하고 매대에서 불량 상품을 걸러내는 장치도 마트 쪽이 훨씬 더 충실하게 갖춘 것 같다. 특히 제21대 국회의원 선거를 보며 그런 생각이 굳어졌다.

원내 1, 2당은 비례대표를 내지 않았고 생긴 지 석 달도 되지 않은 위성정당들에 어중이떠중이라고 부를 수밖에 없는 자들이 모였다. 총선 뒤에 해산하겠다고 당규에 적은 당도 있다. 정책 공약? 시골 약장수도 이거보다는 성의 있게 근거를 댄다. 사람도 정책도 온통 깜깜하니 충동구매를 피할 방법이 없다. 반품도 거의 불가능하다. 정치의 추락을 막을 사회적 장치들을 마련해야 할 텐데, 그 길 또한 정치다.

(2020)

선하고 순수한
우리와
사악한 저들

독자와의 만남이나 강연 행사를 마치고 나서 말하는 모습이 부드러워서 놀랐다는 말을 종종 듣는다. 글로만 접했을 때에는 아주 차갑고 냉소적인 사람인 줄 알았다는 거다. 그럴 때면 나는 "여기서 보여주는 모습은 연기이고, 글이 진짜 제 얼굴"이라고 웃으며 대답한다. 진담인데 다들 농담으로 받아들이신다.

처음에는 꽤 진지하게 고민했더랬다. 말이 느리고 눈매가 처진 덕을 보는 걸까? 내가 혹시 이중인격자일까? 요즘은 이것이 어떤 종류의 글을 정직하게 쓰려는 자의 숙명이라고 생각한다. 그 운명은 나라는 개인의 인격에 기인한 부분도 있지만, 보다 근본적으로는 말과 글이라는 의사소통 수단의 차이에서 나온다.

나는 신이 없다고 생각한다. 내세도 없고, 고로 사람이 죽으면 썩어서 냄새나는 흙이 된다고 본다. 그러나 이런 말을 장례식장이나 예배당에서 하지는 않는다. 나도 다른 사람들처럼 사회적 가면을 쓰고 산다. 강연장에서도 그렇다.

이것이 기만인가? 위선인가? 나는 예의라고 생각한다. 사회적 동물인 인간은 타인의 존중과 지지를 간절하게 바란다. 그것을 얻지 못할 때, 경멸어린 시선이나 자존심을 무너뜨리는 언행을 당할 때, 사람은 깊이 상처 받는다.

그런 비참한 상황을 방지하고 존중을 둘러싼 갈등을 해결하고자 각 사회마다 독특한 규범을 개발했다. 예의다. 타인과 어떤 장소에 함께 있을 때 사용하는 언어와 행동에 제약을 가해 상대를 존중한다는 뜻이 드러나게 한다. 그런 제약의 형태는 임의로 만들어지는 것이어서 시대마다, 또 문화마다 다르다.

어떤 진실은 사람의 감정에 상처를 준다. 그 대상과 같은 시공간에 있을 때 우리는 불편한 진실을 밝힐 의무를 잠시 뒤로 미룬다. 병문안을 간 자리에서 환자가 자신의 체취를 걱정할 때, "아무 냄새도 안 나는데요"라고 태연한 표정으로 거짓말을 한다.

한자리에 있는 사람들이 약자의 존엄을 지키기 위해 즉석에서 일종의 가면극을 공연하기도 한다. 이는 쉽지 않은 기술이며, 때로 그런 노력은 아름답고 감동적인 광경을 연출한다(이런 '예의의 예술'에 관심 있는 분들께 김원영 변호사의 책『실격당한 자들을 위한 변론』(사계절, 2018)을 추천한다).

그러나 이는 특정한 장소와 맥락에서 예외적으로 허용하는 일이며, 대부분의 시공간에서 우리는 거짓에 기대지 말아야 한다. 공론이 오가는 곳이라면 더욱. 공동체의 미래를 둘러싼 논의는 '들으면 기분좋은 말'이 아니라 현실에 기반해야 한다. 간병인은 아무 냄새도 안 난다며 환자를 위로할 수 있다. 하지만 의사에게는 그 냄새를 알려야 한다.

나는 모든 글을 공론장에 제출한다고 생각하고 쓴다. 인간 본성과 세상의 시스템들이 작동하는 방식에 대해 내가 믿는 바를 쓰면, 독자들은 그게 너무 어둡다고 여기는 듯하다. 하지만 어쩔 수 없다. 그렇게 쓸 수밖에 없다. 그것은 냉소가 아니라 정직이다. 문학이 하도 시시해지다보니 문학의 목적이 위로에 불과하다고 믿는 이들도 있지만.

그래서 나는 정체성 정치와 정치적 올바름에 대한 추구를 미심쩍게 바라본다. 목소리를 높이는 이들 중 몇몇은 '더 배려하는 사회'를 넘어 예의를 우리 시대의 새로운 윤리로 격상시키려 한다. 그 과정에서 표현의 자유 같은 다른 소중하고 섬세한 가치들을 우악스럽게 다룬다.

소셜 미디어의 등장으로 말과 글의 경계가 불분명해졌고, 공론장과 사적인 공간의 벽도 허물어졌다. 이제 많은 사람들이 들으면 기분좋은 말을 공론에 요구한다. 새로운 미디어 기술이 나오면서 그런 말만 골라 들을 수도 있게 됐다. 끝내 '현실이 아니지만 듣기 좋은 말'들이 공론의 일부가 됐다.

한국사회의 많은 좌절이 친일파 때문이고, 부동산 가격 급등은 일부 투기 세력 때문이라는 말을 들으면 기분이 좋아진다. 나의 불행을 명쾌하게 설명하고, 의미를 부여하며, 내 탓이 아니라고 말해주니까. 그러나 이는 사실이 아니어서, 이런 잘못된 진단을 바탕으로 정책을 짜면 큰 부작용이 따라온다.

불행히도 그런 가상현실을 선호하는 사람이 점점 더 힘을 얻는 중이다. 한국뿐 아니라 외국에서도 그렇다. 이들이 외치는 구호는 나라에 따라 달라서 어디서는 좌파, 어디서는 우파로 불리는데, 실체는 지적 게으름과 비겁함이다. '선하고 순수한 우리와 사악한 저들'이라는 나르시시즘이 그들의 진짜 이념이다.

(2021)

투쟁하는 것
같은
기분

'괴작'이라고 불리는 영화들이 있다. 예산의 한계나 감독의 역량 부족, 혹은 과잉된 자의식이 드러나서 실소를 자아내는 작품들이다. 대중 영화의 문법을 벗어난 이런 작품들을 우리는 평소와 다른 태도로 감상하는데, 아이러니하게도 그런 예술적 체험과 환기는 무척 소중하고 또 필요하다. 간혹 그런 작품이 시대를 훌쩍 앞선 명작으로 재평가되는 경우도 있다.

좀 악취미가 있어서, 이십대에 그런 괴작들을 꽤 찾아봤더랬다. 개중 몇 편은 지금도 그리 나쁘지 않게 기억한다. 객석에서비웃거나 치를 떠는 동안 취향과 개성도 쌓였을 것 같다. 걸작을 보며 한없는 감동에 젖을 때보다 졸작을 되새김질하면서 '뭐가 문제였을까' 곱씹을 때 머리는 더 핑핑 돌아간다.

그런데 살면서 본 가장 괴상한 영화를 꼽으라고 하면, 남들은 명작이라고 하는 작품을 대겠다. 2012년에 개봉한 뮤지컬 영화 〈레 미제라블〉이다. 이 영화 참 이상하지 않나? 영미권 배우들이 프랑스 사람인 척하면서 영어로 노래하고, 전용기를 타고 다닐 듯한 할리우드 슈퍼스타들이 가난한 민중의 분노를 외친다. 영화 전체가 거대한 농담 같다.

원작과 달리 영화에서 팡틴은 앞니가 아니라 미모에 영향을 주지 않을 어금니를 뽑는다. 소년 가브로슈는 루소와 볼테르를 탓하는 장난스러운 내용이 아니라 '민중의 노래가 들리는가'라는 비장한 가사의 곡을 부른다. 소설에서 요정처럼 시신들 사이를 돌아다니며 탄약을 줍다 죽는 가브로슈의 묘사는 압도적이다. 영화 속 소년의 죽음은 오글거렸다.

제작진에게는 미안한 말이지만, 나는 영화를 보며 한나 아렌트가 아이히만의 법정에서 느꼈다는 감정을 맛봤다. 상대는 굉장히 위엄 있는 존재인 척 구는데, 내 눈엔 그 모습이 너무 진부했다. 이것이 정말 민중의 함성을 말하는 영화인가? 아니면 우리가 익히 알고 보아온, 대중 영화 문법에 충실한 시청각 스펙터클이 이 작품의 진짜 메시지인가.

〈레 미제라블〉은 2012년 말부터 2013년 초까지 한국 극장에서 상영됐다. 누적 관객 수는 591만 명. 의미를 부여하고 싶었던 이들은 이 흥행에 '신드롬'이라는 말을 붙이며 분석 기사와 평론을 썼다. 경향신문은 두 면을 할애했다. 참고로 2012년에 〈도둑들〉을 극장에서 본 사람은 1298만 명, 2013년 〈7번방의 선물〉은 1281만 명이다.

분석 기사들의 주장처럼 관객들이 영화 〈레 미제라블〉을 통해 현실을 재인식했을까? 나는 관객 대부분이 얻은 것은 '투쟁하는 듯한 막연한 기분'이었고, 제작진의 의도도 그것이었다고 본다. 나이키 운동화가 '운동하는 것 같은 기분'을 선사하듯이. 그런 관점에서는 〈트랜스포머〉보다 정치적으로 더 유해한 영화다. 감흥으로 현실 인식을 흐린다.

그즈음부터였던 것 같다. 세상이 극장이 되어가고 있다고 느낀 게. 사람들이 지루하고 불편하더라도 현실을 제대로 바라보고 그걸 어떻게 개선할지 고민하는 대신 그저 '투쟁하는 것 같은 기분'으로 만족하는 듯 보인 게. 그즈음부터 슬프다고, 혹은 감격했다고 눈물 흘리는 정치인도 부쩍 늘어난 것 같다. 그들은 몹시 진부하게 울었다.

특히 기억에 남는 에피소드는 2016년의 테러방지법 반대 필리버스터다. 법안 표결을 막겠다고 야당 의원들이 세계신기록을 세우며 국회 본회의장에서 긴 연설을 했다. 몇몇 의원들은 말하며 울었다. 얼마 뒤 그들은 집권했고, 한국 헌정사에서 역대 최다 의석을 차지한 거대 정당도 되었다.

그런데 반대를 무릅쓰고 통과된 테러방지법은 그후로 그대로다. '위치정보사업자'를 '개인위치정보사업자 및 사물위치정보사업자'로 바꾸는 식의 소소한 문구 수정만 있었을 뿐이다. 얼마든지 고치고 폐지할 수 있는데, 정부 여당에 그럴 의지가 없다고 봐야 한다. 정권을 잡고 나니 괜찮은 법으로 보이나보지?

한국 정치인들의 태세 전환이야 흔한 일인데, 소셜 미디어에서 테러방지법의 문제점을 지적하며 필리버스터를 온갖 감성 문구로 응원했던 수많은 네티즌들도 조용하다. 그리고 나는 이 대목에서, 정말 중요했던 건 '투쟁하는 것 같은 기분' 아니었나 의심한다. 어쩌겠나. 감흥은 바람과 같고, 거기에 의존하는 동력은 오래가지 못한다.

"내가 춤출 수 없다면 혁명이 아니다." 19세기 말부터 20세기 초까지 미국에서 활동한 사회운동가 엠마 골드만이 했다고 알려진 말이다. 한 세기가 지나 자본주의와 직업 정치인들은 영리해졌다. 이제 그들은 거대한 농담을 기획하고 연출한다. 그 노래가 들리는가. "너를 춤추게 해줄게. 혁명인 것처럼."

(2021)

거대 담론이
없는
선거

1989년 프랜시스 후쿠야마라는 젊은 정치학자가 「역사의 종말?」―제목에 물음표가 있다―이라는 논문을 발표한다. 그는 논문을 통해 자유민주주의가 공산주의를 이기고 '인류 최후의 정부 형태'가 될지 모른다고 주장한다. 동구권의 몰락은 모두 알아차렸지만 소련도, 동독도 아직 사라지기 전이었다. 이런 순발력은 후쿠야마가 진지한 사상가로 인정받는 데 걸림돌이 되었다.

게다가 논문의 제목이나 진단이 워낙 센세이션을 불러일으켜서, 오해도 그만큼 많았다. 후쿠야마는 삼 년 뒤 단행본으로 『역사의 종말』―제목에 물음표가 없다―을 냈는데, 이 책 역시 제대로 내용을 살피지 않은 이들의 빗나간 비판을 엄청나게 받았다. 상당수 비평가들은 후쿠야마의 논문과 책이 서로 다른 이야기를 하고 있다는 사실조차 잘 모른다.

책의 원제는 '역사의 종말과 최후의 인간The End of History and the Last Man'인데, 저자는 역사의 종말보다는 최후의 인간에 방점을 찍는다. 자유민주주의가 마지막 정치체제라면, 그 안에서 사는 인간은 대안적 세계를 꿈꿀 수 있나. 그런 희망이 사라지면 무엇을 욕망할까. 읽기에 따라서는 자유민주주의에 대한 가장 날카로운 비판서다.

요즘 '역사가 끝났다'는 말에 고개를 끄덕이는 이는 거의 없으리라. 나 역시 동의하지 않는다. 하지만 1990년대 후쿠야마의 주장에 무시하지 못할 한덩어리 통찰은 담겼다고 생각한다. 다음 세상에 대한 비전이 없으면, 인간은 시시해진다. 그런 상황에서 인간은 '돈을 많이 벌고 싶다' 같은 사소한 욕구에 의해 움직인다.

소설가라는 직업 덕분에 자주 인간을 서사적 존재로 바라보게 된다. 오이디푸스왕에서부터 스파이더맨에 이르기까지, 영웅 서사의 주인공은 자신을 둘러싼 이야기를 이해하고 나서 극적으로 변신한다. 서사의 완결 지점을 알게 되면 할일이 생긴다. 비극적 결단이든 영웅적 도전이든. 그 순간 존재의 의미를 둘러싼 고뇌도 해소된다.

때로 사회 차원에서도 그런 일이 일어나는 듯하다. 19세기 일본 사회는 주위를 둘러싸고 있는 거대서사를 파악했고, 무슨 일을 해야 할지 깨달았다. 같은 시기 조선은 현실과 동떨어진 서사를 붙들었다. 그런 사태를 막기 위해 민주사회에서는 선거 때마다 큰 토론이 벌어져야 한다. 우리는 어디에 있는가. 어떤 이야기가 진행중인가. 무엇을 해야 하는가.

이번 대선을 놓고 거대 담론이 사라진 선거라고 한다. 양당 후보는 '내가 더 많이 퍼주겠다'고 경쟁한다. 공약들은 좋게 표현해 '생활 밀착형 마이크로 정책'이고, 선거운동은 인터넷 밈에 의존한다. '탈모 치료 건강보험 확대'나 '여성가족부 폐지'라는 일곱 글자 공약을 보고 무슨 철학을 읽어야 할지 모르겠다. 거기에 지금 한국사회에 대한 어떤 진단이 담겨 있나.

후보들이 제 입으로 말하기 꺼리는 조악한 거대서사가 밑에 깔려 있기는 하다. '검찰과 친일파가 대한민국을 지배한다'든가 '문재인 정권과 586이 나라 망쳤다'든가. 그 서사에서 도출되는 과업은 복수다. 우리 편이 권력을 잡아서 상대편을 감옥에 보내면 한국사회도 나아진다는, 명쾌하고 단순 무식한 소리다.

정의당의 부진도 조국 사태 등에서 헛발질한 것보다는, 대안 정당으로서 대안을 보여주지 못한 데 근본 원인이 있다고 본다. 실제로 어떤 노력을 했는지와 별개로, 지난 몇 년간 정의당은 대중에게 퍼포먼스 정당, 정체성 정치의 정당으로 비쳤다. 그러는 사이 플랫폼 노동의 시대가 왔고, 정의당의 기존 노동 비전은 현실에서 더 멀어지는 듯 보였다.

'역사가 끝났다'고 후쿠야마가 말했을 때, 그는 앞으로 사건이나 분쟁이 일어나지 않는다고 한 것이 아니었다. 사건은 계속 발생하지만, 그것이 다음 정치체제의 출현과 무관하므로, 거기에 역사적인 의미는 부여되지 않는다는 뜻이었다. 젊은 세대의 극심한 젠더 갈등을 생산적인 담론으로 이끌지 못하고 표 계산에 열중하는 한국 정치권의 모습이 떠오른다.

'다음 세상이 없으므로 역사는 끝났다'는 명제는 틀렸다. 하지만 문장을 조금 고쳐 적으면 여전히 유효할 것 같다. 다음 세상을 구체적으로 그리지 못할 때 역사는 끝난다고. 한국사회는 어떤가.

우리는 지금 혼미하다. 우리가 원하는 게 무엇인지 몰라서다. 막연하게 소망하는 바가 있지만, 그것을 감성적인 구호 이상의, 길고 차분하고 현실에 부합하는 논리로 풀지 못한다. 거기에 노력을 기울이지 않는다. 그러니 이렇게 말할 수도 있을 것 같다. 우리는, 그냥 다 같이 시시해졌다고.

(2022)

새
정치란
무엇일까

꼭 십 년 전인 2012년, 연합뉴스는 그해의 10대 국내 뉴스 중 하나로 '안철수 현상'을 꼽았다. 비록 대선을 완주하지 않고 사퇴하기는 했지만 정치권에 '새 정치'라는 화두를 던졌다는 평가였다. 해당 기사의 마지막 문구는 이렇다. "안철수 현상으로 대변되는 새 정치에 대한 국민의 열망은 여전히 현재진행형으로 남아 있다."

이후 한동안 새 정치는 정치인 안철수의 브랜드였다. 하지만 2012년의 열기가 가라앉으면서 차츰 새 정치에 대해 고개를 갸웃하는 사람들이 생겼다. 도대체 그게 뭐냐고. 2013년에는 이런 우스개가 돌았다. 한반도 3대 미스터리가 있는데 박근혜의 창조경제, 안철수의 새 정치, 김정은의 속마음이다. 그게 뭔지는 본인만 알거나, 어쩌면 본인도 모른다.

나중에는 여러 사람이 "새 정치가 뭡니까" 하고 직접 그에게 물었다. 그러나 그의 답변을 듣고 명쾌한 그림이 그려진 적은 한 번도 없다. 기본으로 돌아가자든가, 민생을 우선하자든가, 실천이 중요하다든가 하는 말에 뭐라고 반응해야 할까. 그러는 사이 정치인 안철수는 새 정치의 이미지에서 멀어졌다. 아마 올해 이후로는 이 단어를 쓰기 어려울 것이다.

역설적으로 2022년 대선이야말로 한국에 새 정치가 얼마나 필요한지 사방에 알리는 선거였다. 외신이 "한국 민주화 이후 삼십오 년 역사상 가장 역겹다는 평가를 받는 선거"라고 비판할 정도였으니 말 다 했다. 한편으로는 새 정치에 대한 열망이 십 년 전부터 그토록 높았는데, 어떻게 어느 대선 주자 한 사람도 그걸 자기 것으로 만들지 못했나 의아하기까지 하다.

혹시 우리 모두 새 정치를 오해하고 있는 건 아닐까. 많은 사람들이 막연히 새 정치를 새로운 서비스 정도로 상상하는 것 같다. 기존 정치보다 더 빠르고, 편안하고, 가격 대비 성능비가 높은 뭔가라고. 새 자동차나 새 스마트폰에 기대하듯 말이다. '낡은 정치는 보고 있으면 답답하다. 새 정치는 후련한 무엇이다.' 나도 그렇게 여겼다.

그렇게 생각할수록 기존의 한국 정치와 직업 정치인들은 갈아치워야 할 대상으로 보이게 된다. 20대 대선에서 양강 주자가 모두 국회의원 경력이 없었다는 사실은 우연이 아닌 것 같다. 이른바 '사이다' 발언, 호통 발언을 잘하는 이들이 당내 경선에서 온화하고 합리적이라는 평가를 받은 후보보다 지지자를 쉽게 얻었다는 점도 마찬가지다.

이번 대선 덕분에 나는 새 정치의 한 면을 비로소 깨닫게 되었다. 특정 그룹에게 시원한 발언은 반대 진영의 사람들에게는 어처구니가 없다. 모든 국민이 후련할 수 있는 정책은, 지상에는 존재하지 않는다. 그런 정치를 약속하는 자는 사기꾼이다. 새 정치는 차라리 모든 국민으로부터 양보를 끌어내는 일에 가깝다. 새 정치는 결코 통쾌하지 않을 것이다.

새 정치는 편안하지도 않을 것이다. 예를 들어 나는 새 정치가 젠더 갈등에서 비겁한 이득을 취하지 않고 그 한가운데 뛰어들기 바란다. 논쟁에서 지적인 용기를 북돋우고, 새로운 덕성과 질서를 제시하기를 바란다. 과정도, 결과물도 아마 매우 불편하리라. 모든 이에게 자기성찰을 요구할 터이므로. 하지만 그것이 바로 정치 영역에 우리가 기대하는 일이다.

상당수 유권자에게 새 정치는 '노력 대비 성능비'도 높게 느껴지지 않을지 모르겠다. 새 정치가 실현된다면, 그 세상의 시민은 음모론에 휘둘리지 않을 게다. 카리스마 있는 정치 지도자가 음모론을 하나하나 물리쳐주는 덕분이 아니라, 국민 스스로 수준이 높기 때문이다. 새 정치는 시민들에게 늘 공부하라고,

유튜브 시청은 공부가 아니라고 말해야 한다.

혹시 새 정치는 권력 구조 개편이나 대통령의 권한 축소를 뜻하는 걸까? 한데 '제왕적 대통령제가 정치 실패의 원인'이라는 식의 진단은 너무 단순하지 않나. 한국 대통령은 자리를 나눠주거나 누군가를 잡아넣을 때 힘이 세다. 반면 제도를 개혁하고 정책을 추진하는 힘은 약한 것 같다. 그조차 분산해야 할까? 이것도 진지하게 공부해야 할 숙제일 것이다.

상상도를 그려볼수록 새 정치가 어렵다는 사실을 깨닫게 된다. 그것은 클릭 한 번으로 구매할 수 있는 신제품이 아니라 함께 참여하는 운동이어야 한다는 점, 정치 신인 한 사람을 띄우는 데 이용돼선 안 된다는 점도 분명해진다. 광야에서 날아오는 초인이 아니라 시민사회가 해야 할 몫이다. 그런데, 그러고 보니 시민사회라는 단어도 최근 십 년간 이미지가 참 안 좋아졌다. 그 단어가 어떻게 전유, 혹은 도용되었는지는 다음에 고민해보기로 하자.

(2022)

협업의
도구

소설을 쓰는 일은 혼자 하는 작업이지만, 책을 펴내는 일은 그렇지 않다. 원고가 저절로 종이에 찍히고 제본되어 서점으로 날아가지는 않으니까. 제작과 유통 단계에서 수많은 사람들이 관여해야 겨우 책이 만들어진다. 사실 출판만큼 작고 잘게 분업화된 분야도 흔치 않을 거다.

그런데 정작 글을 쓰는 작가는 그 사실을 어렴풋이만 안다. 부분적으로는 저자를 떠받드는 출판계 분위기 때문인 것 같다. 많은 경우 편집자들이 저자의 대리인처럼 일한다. 작가가 표지에 대해 뭔가를 궁금해하면 편집자가 디자이너에게 질문을 전하고 답을 받아 다시 저자에게 설명하는 식이다. 작가는 대체로 디자이너와 이야기할 기회가 없다.

부분적으로는 출판계가 영세하고 기술 인프라가 낙후되어 있어서 그렇기도 하다. 아직도 상당수 출판사가 교정지와 계약서를 종이로 인쇄해서 저자에게 퀵서비스로 보낸다. 편집자가 교정을 마쳐야 저자가 그걸 볼 수 있는데, '상대의 건의를 내가 승인한다'는 기분이 들게 되는 순서다.

저자, 편집자, 외주 교정자가 원고를 클라우드 기술로 공유해서 작업하면 시간도 줄이고 논의의 밀도도 높일 수 있을 텐데. 하지만 국내 출판계는 그럴 투자 여력이 없어 뵈므로, 가진 기술이라도 요령 있게 쓰려 한다. 이메일을 쓸 때는 최종 담당자의 계정 주소를 물어 그에게 발송하되 참조인을 여럿 둔다. 그래야 중간에 있는 사람들이 고생을 덜하고, 내 의견도 명확히 전달된다.

아내가 지난해 지인들과 함께 스타트업을 창업했다. 나도 한 발 걸치고 있어서 작업 과정을 간혹 들여다보는데, 아내와 개발자들 사이의 업무 효율이 경이롭다. 가장 큰 이유는 목표가 늘 분명하고 상세해서이고, 그다음으로는 그들이 사용하는 도구 덕분인 것 같다. 요즘 젊은 기업에서는 '협업 툴'이라는 앱의 사용이 일반화됐다는 사실도 그렇게 알게 됐다.

전 세계 협업 툴 시장 규모가 이미 2021년 기준으로 육십조 원에 가깝다고 한다. 아내는 '트렐로'라는 앱을 쓴다. 커다란 보드 판에 주제별로 열을 정한 뒤 포스트잇을 줄줄이 아래로 달아나가는 모양처럼 생겼다. 따로 설명할 필요가 없을 정도로 디자인이 직관적이고 사용법이 단순하다.

트렐로를 사용하다보면 프로젝트 관리가 저절로 잘된다. 해결해야 할 이슈를 세부 작업으로 쪼개고, 우선순위를 매기고, 각 단계별로 관련된 사람들이 바로 그 사안에 집중해서 이야기를 나누게 된다. 어떤 작업이 진척이 느린지, 어느 팀원이 곤란을 겪고 있는지, 모든 사람이 금방 파악할 수 있다.

트렐로를 보며 어떤 협업 툴을 쓰느냐가 리더십만큼이나 중요한 요소라는 생각이 들었다. 리더가 분명하고 상세하게 비전을 보여주고 꼼꼼히 관리하는 것도 필요하다. 그런데 그게 여의치 않으면 그런 문법 위에서 일하는 것도 방법이다. 적어도 헛발질과 주도권 싸움은 막을 수 있게 해준다.

대통령과 여당 원내대표가 주고받은 메시지 노출 파문이 시간이 지나도 가라앉지 않는다. '내부 총질' 같은 표현은 인식을 고스란히 드러냈다. 나는 그들이 텔레그램으로 소통한다는 사실도 실망스러웠다. 조선시대 왕이 신하에게 비밀스럽게 보낸 어찰御札 같았다. 대통령이 뜻을 전하면 원내대표가 그걸 다시 여당 의원들에게 몰래 알리는 구조일까.

"대통령님의 뜻을 잘 받들어 당정이 하나되는 모습을 보이겠습니다." 여당 원내대표의 답신을 본 국회와 행정부 관계자들은 무척 답답했을 것 같다. 대통령의 뜻 자체가 그다지 분명하고 상세해 뵈지 않으니. 선거 때도 그랬고, 얼마 전 120대 국정 과제를 확정했을 때도 그랬다. 해결해야 할 이슈를 세부 작업으로 쪼개고, 우선순위를 매기는 일이 명쾌하게 정리되지 않았다고 느낀다.

그러다보니 미래 비전과 로드맵이 아니라 어제와 오늘의 현안에 정국이 갇혀 있다. 헛발질과 주도권 싸움이 또다른 헛발질과 주도권 싸움으로 이어진다. '스타 장관'이 나오면 해결될 문제일까? 요즘 세상에 정치인이나 고위 관료가 스타가 되는 가장 빠른 방법은 언론 앞에서 적과 싸우는 건데.

이런 상황이 처음도 아니고 마지막도 아닐 것이다. 한국 정치의 문법 자체가 기괴하게 고정되는 듯하다. 모든 플레이어가 다른 플레이어를 협업의 대상이 아니라 정적, 경쟁자, 혹은 내부 저격수로 인식하게 되는, 혹은 그런 인식을 지닌 이들만 승리하게 되는 기이한 틀 같다. 무엇이 잘못된 걸까. 어떤 모습으로 새 협업 툴을 상상해야 할까.

(2022)

실력은
디테일에
있다

근대건축의 거장 루트비히 미스 반데어로에의 말로 알려진 명언들이 있다. '적은 것이 많은 것이다Less is more'가 대표적이다. 미스도 아마 이 말을 했을 것 같지만, 처음으로 한 사람이 아닌 건 분명하다. 그가 태어나기 전인 1855년에 로버트 브라우닝이 발표한 시에 이미 같은 구절이 있다고 한다.

'악마는 디테일에 있다The devil is in the detail'는 말도 비슷하다. 뉴욕타임스가 미스의 부고 기사를 쓰면서 그의 발언으로 소개해 유명해진 경구이기는 하다. 하지만 독일의 문화이론가 아비 바르부르크가 같은 말을 먼저 했다는 설도 있고, 귀스타브 플로베르, 토마스 아퀴나스가 비슷한 표현을 훨씬 전에 썼다는 얘기도 있다.

'적은 것이 많은 것'이라는 미니멀리즘의 슬로건을 놓고서는 여러 건축가와 디자이너들이 갑론을박을 벌였다. 나는 '악마는 디테일에 있다'는 경구에, 그 주장이 한국에서 쓰이는 양태에 트집을 잡아보려 한다. 단순히 디테일이 중요하다는 뜻이라면 왜 거기 신이 있다고 하지 않고 악마가 있다며 경계하는 걸까. 디테일에 '당했다'는 마음이 깔려 있어서 그렇다.

실무를 두려워하고 실무자를 불신하는 결정권자들이 이 말을 쓰는 모습을 여러 번 봤다. 좋은 의도로 내린 큼직한 결정이 현장에서 예상대로 돌아가지 않을 때, 그리고 현장의 논리가 나름대로 타당할 때, 어떤 결정권자들은 하부 계획을 세우고 추진한 실무자를 원망한다. 자신을 은밀히 거부하는 실무자들이 세부 사항 속에 악마를 숨겨놓았다고 의심한다.

정치권이나 법조계 바깥에서 제 손으로 무언가를 만들어본 적이 없는 정치인이 여당 의원이 되어 당정 협의를 하면서, 장관이 되어 한 부처를 이끌면서, 혹은 대통령이 되고 나서 이 말을 종종 입에 올린다. 대개 원망과 의심의 대상은 직업 관료들이다. 박근혜, 문재인 두 전직 대통령도 이런저런 자리에서 디테일 속 악마를 말했다.

반면 과학자나 공학자가 디테일을 악마의 거처로 부르는 광경은 상상이 안 간다. 어느 엔지니어가 '내가 만든 이론은 아름답고 정교한데 현장의 디테일에 속았다'라고 주장한다면 웃음거리가 될 게다. 가설을 세울 때의 좋은 의도를 강조하거나 실험실 조교의 악의를 의심하는 연구자도 마찬가지다.

언론계도 마찬가지다. '꼼꼼하지 않은데 취재를 잘한다'는 말자체가 성립하지 않는다. 젊은 기자들을 데리고 술을 마시며 대단한 구루인 척, 각종 담론을 읊는 선배들이 있었다. 그들의 밑천을 후배들은 곧 알아차렸다. 사회 비판, 어렵지 않다. 책 몇 권읽으면 아무나 할 수 있다. 정밀하게 팩트를 챙기는 게 기자의실력이다.

2022년 들어 석 달 동안 전국 단위 선거를 두 번 치렀다. 선거를 치를수록 586 정치인들이 물러나야 한다는 주장은 점점힘을 얻는 모양새다. 586 정치는 뭐가 문제였을까. 여러 진단이나오는데, 나는 디테일을 무시했다는 점을 들고 싶다. 자신들의관념과 당위가 현장에서 통하지 않으면 586 그룹은 실무자를,기업인을, 욕망을 지닌 보통 사람들을 탓했다. 관료와 경제학자를 적대적으로 대했다. 그런 태도가 오만과 독선으로 이어졌다.

야당의 20대 비대위원장이 586 그룹의 대안으로 소개될 때나는 혼자 고개를 갸웃했더랬다. 젊은 비대위원장도 어떤 면에서는 그가 비판하는 586들과 똑같아 보였기 때문이다. 그는 자신이 뛰어든 판의 세부 지형과 경기 규칙을 잘 모르는 것 같았다. 그러면서 커다란 관념과 당위를 앞세웠다. 그 역시 디테일에 약했다.

극성 정치 팬덤도 디테일에 무관심하다. 세상을 고해상도로 봐야 복잡한 현실과 다양한 이해관계가 드러난다. 해상도를 낮출수록 만사가 선악의 대결에 가깝게 보인다. 무식하면 용감하다고 했던가. 선무당이 사람 잡는다고 해야 할까. 어떤 신념과 정의감은 디테일을 모르는 데서 나오는 것 같다.

그런가 하면 새 대통령도 디테일에 강한 타입은 아닌 듯하다. 정책 세부 내용을 장악하지 못하는 모습은 이미 TV 대선 토론에서 보여줬다. 검사라는 한길만 걸어온 정치 초보 대통령이 '통 큰 리더십' 이미지까지 선호하니, 솔직히 걱정이 된다. 사소한 일에만 몰두하는 '주사급 장관' '대리급 부장'이 능사는 아닐 테지만.

악마만 디테일에 있으랴. 모든 게 디테일에 있다. 그러므로 디테일을 알아야 한다. 디테일은 넓고 많고 다채롭고 일견 무질서해 보이기 때문에 제대로 파악하는 데 시간이 오래 걸린다. 노력도 많이 든다. 그렇게 시간을 들여 디테일을 조사하고 이해하는 노력을 우리는 '공부'라고 부른다.

(2022)

대통령에게
기대하는
비전, 두번째

가끔 부모님 댁에 가서 그 집 강아지를 봐준다. 그런 때 근처에 사는 초등학생 조카들이 놀러오기도 한다. 어린 푸들과 어린 호모사피엔스들이 방방 뛰는 모습을 시간 가는 줄 모르고 지켜본다. 그들은 오 년 뒤, 십 년 뒤에 대한 걱정 없이 오롯이 지금 이 순간을 사는데, 그게 그렇게 부럽다. 나의 번민, 불안, 두려움은 대부분 아직 일어나지 않은 일을 상상하는 데서 온다.

영적 스승을 자처하는 이들의 가르침 중에는 어린아이의 마음으로 살라든가, 현재에 집중하라는 내용이 많다. 어떻게든 될 테니 그냥 걱정 자체를 버리라고 한다. 낭만적인 성향의 예술가들도 그런 말을 좋아한다. '케세라세라' '카르페 디엠' '하쿠나 마타타'처럼 이국적으로 들리는 문구를 이용하기도 한다.

별로 낭만적인 인간이 아닌지라 저런 조언을 그냥 '걱정에 압도되면 안 된다' 정도로만 받아들인다. '지금 이 순간을 즐겨'하다가 사고를 당하거나 삶이 망가지는 사람, '어떻게든 되겠지' 하는 자세가 파국을 낳는 과정을 몇 번 봤다. 따지고 보면 우리 뇌가 맡은 임무가 바로 걱정이다. 인간의 뇌는 자연이 만든 최고의 시뮬레이터다. 엄청난 산소를 소비하며 눈앞에 없는 각종 상황을 쉬지 않고 시뮬레이션한다. 날카로운 이빨이나 발톱보다 훨씬 더 뛰어난 생존 도구다. 그 고급 도구를 사용하는 대가로 우리는 끊임없이 앞날을 두려워하고 눈에 보이지 않는 것들을 걱정한다.

불확실성이 주는 스트레스를 어떻게 이겨낼 것인가. 나는 '카르페 디엠'이라는 키팅 선생님 말씀보다 '미래를 예측하는 가장 좋은 방법은 미래를 창조하는 것'이라는 피터 드러커의 말에 더 끌리는 편이다. 사실 내 생각은 좀더 암울한데, 세상 누구도 미래를 자기가 원하는 그 모습 그대로 창조할 수는 없다고 본다. 그건 신의 영역이다. 내 생각에는, 사람은 비전을 만들고 거기에 기대 불안을 다스릴 수 있다. 비전은 실패할 수도 있지만 그런 비전조차 힘을 발휘한다.

비전은 소망 이상이다. 냉철한 현실 인식, 구체적인 실현 방법, 그리고 무엇보다 고결한 가치를 담아야 하겠다. 그래야 최악의 경우에도 '내가 어떤 가치를 지켰다'는 위안을 얻을 수 있다. 비전이 있으면 길 잃은 기분에 빠지지 않고, 좋은 일을 하고 있다는 믿음을 얻으며, 그래서 자존감이 높아지고, 고난에도 더 잘 버틴다. 비전이 있는 사람은 행운을 기대하지 않고 도박을 하지도 않는다. 비전이 있는 사람은 멀리 내다본다(묘하게도 내년, 내후년보다 십 년 뒤, 이십 년 뒤에 대한 비전을 세우는 게 종종 더 쉽고 실현 가능성도 더 높다).

개인뿐 아니라 집단에도 비전은 중요하다. 우리는 최고경영자에게, 정치지도자에게 비전을 요구한다. 나는 이 년 전에 이 지면에 '대통령에게 기대하는 비전'이라는 제목으로 글을 썼다. 당시 정부에 대해 '정교한 비전과 철학이 부족했'다고 썼다. 현 정부에 대해서도 같은 말을 하려는 참이다. 출범 이후 국정 운영에서 정교한 비전과 철학보다 그 정반대에 있는 것, 바로 즉흥성을 훨씬 더 자주 봤다.

예컨대 대학수학능력시험을 다섯 달 앞두고 '킬러 문항'을 빼겠다고 발표하는 일 같은 거다. 방식이 즉흥적으로 보이니까 방향도 신뢰를 얻지 못한다. 대통령의 '도어스테핑(출근길 약식 기자회견)'은 어떤가. 갑자기 시작했고 갑자기 중단했다. 그러고는 신년 기자회견도, 취임 일 주년 기자회견도 하지 않았다. 무슨 가치를 추구하고 있다고 읽어야 할까. 근로시간 개편 방안을 둘러싼 혼선은 어땠나. 주 69시간을 일하게 되는 거냐 아니냐를 둘러싸고 며칠간 고용노동부, 대통령실, 그리고 대통령 본인의 설명이 다 달랐다. 다른 사례도 얼마든지 더 들 수 있다.

대통령이 여러 사안에 세세하게 지시를 자주 내리는데, 상당수가 즉흥 발언으로 들린다. 그 와중에 정부 조직의 아랫단에는 '케세라세라' '하쿠나 마타타' 정신이 깃든 것 아닌가 싶다. 새만금 세계스카우트 잼버리 파행 사태를 보며 나는 대한민국 공무원들이 원래 이렇게 무능했나, 궁금했다. K팝 아이돌을 동원해 잼버리 파행 사태를 무마하는 K수습책을 보며 오히려 자존감이 낮아졌다. '우리 수준이 그렇지 뭐' 하는 기분. 자유를 강조하던 대통령이 그때 '아티스트의 자유를 존중하라'고 지시했다면 적어도 이 정부가 지키겠다는 가치가 무엇인지 알 수 있었을 거다. 고령사회, 지방소멸, 중산층 붕괴, 인공지능, 기후위기에는 이 정부가 준비를 얼마나 잘하고 있을까. 길 잃은 기분 속에 미래가 두렵다.

(2023)

보수의
품격

보수와 진보는 왜 그렇게 다른 세상을 사는 것만 같을까. 한 사회가 보수와 진보로 갈라지는 것은 필연일까. 그런 갈등은 사회 발전에 어느 정도나 필요할까. 무엇보다 보수와 진보는 도대체 무엇을 의미하는가. 오랜 의문이었다.

어떤 진화심리학자들은 보수와 진보라는 성향이 오랜 세월을 거쳐 우리 유전자에 새겨졌다는 가설을 제안한다. 외부인을 경계하지 않는 부족은 기습 공격으로 멸족할 위험이 있다. 외부와 교류하지 않는 부족은 고립되어 멸망한다. 낯선 자를 경계하는 성향과 받아들이려는 성향이 적당히 섞여 있는 게 진화적으로 유리했다는 얘기다.

사람이 도덕 판단의 기준을 몇 종류나 가졌는지에 따라 정치

성향이 좌우된다는 도덕심리학 이론도 있다. 그에 따르면 진보주의자는 어떤 일이 타인에게 고통을 주는지, 그리고 공정한지를 중심으로 생각한다. 보수주의자는 거기에 더해 공동체에 대한 헌신, 질서에 대한 존중, 고귀함을 향한 노력 같은 요소도 고려하는 것 같단다.

내게는 현대 심리학자들보다 20세기 정치 이론가 러셀 커크의 말이 더 다가온다. 커크는 진보의 가치를 인정하는 보수주의자였다. 다만 커크에 의하면 보수주의자는 보다 신중하다. 사회가 복잡한 유기체임을 이해하고, 인간의 지혜가 불완전함을 알기 때문이다. 그는 반짝이는 아이디어에 모든 걸 걸지 않고 전통을 존중한다.

변화의 시대에 인기 없는 태도겠다. 그래도 불확실한 접근법보다 오랜 가치를, 극적인 돌파구보다 흔들림 없는 원칙을, 순간의 감흥보다는 일관성을 중시하는 태도를 지닌 이에게 품격이 깃들 수는 있을 것 같다. 아이러니하게도 그런 품격은 가치, 원칙, 일관성을 위해 이익, 자존심, 감정을 억누를 때, 다시 말해 책임을 피하지 않으며 잘못을 인정할 때 비로소 드러난다.

서론이 길었다. 본론이 뭐냐 하면, 보수를 자처하는 지금 정부 여당에서 품격을 보지 못하겠다는 얘기다. 대통령실은 MBC와 드잡이를 하다가 수준이 똑같아졌다. 전당대회를 불과 두 달여 앞두고 경선 룰을 바꾸려는 여당의 모습에서 어떤 원칙과 일관성을 보기는 한다. 계파 이익이 우선이라는 거. 나는 정부 여당이 품격만 잃고 있는 게 아니라, 고립되어가는 중이라고 본다.

개인적으로는 비상경제민생회의나 국정과제점검회의 같은 대통령 주재 회의를 TV로 생중계하는 모습이 특히 민망하다. 쇼다, 아니다 하는 정치권 설전이 무색한 게, 애초에 정치 지도자가 여는 '국민과의 대화'는 시대와 장소를 막론하고 모두 쇼 아닌가? 그런 행사를 왜 자꾸 여는 걸까. 무슨 극적인 돌파구를 기대하는 걸까, 요즘 TV 보는 사람도 별로 없는데. 그나저나 대통령은 여전히 친한 의원들과 텔레그램으로 메시지를 주고받고 있을까.

서울 한복판에서 참사가 벌어지자 대통령은 국가안전시스템점검회의를 열고 경찰을 호되게 나무랐다. 이때는 생중계는 아니었지만, 일만 자 분량이나 되는 대통령의 발언을 대통령실에서 '이례적으로' 공개했다. 당연하게도 그 의도가 훤해서 효과는 반감되었다. 내부 질책을 공개하는 일이 품격 있어 보이지도 않았다.

대통령은 그 회의에서 "책임은 있는 사람한테 딱딱 물어야 하지, 그냥 막연하게 '다 책임져라'라는 것은 현대사회에서 있을 수 없는 이야기"라고 말했다. 나는 경찰이 잘못했다면 경찰청이 소속된 행정안전부나 그 장관을 임명한 대통령은 책임을 피할 수 있는 건지 궁금했다. 장관이 대통령 측근이면 괜찮은 건가. 그 부처의 이름에는 '안전'이라는 단어가 왜 들어 있는 건가. 야당 대표의 비리 의혹이 불거지면 아무래도 다 상관없어지는 걸까.

"현장에서 눈으로 보고 있잖아. 그걸 조치를 안 해요?" "현장에 나가 있었잖아요." 국가 안전의 '시스템'을 점검하는 회의에서 대통령은 '현장'을 여러 번 탓했다. 어쩌면 정말 현장이 문제였는지도 모르겠다. 대통령이나 장관이 그날 그 시각 할 수 있는 일은 사실 아무것도 없었는지도 모른다. 인명 사고가 벌어질 때마다 대통령이 뭘 했느냐고 따지는 것도 이상한 풍경이다.

그렇다면 현장이 잘 돌아가게, 현장에 있는 이들이 힘을 갖게 사회 시스템을 뜯어고치자. 대통령과 장관의 권한을 줄이자는 얘기다. 다음 총선이나 지방선거에 맞춰 분권형 개헌을 추진하자. 필요하다면 대통령 임기를 줄일 수도 있지 않을까. 대통령실과 내각에 율사 출신이 많으니 개헌 추진에 가장 적합한 정부 아닐까 한다. 지금 무엇이 진정으로 공동체에 대한 헌신이고 고귀한 일일까.

(2022)

무슨 표정을
지어야
하는가

세월호라는 단어를 몇 년 동안 입에 한 번도 올리지 않았어, 내가 말했다. 그 말을 한 이유는 기억나지 않는다. 그냥 불쑥 얘기한 것 같다. 2018년인가, 2019년이었다. 사실 그전에 세월호를 한 번 입에 담은 적은 있다. 어느 기자와 인터뷰를 하다가 그 단어를 꺼냈는데, 곧바로 취소하겠다고, 기사에 쓰지 말아달라고 부탁했다.

선배, 저도요, 저도 세월호라는 단어를 그동안 말한 적이 없어요, 내 말을 들은 상대가 대답했다. 같은 신문사에 다녔던 후배였는데 2018년인지 2019년인지에는 그도 나도 기자가 아니었다. 상대의 고백을 들었을 때 작은 위안을 받은 기분이었다. 나만 그랬던 게 아니었구나 싶어서.

그전까지는 모든 사람들이 제각각 세월호에 대해 말하는 것 같았다. 그것에 대해 말하지 않으면 안 된다는 듯이 말했다. 간혹 말하지 않는 것이 비겁하거나, 더 나아가 악을 지지하는 태도인 것처럼 여겨지기도 했다. 나는 가만히 있었고, 그런 때 '가만히 있으라'라는 말이 떠올라 괴로웠다.

하지만 어쩔 수가 없었다. 태연한 표정으로 세월호를 말하는 것이 너무 죄책감이 들었다. 내 감정에 취할 자격이나 권리가 있다고 생각하지도 않았다. 그래서 세월호 이야기가 나오면 입을 다물었다. 처음 만난 사람이 다짜고짜 세월호에 대해 떠들기 시작하면 당황해서 어쩔 줄 몰랐다. 문화예술계 언저리에는 그런 인간들이 있었다.

사람마다 슬픔을 표현하는 방식, 애도하는 방식이 다르다는 것을 안다. 그리고 우리는 남의 표정 아래 숨겨진 감정을 잘 파악하지 못한다. 제 얼굴 가죽 아래 일렁이는 마음을 잘 전하지도 못한다. 껴안고 함께 울어주거나, 그렇게 해줄 사람을 찾는 이도 있다. 방에 들어가 혼자 가슴을 쥐어뜯으며 통곡하는 이도 있다.

하지만 나도 인간의 마음에 대해 아는 것이 조금은 있다. 어떤 감정들은 양립하지 않는다는 것이다. 분노한 사람은 호기심을 품기 어렵다. 그래서 그의 지성은 좁은 시야 안에 머문다. 슬퍼하는 사람은 자신을 뽐내지 않는다. 그럴 겨를이 없다. 슬픔을 뽐내는 어떤 사람들은 내 눈에 슬퍼하는 게 아니라 들뜬 것처럼 보이곤 한다.

두려워하는 사람은 애도하지 않는다. 애도는 타인을 향하는 마음인데, 두려워하는 사람은 자신의 안전에 집중하기 때문이다. 살아야겠다는 욕구가 그를 휘감는다. 나는 2022년 10월 29일 서울 한복판에서 있었던 참사를 현정부가 애도하지 않는다고 본다. 그들은 탄핵될까봐 겁에 질렸다. 그래서 추모의 방식을 통제하려 든다.

정치권에서 나오는 여러 말들을 마찬가지의 이유로 의심한다. 자신이나 진영의 이익을 염두에 둔 꿍꿍이가 섞여 있는 것이 훤히 보여서다. 대통령 부부가 비행기에서 추락하는 합성사진을 소셜 미디어에 올리고 '비나이다~'라고 적은 신부와 그걸 패러디라고 옹호한 또다른 신부도 이해할 수 없다. 깊은 슬픔은 사람을 경건하고 엄숙하게 만든다.

슬퍼하는 자는 칼럼을 쓸 수 있는가. 애도하는 인간은 타인을 향해 속셈이 있다거나, 겁에 질렸다거나, 경건하지 않다며 비판할 수 있는가. 모르겠다. 사회 전체가 정략으로 음탕해졌고, 아무도 거기에서 벗어날 수 없다는 암담한 기분이 든다. 누구도 온전히 슬퍼할 수 없는, 그런 시대에 비극을 겪은 우리는 어떤 표정을 지어야 하는가.

낮에 집을 나섰다가 초등학교 앞을 지났다. 마침 저학년 학생들의 수업이 막 끝난 참이었다. 젊은 어머니와 할머니들이 교문 앞에서 자녀와 손자들을 기다렸다. 전에는 그러지 않았는데 이제는 보호자 없이 집으로 향하는 꼬마들이 걱정됐다. 어쩌다보니 다른 어른 없이 자기들끼리 집으로 가는 사내아이 둘과 나란히 교차로 앞에 서게 됐다.

무엇 때문에 그리 신이 났는지 두 녀석은 빨간불이 켜진 신호등 앞에서 까불고 장난치느라 정신이 없었다. 나는 차로 옆에서 그렇게 노는 것은 위험하다고 아이들을 말리지 않았다. 그러고 싶지 않았다. 꼬마들이 신나게 까불며 자라서 젊음을 만끽하고, 대형 공연을 구경하고, 축제의 열기에 흠뻑 젖기를 바랐다. 핼러윈도 즐기기를 소망했다.

나는 아이들에게서 조금 떨어진 채 차가 오지는 않는지, 아이들이 차로에 뛰어들지 않는지만 살폈다. 여차하면 달려들어 불상사를 막을 수 있게. 꼭 필요하다면 내 몸을 차도로, 자동차 앞으로 날릴 수도 있을 것 같았다. 그 순간에는, 그런 생각이 들었다. 무표정한 얼굴로, 어른의 임무를 생각했다.

(2022)

평화로운 체념이냐,
두려운 분노냐

2022년부터 독서모임 커뮤니티 스타트업인 트레바리에서 클럽장을 맡아 두툼한 '벽돌책'을 읽는 클럽을 부정기적으로 운영한다. 한 시즌이 사 개월인데, 그 기간에 벽돌책 읽기 클럽 회원 십여 명과 한 달에 한 번 만나 내가 고른 벽돌책을 놓고 독서 토론도 벌이고 사는 얘기도 한다. 다른 회원들은 어떻게 느낄지 모르겠지만 나는 이 모임이 기대 이상으로 재미있고, 배워가는 것도 많다.

벽돌책이라는 말이 공식 용어도 아니고, 그냥 '700쪽 이상'을 기준으로 잡았다. 클럽 주제를 벽돌책으로 정한 데에는 이기적인 이유가 있었다. 한 신문 북 섹션에 '장강명의 벽돌책'이라는 독서 칼럼을 쓰고 있는데 연재를 이어가려면 매달 벽돌책을 한

권씩 읽어야 한다. 기왕 읽는 책, 이걸로 독서 토론도 해보자 싶었다. 고로 아직 읽지 않은 책을, 표지와 출판사에서 작성한 소개 자료만 보고 북클럽 주제도서로 고른다.

지난달에는 영국 경제사학자 애덤 투즈의 『붕괴』(우진하 옮김, 아카넷, 2019)를 골랐다가 회원들의 원성을 샀다. 964쪽이나 되는데 분명 의미는 있지만 책장이 술술 넘어간다고 말하기는 어려운 책이다. 낯선 이름과 경제용어도 꽤 나와서 다들 고생하며 읽었다. 한 회원은 독후감 제목을 영화 〈헤어질 결심〉의 유명한 대사, "나는요, 완전히 붕괴됐어요"로 적었다(정작 독후감은 매우 정연했다). 그래서 우리는 독서 토론 시간에 〈헤어질 결심〉 이야기도 조금 나눴다.

책은 쉽지 않았지만 책 얘기는 즐거웠다. 『붕괴』는 2008년 글로벌 금융 위기의 원인과 여파를 집중 분석하는 책이다. 저자는 2008년 금융 위기가 세계 곳곳의 정치와 사회에 길고 깊은 영향을 미쳤다고 설득력 있게 주장한다. 그에 따르면 미국에서 도널드 트럼프가 대통령에 당선된 것, 영국이 유럽연합을 탈퇴한 것, 유럽에서 온건 좌파 정당들이 몰락한 현상의 뿌리는 모두 2008년 금융 위기다.

독후감에서 1997년 외환 위기, 2008년 금융 위기, 혹은 2020년대의 팬데믹으로 자기 삶이 어떻게 흔들렸는지를 감동적으로 쓴 회원들도 있었다. 맞아, 그때 세상이 확 바뀌었어, 하고 고개를 끄덕였다. 1990년대에 태어난 회원은 외환 위기 이전 한국 사회는 어떤 모습이었는지 궁금해했다. 사십대 이상인 회원들이 "어휴, 완전히 달랐죠" 하며 자기 기억들을 이야기했다. 취업이 쉬웠고, 평생직장이라는 개념이 있었고, 회사원들이 낮에 사우나에서 시간을 보내기도 했던 시절을 말하는데 어째 실감이 나지 않았다.

장기 불황이 오면 한국사회는 또 어떻게 변할 것인가. 독서 토론 후반부에는 그 얘기를 했다. 다들 저성장은 이제 필연이라고 여기는 듯했다. 나는 몇 가지를 메모해 갔는데 이런 것들이었다. 일자리 경쟁이 치열해지면서 젠더 갈등과 세대갈등이 심해진다, 포퓰리즘이 득세한다, 계층 간 격차가 벌어지고 부가 세습되며 '귀족 계급'이 등장한다, 외식이 줄고 홈파티 문화가 뜬다. 내가 메모한 내용을 이야기하자 한 회원이 "전망이 아닌 것 같다, 이미 현실화된 내용들 아니냐"고 지적했다.

회원들의 의견이 다 일치하지는 않았다. 외적인 성공이나 소비보다 내적인 만족을 추구하는 분위기 속에서 오프라인 동호회 문화가 뜰까, 아니면 사람들이 온라인 공간에 머무는 시간이 더 늘어날까. 귀족 계급을 바라보는 시선들은 어떨까. '내가 질투할 이유가 없다'며 그러려니 여길까, 아니면 '나는 왜 저렇게 될 수 없나' 하고 분노하게 될까. 분노는 중산층에서 나올까, 빈곤층에서 나올까. 고령화는 여기에서 얼마나 중요한 요소인가.

저성장 국면에 들어갈 중국 청년들의 분노야말로 우리가 진짜 두려워해야 할 대상 아닐까. 중국 정부는 그 분노의 화살을 외부로 돌리고 싶다는 유혹을 받을 테니 말이다.

한 회원이 질문을 던졌다. "그런데 다들 어떤 사회를 원하세요? 차분하게 가라앉는 사회? 아니면 분노하는 사회?" 경제적 불평등은 커지고 단단해질 것이다. 사회에 대한 불만을 먹고 극단주의 세력이 자란다. 그렇게 거대한 폭력의 기운이 스멀스멀 퍼진다…… 그보다는 사람들이 다들 조금씩 체념하고 내향적이고 소극적으로 사는 평화로운 계급사회가 나은가? 아니면 때로 갈등과 충돌을 빚더라도 격렬하게 항의하는 정신이 활력과 모색을 낳고 거기에서 희망이 싹틀까?

어렵지만 중요한 질문이고, 집에 돌아와서도 아내와 한참 얘기를 나눴다. 『붕괴』 뒷부분에 이런 문장이 있다. "이른바 '정치경제'의 시대에서 정말 중요하게 다뤄야 하는 것은 다름 아닌 정치 부분이다." 경제가 정치적 문제들을 일으키더라도 공론장이 건강한 사회는 그걸 슬기롭게 해결할 수 있다는 뜻으로 이해했다. 한국은 어떤가. 정치 리더십은 고사하고 시민들이 진지하게 의견을 나눌 공간조차 잘 보이지 않는 듯해 가슴이 답답해진다.

(2023)

3부

우리는 삶을 통째로
긍정해야 할까

내
인생
최고의 실패

사람들이 자주 묻는다. "어떻게 해서 신문기자를 그만두고 전업 작가가 되신 거예요? 무슨 특별한 계기가 있었어요? 아니면 미리 계획하신 거예요?"

내가 아무런 계기도 계획도 없었다고, 어느 날 울컥해서 사표를 썼다고, 그날 아침까지도 사표를 쓰게 될 줄 몰랐다고 말하면 다들 놀란다. 몇몇은 멋지다, 부럽다고 말하기도 한다. 그런 반응에 나는 복잡한 심정이다. 어쩌다보니 '퇴사'가 요즘 시대의 힙한 트렌드가 된 것 같은데, 나는 힙하지도 트렌디지도 못한 모습으로 회사를 떠났다.

그즈음 고민이 많았다. 기자라는 직업 자체에도 회의가 들었고, 소설을 쓸 시간이 없는 것도 불만이었다. 이것저것 늘어놓자면 길게 목록을 작성할 수도 있을 것 같다. 회사 안에서는 더 나은 대접을 받으려고 이리저리 들이받았지만, 한편으로는 꽤나 배려받는 십 년 차 기자였다. 간부들에게 나를 믿고 일주일에 지면 한 면만 달라고 평기자로서는 가당치 않은 요구를 해서 일을 벌였다가 시원하게 말아먹기도 했다.

그러다 어떤 기사 한 건이 결정적인 한 방이 됐다. 나를 믿었던 취재원의 뒤통수를 세게 치는 기사였다. 신의와 기사 가치가 충돌할 때 기자라면 당연히 후자를 택해야 한다. 그렇게 배웠고 그렇게 해왔고 후배들에게도 그렇게 가르쳤다. 그런데 그날은 자신이 없었다. 종일 데스크에 사정하기도 하고 싸우기도 하다가 저녁에 지방판 마감을 앞두고 원고를 넘기지 않은 채 전화기를 끄고 집에 가버렸다. 그날 밤 사표를 써서 이메일로 보냈다.

이후 일주일이었는지 열흘이었는지, 한동안 휴대폰을 켜지 않고 아무도 만나지 않고 혼자 지냈다. 여러 감정이 폭발했는데 그중 가장 큰 두 가지는 두려움과 부끄러움이었다. 두려움이야 '앞으로 뭐해 먹고살지' 하는 것이었고, 부끄러움은 동료들에 대한 것이었다. 같은 팀 후배는 다음주 예정이었던 휴가를 취소해야 했을 테고, 팀장은 내가 쓰던 아이템들을 떠안아 허리가 휘어질 테고, 날 밀어주던 데스크들은 체면이 말이 아니겠지……

막연히 퇴사를 꿈꾸기는 했다. 그러나 이런 식은 아니었다. 선후배들의 박수를 받으며 퇴장하는 모습을 그렸다. 나는 대인기피증을 앓았다. 거리에서 모르는 사람들이 갑자기 나를 쳐다보며 한심하다, 뻔뻔하다, 무책임하다고 손가락질을 할 것 같아 가슴이 두근거렸다.

일주일이었는지 열흘이었는지를 은둔하며 지내, 떨리는 손으로 휴대폰을 켰다. 휴대폰이 몇 분 동안 진동하며 문자메시지 수백 건을 토했다. 원망이나 질책 하나 없이 모두 나를 걱정해주는 내용이었다. 아무 염려 말고 그냥 돌아와. 선배 꼭 돌아오세요. 강명아, 제발 전화 좀 받아. 강명씨 몸은 괜찮은 거죠?

사표는 종이 문서로 제출해야 한다고 해서 새벽에 회사에 가 부장 자리에 두고 나왔다. 일신상의 사유로 사직하고자 합니다. 광화문 네거리에서 패배자라는 생각에 빠지지 않으려 안간힘을 썼다. 존경하던 선배는 '이런 식은 아닌 것 같다'고 내게 메일을 보냈다.

그렇게 전업 작가가 됐다. 그럭저럭 성공했다고 할 수도 있을 것 같다. 회사를 그만둔 덕분이었다. 그러나 "제가 문학을 향한 열정을 버릴 수 없어 용기 있게⋯⋯"라고는 차마 말할 수 없다. "짜증나는 직장생활 함께 때려치우고 꿈을 좇자" 하는 얘기도 마찬가지. 그러면 결론이 뭐냐, 교훈이 뭐냐. 나도 잘 모르겠다. 어쩌면 그 '모르겠다'가 교훈인지도 모르겠다.

사표를 내기 전까지 잘못 살았다는 생각은 안 든다. 사표를 내고 나서 잘못 살았다는 생각도 안 든다. 사표를 낸 과정은 급작스러웠다. 거기에 가지런한 인과관계는 없다. 평생 단점이라고 여겨온 울컥하는 기질이 나를 다음 단계로 밀어넣었다. 지금의 나는 사표 내기 전후의 나날과 사표를 낸 날에 대해, 내 단점에 대해, 어리둥절해하면서 감사한다.

우리는 미래를 전망하지 못하고 현재를 평가하지도 못한다. 그러니 전망을 할 때도, 평가를 할 때도 겸허해져야 한다. 쉽게 들뜨거나 비관해서는 안 된다. 자기 자신에 대해서도 그렇다. 한 줄로 줄이면, 인생 잘 모르겠다. 거기에 차분한 희망이 있다.

(2019)

돈 얘기,
꿈 얘기

'참신한 아이디어가 있다'며 같이 일하자는 문자메시지를 종종 받는다. 출판사, 벤처기업, 시민 단체, 동네 서점, 작가 단체, 또는 청년 모임 등 주체는 다양하다. 대개 "직접 뵙고 설명드리고 싶습니다"로 끝나는 내용이다.

아직 구상 단계이고 또 보안 문제도 있으니까 메일이나 전화로 자세히 설명을 해주기 어렵다는 점은 이해한다. 그래도 밑도 끝도 없이 '일단 만나자, 만나서 얘기하자'라는 요청은 사양한다. 어떤 아이디어인지 모르겠지만 프로젝트가 잘 굴러가지 않으리라는 게 뻔히 보인다. 나 외에도 다양한 관계자들과 접촉하려 할 텐데 그런 식의 요청에 바쁜 사람들이 응할 리가 없다. 상대가 조르고 애원할수록 그런 생각이 더 굳어진다.

만나서 이야기를 듣고 아이디어가 그럴싸하다고 판단하면 질문들을 던진다. 자금은 어떻게 조달하려고 하십니까? 투자자가 있나요? 수익은 어떻게 내실 생각인가요? 매출은 언제 발생할 걸로 보세요? 매출 규모는 얼마나 될까요? 영업이익이 날 시기는 언제쯤으로 예상하시나요?

영리를 목적으로 하지 않는 이들에게는 다른 단어를 쓰지만, 결국 묻고자 하는 바는 같다. 이거 하는 데 돈이 얼마나 들까요? 그 돈 어떻게 모을 생각이세요? 그 방법으로 계속 돈을 모을 수 있나요?

이 단계에서 구체적인 답을 못 들으면 더는 묻지 않는다. 아이디어를 포장하는 수식어들이 아무리 현란해도 소용없다. 그런 수사修辭로 말할 것 같으면, 죄다 비슷비슷해서 감동이나 감탄은커녕 따분하기만 하다. 내가 듣는 건 크게 두 종류인데, 하나는 '우리는 쓰러지고 쓰러지고 아무튼 계속해서 쓰러질 거예요'라고 하는 문학적 부류다. 다른 하나는 '소셜 기반 O2O Online to Offline 기술에 빅데이터를 반영한 웹 3.0 방식' 어쩌고 하는 IT 유행어 남발 부류다. 그 둘에 비하면 '가진 건 열정뿐입니다'라고 털어놓는 이들이 차라리 순수해 보인다.

불행히도 나를 찾아온 이들 중에서 위의 질문에 제대로 답하는 사람은 거의 없었다. 눈이 휘둥그레져서, "그런 거 물어보시는 작가분은 처음 봤어요"라고 말하는 얼굴은 몇 번 봤다. 때로는 거기에 '초장부터 돈 얘기라니, 이 양반 실망이네'라는 표정이 서려 있기도 했다. 그럴 때면 딱하다는 생각마저 든다. 그는 사회 경험이 전혀 없고, 곁에 있는 인물들도 마찬가지다.

그런 이들과는 다시 만나지 않는다. 몽상가들과 어울리면 잘돼봐야 경험 하나 쌓았다 싶고, 대개는 결실 없이 감정만 상하기 일쑤다. 돈은 현실이다. 현실을 외면하면서 할 수 있는 일은 아무것도 없다.

반대로 돈 얘기는 잘하지만 꿈 얘기는 못하는 이도 더러 봤다. 기막힌 감각으로 승승장구하는데 '그래서 당신이 만들어내는 가치가 뭐냐'고 물으면 질문을 이해하지 못해 한동안 멍한 얼굴이 되는 인사들. "세금 열심히 내는 걸로 내 몫은 다했다고 본다"거나 "나중에 사회사업을 하려고 한다"고 답하는 사람도 있다. 그런 인생관은 그것대로 좋지만, 감흥이 일지는 않는다. "전원주택에서 편안히 노후를 즐기는 게 궁극적인 꿈"이라는 말을 들으면 맥이 빠진다.

그런 인사들은 어쨌든 일을 되게 만드는 사람들이니까, 부러 멀리하지는 않는다. 그러나 그 앞에서 내 속마음을 털어놓고 싶지는 않다. 동지라는 생각도 안 든다.

드물게 돈 얘기에 꿈 얘기도 하는 사람들을 만났다. 좋은 대학을 나온 사람도 있었지만 고졸도 있었고, 경험이 풍부한 사람도 있었고 아직 이렇다 할 경력은 없는 젊은이도 있었다. 성공

할지 실패할지는 모른다. 그래도 그런 사람과는 친해져서 종종 연락하고 싶다. 나와 가는 길이 전혀 달라도 좋다. 가끔 소식을 주고받을 때 자극을 받고 영감을 얻는다.

정작 대부분의 한국 사람들은 돈 얘기도, 꿈 얘기도 안 하는 것 같다. 우리는 주로 남 얘기를 한다. 별로 가깝지도 않은. 어디 사는 누구 있잖아, 걔가 글쎄…… 문재인이 말이야, 홍준표가 말이야…… 그런 이야기들. 나와 관련도 없고, 소설 소재로도 써먹지 못할 것들이다. 그만 듣고 싶다. 우리 그러지 말고 다 같이 돈 얘기를 하자. 꿈 얘기를 하자. 그렇게 우리 이야기를 만들자.

(2017)

꿈이라는
친구

원치는 않지만 가끔 젊은이들을 만나 진로 상담 비슷한 대화를 하게 된다. 대학생 기자도 있고 작가 지망생도 있고 언론계 후배도 있다. 내게 뾰족한 해결책이 있을 턱이 없다. 정답은 누구도 모르며, 삶이라는 시험장에서는 각자 자신의 답안을 서술형으로 성실히 써내는 것 외에 다른 방도가 없으리라.

다만 어떤 시대를 인생의 특정 시기에 통과하는 이들에게는 문제들이 엇비슷한 유형으로 출제되는 것 같다. 그중 하나에 대해 써본다. '꿈' 얘기다.

꿈 때문에 고민이라는 청년들은 내가 보기에 크게 세 부류다. 첫째, 꿈이 없어서 고민이라는 경우다. 이들은 '꿈이 꼭 있어야 하나요'라든가, '꿈이 없는데 어떻게 해야 할지 모르겠어요' '꿈을 찾기 위해 무엇을 해야 할까요' 하고 묻는다.

둘째는 꿈의 방향을 걱정하는 젊은이들이다. 이들은 이렇게 말한다. 하고 싶은 일을 부모가 반대한다, 꿈이 여러 개라 뭘 해야 할지 모르겠다, 오랫동안 준비한 길인데 막상 걸어보니 나와 안 맞는다는 사실을 뒤늦게 깨달았다……

마지막으로 꿈과 현실이 충돌해 그 사이에 낀 젊음들이 고통을 호소한다. 꿈을 좇는 길이 너무 열악해 몸과 마음을 다친 경우도 있고, 생활에 치여 점점 꿈이 흐려진다며 하소연하는 이도 있다.

얼마 전 어느 뉴미디어 기업의 직원과 이야기를 나누다 문득 이 모든 질문에 꽤 그럴싸하게 답안을 제출할 수 있는 요령을 하나 발견했다. '꿈'이 들어가야 할 자리에 '친구'라는 단어를 대신 집어넣으면 된다는 것이다.

'꿈이 꼭 있어야 하느냐'는 질문을 '친구가 꼭 있어야 하느냐'로 바꿔서 생각해보자. 친구가 의식주만큼 필수적인 요소는 아니다. 그러나 친구 없는 삶은 황폐하다. 친구가 있으면 덜 외롭고, 힘들 때 위로를 얻는다. 혼자라면 시도하지 않을 일을 친구가 있으면 같이 하게 된다. 그러면서 다양한 경험을 쌓고 인간적으로 성숙해진다.

꿈도 그러하다. 꿈이 있는 사람은 고독과 상심을 더 잘 버틴다. 이루고픈 목표가 없으면 내일도 오늘 같기를 바라며 작은 세상을 수동적으로 살게 될 가능성이 높지만, 꿈이 있으면 그 반대다.

학기 초에 매력적인 동급생에게 초조한 얼굴로 다가가 "우리 친구 하자"고 말을 붙인들 갑자기 친구가 되지는 않는다. 이 녀석 저 녀석 어울리면서 시간을 보내다보면 그중에 단짝이 생긴다. 꿈도 마찬가지다. 느긋한 마음으로 여러 분야를 살펴봐야 한다. 다만 나이가 들면 친구를 새로 사귀기 어렵듯, 꿈도 탐색하기 적당한 시기가 있는 것 같다.

부모들은 자녀가 공부 잘하는 아이, 좋은 집안 아이와 친구가 되길 바란다. 그러나 돌이켜보면 우리는 부모가 원하는 대로 친구를 사귀지는 않았다. 같이 있으면 너무 재미있어서 시간 가는 줄 모르는 아이와 친구가 됐다. 꿈도 그렇지 않을까. 수입과 사회적 지위도 따져볼 요소이지만, 내가 좋아하느냐, 나와 맞느냐가 중요하다.

더 친하고 덜 친한 친구를 동시에 여럿 사귈 수 있는 것처럼, 크고 작은 여러 꿈을 함께 추구할 수 있다. 그러나 마음 터놓는 절친한 벗이 스무 명이 넘는다면 좀 이상하다. 꿈도 그렇다. 살다보면 여러 친구 중 '베스트 프렌드'가 바뀔 수 있듯이 인생의 목표도 바뀔 수 있다. 그러나 베프도, 인생 목표도 매년 바뀐다면 뭔가 잘못됐다.

첫인상이 좋아 어떤 동기와 한동안 어울렸는데 알고 보니 나와 말이 안 통할 수도 있다. 그런 때 첫인상 때문에 어쩔 수 없다며 억지로 계속 만난다면 어리석은 일 아닌가. 마찬가지로 어릴 때의 꿈이었다는 이유로 맞지 않는 길을 끝까지 걸어야 할 이유는 전혀 없다.

친구는 상사가 아니다. "너 그거밖에 못해? 지금 시간이 모자라는데 꼭 잠을 자야 해?"라고 다그치는 사람이 내 친구일 수 없다. 그런 친구가 있다면 단호하게 "나는 네 부하가 아니다"라고 대꾸해줘야 한다. 꿈에 대해서도 마찬가지다. 어떤 꿈이 '지금 임금이 밀리고 추행을 당하고 부당한 대우를 받더라도 나를 위해 참으라'고 속삭인다면 결연하게 거절하라. 꿈은 동반자이지, 삶의 주인이 아니다.

아무리 속으로 친구라고 믿어도 관심을 기울이지 않고 오랫동안 만나지 않으면 결국 멀어진다. 두어 달에 한 번씩이라도 짬을 내 안부를 물어야 한다. 서로 어떤 처지인지 살피고 상대에게 관심이 있음을 확인해야 우정이 유지된다. 꿈과의 관계도 그렇지 않을까 싶다.

내게도 꿈이 여럿 있다. 그중 하나는 걸작을 쓰는 것이다. 바로 그 꿈 덕분에 내가 바라봐야 할 곳을 정확히 알게 되고, 남을 시기하지 않게 된다. 이 친구와 오래도록 깊고 다정한 대화를 나누며, 단단하고 풍성하게 살고 싶다.

(2018)

행복을
정확하게
추구할 권리

재작년 인생관이 살짝 바뀌는 경험을 하고 이후로 삶의 질도 조금 높아졌는데, 그 이야기를 해볼까 한다. 사소하다면 사소한 일화이고, 약간 지저분하게 느껴질 구석도 있지만…… 내가 다른 사람에게 '예민하다' '유난 떤다'고 비난하는 일을 삼가게 된 이유이기도 하다.

전북 부안의 한 게스트 하우스에서 한국문화예술위원회의 지원을 받아 문인들에게 창작 공간을 제공했더랬다. 서해를 내려다보는 아름답고 조용한 펜션이었다. 소설가나 시인들이 아주 저렴한 요금으로 한 달에서 두 달 동안 머물며 글을 쓸 수 있었다. 나는 집에서도 잘 쓰는 편이긴 한데, 선배 작가의 소개를 받고 흥미가 생겨 그 레지던스 프로그램에 지원했다. 운좋게 신청이 받아들여졌고, 반신반의하면서 노트북과 옷 몇 벌을 챙겨 부안으로 내려갔다.

결론부터 말하자면 대만족이었다. 갯벌 위로 바닷물이 빠지고 들어오는 소리가 들릴 정도로 고요한 외딴 장소에서 머무는 동안 몸과 마음이 정화되는 듯했다. 이런저런 작품 구상도 많이 했다. 그런데 이 자리에 적으려는 건 글이나 마음이 아니라 몸에 대해서다.

나는 아주 어릴 때부터 장이 약해 고생이 이만저만이 아니었다. 과민대장증후군이 있는 분은 아시겠지만 이거 정말 인간의 육체뿐 아니라 정신까지 피폐하게 하는 끔찍한 질병이다. 외출할 때 늘 휴지를 챙기고, 주변에 깨끗한 화장실이 어디 있는지 파악하고, 어지간하면 고속버스보다는 기차를 타게 된다. 그럼에도 불구하고 일 년에 한두 번은 울상이 되어 공중화장실을 찾아 헤매는 고비에 빠진다. 집에서 안전하게 용무를 해결할 때도 전반적인 프로세스가 시원하고 상쾌하다기보다는 우중충하고 찜찜한 분위기다.

그런데 변산반도에 머무는 동안에는 체질이 싹 바뀐 것처럼 그런 고초를 전혀 겪지 않았다. 처음에는 인스턴트식품이나 패스트푸드를 먹지 않아서 그런가보다 했다. 그랬다가 일이 있어 하루 서울에 왔던 날 크림파스타를 먹은 뒤 곤경에 빠지고는 벼락같은 깨달음을 얻었다. 우유가 문제였구나! 나는 유당불내

증 환자였던 것이다.

레지던스 프로그램을 마치고 서울로 돌아와서 조심스럽게 내 몸을 소재로 생체실험을 벌여봤는데, 틀림없었다. 라면이나 햄버거, 분식은 아무리 먹어도 괜찮았다. 유제품만 멀리하면 됐다. 지긋지긋한 고질병에서 완쾌된 기쁨과 '사십 년 넘게 이걸 몰라서 그 사달을 겪었다니' 하는 허탈감이 교차했다.

이후로는 먹을 것에 까탈을 부리는 사람이 됐다. 공중화장실 앞에서 하늘이 노래지는 상황에 다시는 처하고 싶지 않으니 어쩔 수 없었다. 이전까지는 "식당을 어디로 잡을까요? 뭐 드시고 싶으세요? 못 먹는 음식 있으세요?"라는 질문을 받으면 늘 내가 무던하고 호방한 성격임을 강조하는 방향으로 답했었다. "아무거나 괜찮습니다. 저는 다 잘 먹습니다. 선생님이 드시고 싶은 걸로 하세요"라고. 이제는 그러지 못한다.

"피자 한 판 시켜 먹을까?"라고 누군가 제창하고 다들 "오우, 굿 아이디어!"라고 박수를 칠 때 내가 할 수 있는 일은 두 가지다. "전 피자 못 먹는데요"라고 대꾸해서 초장부터 산통 깨기, 또는 남들이 피자 먹을 때 말없이 떨어져 있다가 "왜 안 드세요?"라는 질문에 "저는 피자 못 먹어서요"라고 답해서 뒤늦게 분위기 가라앉히기. '예민하다' '유난 떤다' 소리를 듣는다 해도 어쩔 수 없다. 그런 수군댐을 감수하고서라도 내 대장이 예민해져서 유난 떠는 상황을 피하고 싶다.

그러면서 '메뉴 통일'이라는 간단한 행위조차 때로는 누군가에게 커다란 압박이 된다는 사실을 이해하게 됐다. "여기 치킨은 치즈 가루 살짝 뿌린다는데 살살 털어서 먹으면 괜찮지 않을까? 그럼 생크림케이크는? 한 입도 안 돼? 카페라테도 안 마셔요?"라는 질문 근처에 아슬아슬한 선이 있고, 그 선을 넘으면 질문이 더이상 질문이 아님을 납득하게 됐다.

얼마 전 한 SNS에 '오이를 싫어하는 사람들의 모임'이 결성돼 수만 명이 가입했다는 이야기를 들었다. 김밥집에서 눈총을 무릅쓰고 오이를 빼달라고 요구한다거나, 편식하지 말라는 학교 선생님 때문에 울면서 오이를 먹었다는 회원들의 에피소드가 우습게 들리지 않았다. 과학자들에 따르면 특정 유전자를 지닌 사람들은 오이 맛을 일반적인 사람보다 천 배 더 쓰게 느낄 수 있다고 한다.

내가 어떤 사람인지 알고, 어떤 메뉴는 나와 맞지 않는다는 걸 파악하게 되면서, '메뉴 선택권'이라는 배타적이고 독립적인 권리에 대해 고민하게 됐다. 어떤 이에게는 양보할 수 없는 절실한 사안인 것이다, 취향이나 고집의 차원이 아니라.

이 깨달음을 조금 더 밀어붙여도 될까? 행복도 음식과 같아서, 사람마다 좋아하는 맛이나 향이나 모양이나 색이 다르다고. 누군가에게는 더없는 풍미가 다른 이에게는 독이 될 수도 있다고. 누구에게나 저만의 행복을 각각 정확하게 추구할 권리가 있고, 그에 대해 예민하다거나 유난 떤다고 핀잔을 줄 권리는 누구에게도 없다고. 우리는 서로 다른 메뉴를 먹으면서도 한 테이블에 같이 앉아 웃으며 식사할 수 있다고.

(2017)

언제
개를
키울 수 있을까

개를 사랑한다. 개만 보면 눈빛이 상냥해지고 개를 떠올리는 것
만으로도 입가에 미소가 머금어진다. 길에서 개를 만나면 그러
지 않으려 해도 발걸음이 느려진다. 멀리서 개가 보일 때부터
'어, 개다'라고 의식하며 긴장한다. 개가 내게 와서 냄새도 맡아
주고 꼬리도 흔들어주고 잠깐 쓰다듬을 수 있게 시간을 내주길
바라며 걷는다.

　노트북과 휴대폰 케이스에는 시바견 스티커가 덕지덕지 붙
어 있다. 메신저 프로그램에서는 웰시코기 이모티콘을 쓴다. 너
무 지쳐서 아무 일도 할 수 없을 때면 누워서 인터넷으로 개 사
진이나 동영상을 찾아 본다. 몇몇 견주의 유튜브 채널을 자주
들른다. 사실 인간보다 개를 훨씬 더 좋아한다.

이렇게 개를 좋아하는데, 개를 키워본 적은 한 번도 없다. 잡종견을 묶어 키웠던 할머니 댁에서 두 달 정도 산 적이 있고, 남의 집 개를 일주일간 맡았던 적이 한 번 있을 뿐이다(행복했다). 내가 개를 얼마나 좋아하는지 아는 아내는 입버릇처럼 "우리 나중엔 꼭 개 키우자"라고 말한다.

글쎄, 잘 모르겠다. 언제 개를 키울 수 있을까? 개를 좋아한다고 해서 곧 잘 키울 수 있는 건 아니다. 개를 잘 키우려면 그럴 수 있는 여건부터 갖춰야 한다.

어릴 때에는 아파트에서 개를 키우면 안 된다고 생각했다(그 시절에는 그렇게 믿는 사람이 꽤 많았다). 다른 주민에게 폐가 될 수 있다는 점과 별개로, 마당 없는 집에서 개를 키우는 건 개한테 미안한 일이라고 생각했다. 개들은 맨땅을 뛰어다녀야 하는 동물이라고 여겼던 것이다.

그래서 나이가 들어 은퇴하면 꼭 지방으로 내려가 마당이 넓은 단독주택을 구입해야겠다고 오래도록 다짐하고 있었다. 요즘은 생각이 바뀌었다. 개 행동 전문가 강형욱씨가 출연하는 TV 프로그램 덕분이다. 개들은 꼭 마당을 고집한다기보다는 주인과 함께 있을 수 있는 공간을 좋아하며, 외출에 대한 욕망도 하루 두서너 시간 산책으로 달랠 수 있는 것 같다.

하지만 아파트에서 산다고 해도 방음이 잘되는 건물을 택해야 하겠다. 사람도 사람 말을 안 따르는데 개에게 아무리 짖지 말라고 타이른들 그게 먹히겠나. 이웃에게 개 울음소리를 참으라고 강요할 수는 없다. 성대 수술로 개의 목소리를 뺏느니 차라리 키우지 않는 편을 택하련다.

같은 차원에서, 어느 정도 내부가 넓고 근처에 공원이 있는 집을 구입하기 전까지는 개를 맡지 않으려 한다. 가구가 빼곡히 찬 좁은 집은 내게도 개에게도 동거하기 불편할 게다. 복작거리는 도심 보도를 산책하면서 개가 다른 사람의 발에 차이지 않을까 걱정하며 돌아다니는 것도 사양하고 싶다. 나뿐 아니라 개를 위해서도 그렇다.

산책할 시간을 매일 낼 수 있을 때, 나나 아내 둘 중 한 사람은 낮시간에 집을 지킬 수 있게 될 때 개를 키우고 싶다. 외로움을 못 견디는 동물이라고 하던데, 내가 아침저녁에 잠깐씩 즐거워지자고 낮에 그 아이를 혼자 내버려둘 순 없다. 회사를 다니는 동안에는 이게 가장 큰 문제였다. 아직도 꽤나 걸림돌이다.

요즘 고민하는 것은 내가 과연 늙은 개도 사랑할 수 있는 사람인가 하는 점이다. 반려견을 위한 서비스가 많아지고 수의학도 발달하면서 개의 수명이 엄청나게 늘어났다고 한다. 개의 마지막 몇 년도 사람의 그것처럼 기운 없고 볼품없다고 하는데, 나는 과연 그런 모습까지 사랑하고 책임질 수 있는 인간일까.

개들은 사람보다 훨씬 짧은 생을 누린다. 개를 맞아들일 때 이별도 예정되는 것인데, 나는 그런 떠나보냄까지 각오하고 있

나. 내가 움직이는 봉제 인형이 아니라 한 생명을 거두려는 게 맞나. 나는 아직 자신이 없다. 그런 인간조차 개들은 온몸으로 사랑해줄 테지만.

목줄과 입마개를 둘러싸고 말들이 많다. 어떤 경우든 사람이 개보다 우선이고, 사람을 생각하면 목줄도 입마개도 강제하는 게 옳은데, 나는 그게 개들에게 참 미안하다. 우리 문명, 적어도 우리 도시는 아직 개들을 제대로 맞이할 준비가 안 됐나보다.

(2018)

마음챙김,
위장 챙김

얼마 전부터 '마음챙김' 명상을 시작했다. 매일 같은 시간에 같은 장소에서 해야 한다고 해서 오후 여덟시에 침대에 앉아서 한다. 아, 그런데 어제는 까먹었네…… 사실 이번이 세번째 시도다. 지난해부터 몇 주에서 몇 달씩 하다 말기를 되풀이하고 있다.

마음챙김은 아직 표준국어대사전에 오르지는 않았지만, 한국어 위키피디아에는 '마음'과 '챙김'이 붙여 쓰여 한 개의 단어로 등록돼 있다. 위키피디아나 몇몇 인터넷 사이트에서는 불교의 위파사나 명상이 곧 마음챙김 명상이라고 설명한다. 그와 반대로 둘이 다르다고 주장하는 이들도 있다. 불교 명상은 깨달음을 얻기 위한 수행법이지만 마음챙김 명상에는 그런 종교적 목적이 없다는 것이다. 플라잉 요가가 힌두교 의식이 아닌 것처럼.

실제 수련법에서도 불교 명상과 현대의 마음챙김 명상은 좀 차이가 있는데, 후자는 딱히 가부좌 같은 자세를 취하라고 하지도 않고 호흡법을 강조하지도 않는다. 그냥 가만히 앉아서 아무 생각도 하지 말아보라고 한다. 물론 '아무 생각도 안 하기'가 참 힘들다. 가부좌보다 훨씬 더.

내가 마음챙김에 처음 관심을 갖게 된 것도 '종교와 관련이 없다'는 소개가 한 요인이었다. 사이비가 아닌 제대로 된 종교 수행이라면 속세에서의 보상을 약속해서는 안 된다고 믿는다. 그런데 나는 들인 노력만큼 보상을 원한다. 내 지성을 무시하는 설명도 사양한다. 그런 이유로 명리학도 진지하게 받아들이지 않는다.

실리콘 밸리의 젊은 엔지니어들이 마음챙김 명상에 빠졌네, 구글에서 사내 프로그램으로 도입했네, 그런 소식들을 들으면서도 그런가보네, 했다. 처음에는 캘리포니아 밀레니얼 힙스터들의 근본 없는 유행이라고 여겼는데, 유발 하라리 때문에 생각이 바뀌었다. 이렇게 똑똑한 사람이 자기 책에서 한 챕터를 할애해 명상하라고 하는 걸 보면 뭐가 있기는 있는 걸 거야. 하라리가 홍보한다면 명리학에 대해서도 태도를 달리할 수 있을 것 같다.

하여튼 매일 십 분씩 마음챙김 명상을 한다. 처음에는 잔잔한 명상 음악을 틀어놓고 했다. 누군가 파도와 바람이 치는 곳에서 건반악기로 솔, 도, 레 같은 음을 청명하게 치는 BGM이었다. 요즘은 그냥 BGM 없이 한다. 십 분 정도는 눈 감고 가만히 앉아 있을 수 있고, 명상 음악을 듣다보면 오히려 잡생각이 더 들어서다. 왜 트랙이 바뀌지 않을까, 이거 다 신시사이저로 만든 음이겠지, 그나저나 바람소리를 계속 들으니까 춥게 느껴지는데……

하지만 명상 음악 없이 조용히 한다고 딱히 머리가 잘 비워지는 것도 아니다. 마음챙김 명상을 하면서 내가 가장 많이 하는 생각은, '이거 효과 있을까'이다. 이렇게 아무 생각도 하지 않는 여백의 시간이 있어야 뇌가 쉬면서 피로를 풀 수 있다는데…… 그런데 뇌라는 녀석은 내가 잠잘 때에는 안 쉬고 뭐하는 거야? 꿈꾸느라고 바쁜가? 그건 그렇고 내일은 정말 조금만 먹어야겠어. 점심은 제발 좀 굶어보자……

'아닌 것 같다' 하고 그만뒀다가 '혹시 이번에는 다를지 몰라' 하는 마음으로 이 명상법을 다시 시도하는 데에는 나름대로 절박한 이유가 있다. 하는 일 없이 머리가 무겁고 일상에 집중을 못한다. 벌써 몇 년째 나를 '지금, 여기'에 붙잡아두지 못하고 있다. 과거의 안 좋은 일들이 자꾸 떠오른다. 미래를 지나치게 걱정한다. 이곳이 아닌 다른 곳에 있는 사람들을 신경쓰고 원망한다.

이것은 인간만이 앓는 질병인데, 현대인들이 선조보다 더 취약한 것 같다. 가끔은 마음챙김, 득도, 열반, 해탈, 구원, 뭐 그런 것들이 다 실은 유토피아처럼 존재할 수 없는 헛소리이고, 등 따습고 배부르면 마음의 병에 시달리는 게 우리의 숙명 아닌가 싶기도 하다.

잡념 때문에 영 괴로울 때에는 개인적인 실전 해결책을 쓴다. '위장 챙김'이다. 다행히 먹고 마시는 순간만큼은 딴생각이 잘 안 들고 대개는 즐겁다. 식곤증과 체중 증가라는 무서운 부작용이 있어서 그렇지. 과학기술이 이렇게 발전했는데 맛있고 배부르면서 살 안 찌는 물질을 아직도 개발해내지 못했다는 사실이 신기하지 않나? 이 대목에서 니체의 유명한 책 제목을 읊어본다. '인간적인, 너무나 인간적인.'

(2020)

아내의
방

전에 살던 집이나 지금 사는 집이나 크기는 비슷한데 방 개수가 다르다. 전에 살던 집은 방이 세 개에 화장실이 하나였고, 지금 사는 집은 방 두 개에 화장실도 두 개다.

전에 살던 집에서는 제일 큰 방을 침실로 쓰고 다른 방을 드레스 룸, 나머지 방을 서재로 꾸몄다. 서재에 작은 책상과 노트북을 놓고 거기에서 내가 글을 썼다. 붙박이 옷장과 조립식 행어가 있는 드레스 룸을 주로 이용하는 사람은 아내였다. 그러나 드레스 룸에는 책상이 없어 오래 머물 수는 없었다. 아내는 거실 테이블에 데스크톱을 설치하고 소파를 놓은 뒤 거기에서 시간을 보냈다.

아내가 컴퓨터로 드라마를 보거나 웹 서핑을 하면 슬금슬금

내가 그 옆자리에 앉곤 했다. 소파가 집에 하나뿐이라서 그렇기도 했다. 아내 옆자리에서 아내의 컴퓨터 모니터를 보다보면 꼭 참견을 하게 됐다.

"쟤들은 지금 왜 싸워? 저 눈에 꿰맨 자국 있는 사람이 악당이야?"

라거나,

"어, 잠깐, 아까 그거 좀 눌러봐. 놀란 강아지 개웃김이라는 게시물."

이런 식으로,

착한 아내는 처음에는 저 사람은 잠복중인 터프가이 형사라고 설명해주었고, 지나치려던 놀란 강아지 동영상도 함께 봐줬다. 그러나 내가 저 터프가이 형사가 왜 잠복중인지, 눈은 어쩌다 저렇게 상처가 났는지 묻고, 놀란 강아지에 이어 웃는 고양이 동영상까지 보자고 하면 아내도 끝내 인내심을 잃었다.

"아, 나 컴퓨터 할 때 옆에 좀 앉지 말라고! 저리 가라고!"

그러면 나는 놀란 반려견처럼 소파에서 펄쩍 뛰어올랐다가 입맛을 쩝쩝 다시며 서재로 도망치곤 했다. 그런데 정말이지 인간은 욕심이 끝이 없고 같은 실수를 반복하는 존재인지라, 채 하루도 못 가 그런 일이 되풀이되곤 했다.

처량한 강아지처럼, 소파에서 몇 걸음 떨어져 서서 아내의 컴퓨터 화면을 훔쳐보기도 했다. 일부러 그런 게 아니라, 냉장고로 걸어가다가 우뚝 멈춰 그런 자세를 취하게 됐다. 아내는 그런 내 모습을 보면 헛웃음을 터뜨리기도 했고, 화를 내기도 했다. 나로서도 변명 몇 마디는 해야겠다. 혼자서는 흘깃 쳐다볼 마음도 안 드는 미국 드라마나 인터넷 게시판도 아내가 보고 있으면 무슨 마술에라도 걸린 것처럼 너무나 재미있어 보였다.

이 집에 이사와서는 방 두 개 중 하나를 침실로 쓰고, 나머지 방을 아내가 쓴다. 그 방에 옷장이 있고 화장실도 있다보니 아내가 쓰는 편이 합리적일 듯했다. 아내의 방에 소파와 테이블을 놓고, 그 테이블에 데스크톱을 설치했다. 나는 부엌 식탁에 노트북을 올려놓고 작업한다. 냉장고나 화장실을 찾을 때 나는 아내 옆이나 뒤를 지나치지 않는다. 아내가 있는 곳으로 갈 때에는 노크를 해야 한다. 방문을 직접 손등으로 두드린 적은 거의 없고, 입으로 "똑똑똑"이라고 말하는 쪽이지만.

그렇게 공간을 배분한 뒤로 아내의 표정이 확 달라졌다. 훨씬 느긋해졌다. 얼굴근육이 전보다 확연히 풀린 모습을, 둔한 나조차 알아차릴 수 있을 정도였다.

그 간단한 것을 왜 몰랐을까, 싶었다. 시험 칠 때 선생님이 등 뒤에 서 있으면 문제가 잘 풀리던가. 아내가 옆에서 노트북 화면을 지켜보면 나는 글이 써질까. 현대인은 자기만의 공간이 필요하다. 가족이라도 노크를 하고 들어와야 하는. 어떤 안락감은 그 공간 안에서만 얻을 수 있고, 어떤 피로는 그곳에서만 풀린다.

이때의 경험이 놀라워 주변에 이야기하다 옛 직장 동료인 여자 사람 친구에게서 한번 더 깨달음을 얻었다. 그 친구는 21세기에도 대한민국의 여성 상당수가 평생 자기만의 방을 갖지 못한다고 했다. 바로 자기가 그러하다고. 딸이 많은 집에서 자랐고, 작은 집에서 신혼살림을 시작했고, 지금도 자녀 방은 있지만 자기 방은 없다고. 그녀의 경제 사정은 결코 쪼들리는 편이 아니었다. 우리 사회에는 그녀보다 사정이 어려운 여성이 훨씬 더 많을 터였다.

그에 비하면 나는 남자라서, 아들이라서 누린 게 얼마나 많은가. 이십 년 이상 나만의 방이 있었고, 실은 지금도 내 방이 있는 거나 마찬가지다. 아내가 회사에 있는 동안 집에 나 혼자뿐이니까. 아내가 집에 있고, 내 방이 없고, 만약 우리에게 아이가 있다면 그런 공간에서 나는 글을 잘 쓸 수 있을까. 노트북을 챙겨서 카페로 도망가지 않을까? 그런 나를 보고 누군가 '카페충'이라고 비난한다면 얼마나 억울한 마음이 들까.

(2018)

편의점
도시락을
먹으며

집에서 가장 가까운 편의점의 상호가 바뀌었다. CU에서 GS25
로. 이것이 내게 의미하는 바는, 앞으로 끼니를 김혜자도시락으
로 해결하게 될 일이 많아졌다는 뜻이다. 그전까지는 백종원도
시락이었다.

앞 문단에서 나는 끼니를 '때운다'고 쓰지 않고 '해결한다'
고 썼다. 편의점 도시락의 품질은 최근 몇 년 사이에 깜짝 놀
랄 정도로 높아져서, 이제 '때운다'는 표현을 쓰기 다소 미안할
정도다. 나 같은 사람에게는 훌륭한 한끼 식사다. 그렇게 생각
하는 사람이 많은 것 같다. 편의점 도시락의 종류도 확 늘었
고, 식사시간에는 도시락을 사기 위해 계산대 앞에서 줄을 서
야 할 정도다(신도림에서는 그런데, 다른 동네도 그런가요?).

CU와 GS25 도시락의 매출 증가율은 지난해 각각 168.3퍼센트와 176.9퍼센트였다고 한다.

며칠 전 어느 사진작가와 만나 몇 시간가량 같이 작업을 했다. 일하는 틈틈이 상대를 탐색하며 책 이야기며 음악 이야기를 소심하게 나누다가, 우리 둘 다 백종원 한판도시락의 열렬한 팬임을 알고 한순간에 서로 얼굴이 풀렸다. 아, 가성비는 정말 그게 최고인 거 같아요. 어떻게 그렇게 만들 수 있는지 모르겠어. 그런데 세끼를 연속으로 먹으면 속이 좀 안 좋더라고요. (이 에세이, CU에서 협찬받지 않았습니다. 참고로 저는 이제 막 김혜자도시락의 세계에 입문한 상태이고, 세븐일레븐이 집에서 멀어 혜리도시락은 한 번도 먹어보지 못했음을 알려둡니다.)

내가 하고픈 말은, 어떤 때에는 하루키의 초기작을 좋아한다거나 인디 밴드 콘서트를 찾아다닌다거나 하는 이야기보다, "한판도시락 자주 먹어요"라는 고백이 당신을 더 잘 설명한다는 것이다. 편의점 도시락이 목표인 사람은 없다. 편의점 도시락은 내가 얻고자 하는 것, 되고자 하는 이미지가 아니라 내가 타협하는 선, 나의 실제 모습을 말해준다. 삶의 민낯과 속살을 한 꺼풀 드러내 보이고 '당신도 저랑 같군요'라고 느낀 사진작가와 나는 유대감을 품을 수밖에 없었다. 촬영 작업보다는 편의점 도시락 품평을 하면서 그에게 더 동료 의식을 느꼈다.

앞앞앞 문단에서 나는 CU와 GS25 도시락의 매출 증가율을 적었다. 그 수치는 인터넷 창에서 제일 위에 뜬 신문 기사를 읽고 알았다. 기사 제목이 무려 "'김혜자' '백종원'은 어떻게 우리를 구원했나"다. 구원······ 편의점 도시락이 나의 밥통을 구하고, 통장을 구하고, 영혼도······ 구하나? 글쎄, 먹으면서 스스로 초라하다고 느낀 적은 없다. 늘 맛도 좋았고. 그렇다고는 해도 이게 희열을 주는 물건까지는 아닌 듯하다. 6찬 도시락과 진수성찬 도시락을 들었다 놓았다 하는 아저씨나, 제휴 카드를 찾느라 주머니를 뒤적이는 젊은 여성들의 얼굴도 결코 구원받은 표정은 아니다. 퇴근 시간에는 특히 더 그렇다.

그들이 입을 다문 채 들려주는 이야기는 주로 '무엇무엇이 아니다'라는 부정문이다. '어쩔 수 없지 않아요?' '이만하면 나쁘지 않죠'와 같은 방백들. 또는 '굶지 않아요' '죽지 않아요' '아직 지지 않았어요' 같은 선언들. 나는 그들에게도 동지애나 전우애 비슷한 감정을 느낀다. 가능하면 그네들이 편의점의 간이 테이블에서 굳은 얼굴로, 선 채로, 짧고 불편한 나무젓가락으로 그걸 해치우기보다는, 자기 집 식탁 앞에 편히 앉아서 긴장을 풀고, 손에 익은 수저로, 느긋하게 먹기 바란다. 충분히 덥혀서 꼭꼭 씹어 먹기 바란다.

바코드 스캐너를 들고 계산대에 선 직원도 '편의점 도시락 연대'의 일원이다. 이 자리를 빌려 편의점 매뉴얼을 만드는 큰 기업의 높은 분들께 건의 사항이 있다. 편의점에서 직원들이 반갑습니다, 포인트 카드 있으신가요, 봉투에 담아드릴까요, 봉투값은 20원인데 괜찮으신가요, 영수증 필요하신가요, 고맙습니다 또 오세요, 라고 일일이 말해주지 않으면 좋겠다. 무뚝뚝한 끄덕임 한 번으로 충분하다. 돈을 받고 도시락만 건네주면 되지, 봉투에 하나하나 담아주지 않아도 된다. 신제품 개발보다 이 점을 신경써주시면 감사하겠다.

편의점 도시락 연대원들께도 동의를 구한다. 동지들끼리, 전우들끼리 서로 고단하게 굴 필요 뭐 있나. 우리 사이에 예의와 온기는 이 정도로 적당하지 않나.

(2017)

돈, 지혜,
그리고
돈이 주는 지혜

독서가 중에서는 자기 계발서를 불가촉천민 취급하며 경멸하는 이들이 더러 있는데, 나는 그렇지 않은 편이다. 간혹 유명한 책이 있으면 찾아 읽는다. 그런 책들에 담긴 낙천주의를 좋아하기도 하고, 가끔 무릎을 치며 교훈을 얻기도 한다. 옥석이 심하게 섞여 있는 장르이고, 물론 개중에는 사기꾼의 황당한 헛소리도 있지만.

어떤 종류의 앎은 언어로 붙들기 매우 어렵고, 지식 중에 아직 연구가 덜 되어 글자로는 거칠게 옮길 수밖에 없는 것들도 있다. 특히 지식인을 자처하는 필자들이 그런 정보를 전달하는 글쓰기를 겁낸다. 막연한 근거로 주장을 펼쳐야 하고, 잘못하면 지적인 독자들의 웃음거리가 될 테니까.

한데 그렇게 연구가 덜 되어 정밀한 논리로는 붙잡지 못하고 막연한 비유와 체험으로 엉성하게 전할 수밖에 없는 앎 중에 정말 시급하고 중요한 것들이 있다. 그 중요한 지식을 현대 학교에서는 가르치지 않는다. 선생님도 모르고, 교장 선생님도 모르고, 교과서 편찬자도 모르기 때문이다.

시골 노인이 대학교수보다 가끔 더 현명해 보이는 이유가 그래서다. 시골 노인은 상관관계라든가 반증 가능성 같은 걸 무시하고 거침없이 추론하고 말하니까. 물론 그의 '통찰'은 절대 완벽하지 않고, 오류도 꽤나 섞여 있지만. 그리고 시골 노인도 시골 노인 나름이겠지만.

스노우폭스를 창업한 김승호 회장의 『돈의 속성』을 최근 탄복하며 읽었고, 아내에게도 추천했다. 아침에 잠에서 깨자마자 기지개를 켜고 이부자리를 정리하라, 그리고 물을 한잔 마시라는 김회장의 조언은 책장을 덮은 뒤로 매일 실천하고 있다. 돈에 대해서도 이 책을 읽은 뒤 전과 다른 각도에서 생각하게 되었다.

예를 들어 이 책에는 재산에 따라 부모형제를 달리 대해야 한다는 조언이 있다. 재산이 십억원이 될 때까지는 부모형제가 아니라 자녀와 배우자에 집중하라는 거다. 부모님 생활비를 챙기고, 형수님께 가방을, 조카에게 노트북을 선물하는 정도에서 멈추라고. 재산이 오십억원이 되어도 형제에게 돈을 빌려주지 말고, 대신 조카들의 학비를 책임지라고 한다. 재산이 백억원이 넘으면 그때 비로소 가족의 보험회사 역할을 하란다.

내 재산은 오십억원에 한참 못 미치지만, 이 책을 읽으며 오래도록 품고 있었던 질문에 대한 답을, 적어도 힌트를 얻는 것 같았다. 이런 질문이다. 다른 사람과 어떻게 관계를 맺어야 하는가? 타인이라는 거대한 영향력에 어떻게 대처해야 하나? 사랑하고 존중하고, 또 사랑받고 존중받으면서 휘둘리지 않고 내 주체성을 지키려면?

책의 조언을 나는 '타인을 대하는 방법은 내 힘이 어느 정도냐에 따라 다르다'고 해석했다. 타인과의 관계 방정식이 복잡하고 내 힘을 당장 키우지 못한다면 내가 신경써야 하는 사람의 우선순위를 살펴야 한다. 이때 재산은 내 힘을 측정하는 도구이자 척도다. 그렇게 타인과의 역학 관계를 돈이라는 개념으로 정리해서 다른 차원에서 검토할 수 있다. 물리학자들이 소립자의 움직임을 수학으로 묘사하듯 말이다.

책에서 말하는 '돈'을 뭔가 더 큰 것의 비유로 받아들이면 곱씹어볼 대목들이 생겼다. 저자는 종잣돈을 여러 번 강조하는데, 그 부분은 내게 희망을 어떻게 키우고 유지해야 하는가에 대한 이야기로 다가왔다. 이 또한 전부터 품어온 궁금증에 대한 유용한 답안이었다. 시간을 어떻게 사용해야 하는가? 오늘에 충실해야 하나, 내일에 대한 대비가 우선인가.

종잣돈이라는 개념은 이 고민에 놀라운 돌파구를 연다. 현재도 중요하고, 미래도 놓칠 수 없다. 중요한 것은 내 힘의 배분 비율이다. 일 년에 얼마를 모은다는 식으로 목표를 세우면 현재와 미래의 가치 대결이라는 답 안 나오는 형이상학적인 딜레마 자체에서 상당히 벗어날 수 있다. 저축 목표를 정하고, 나머지 돈으로는 알차고 즐겁게 소비하자.

여기까지 생각이 이르고 보니, 돈이 전과 다르게 보였다. 삶에서 추구해야 할 다양한 가치를 흑도 백도 아닌 관점에서 자르고 이어붙이고 비교할 수 있게 만드는, 굉장히 유용한 사고 도구 아닌가. 우리가 인생을 풍요롭고 슬기롭게 살려면 조금씩 철학자도 되어야 하고 운동선수도 되어야 하듯, 경제학자와 경영인의 관점도 몸안에 탑재해야 하는 것 아닐까.

돈의 이러한 개념적 유용함을 모르면 오히려 해를 입게 되는 것 같다. 돈을 가치를 다루는 도구로 여기지 않고 그 자체로 중요한 목표라 믿으면 금전의 노예가 된다. 반면 돈이 그런 도구임을 부정하고 돈 생각을 하는 일조차 멀리하는 사람은 알맹이 없이 번드르르하기만 한 착한 구호의 노예가 되기 십상이다. 조선이 망한 이유도 그 때문이었다고 나는 본다.

(2022)

시간의
품질

새해에는 지난해보다 더 좋은 삶을 살고 싶다. 그런데 좋은 삶에 대해 진지한 고민을 하다보면 먼저 좋은 삶이 뭔지 규정부터 해야겠다는 생각이 들고, 조금 뒤에는 형이상학의 수렁에 빠지게 된다. 여태까지 쭉 그래왔다. 사색하는 재미가 있기는 하지만 실제로 얼마나 도움이 됐는지는 모르겠다.

좋은 삶이란 무엇일까? 주관적으로 느끼는 쾌락의 총량을 최대화하는 삶? 종교 경전에 적힌 가르침을 충실히 따르는 삶? 성취를 거두고 업적을 남기는 삶? 공동체의 발전을 위해 희생하는 삶? 주변 사람으로부터 사랑받으며 안분지족하는 삶?

누가 어떤 답안을 제시하건 그 하나하나에 대해서는 다 논리적으로 반박할 수 있을 것 같다. 성취와 업적은 상당 부분 운에 달렸는데 그게 삶의 좋고 나쁨까지 결정한다는 말이냐, 본인이 만족하고 주변으로부터 존경받는다면 사이비 종교 중간 간부의 삶도 괜찮단 말이냐, 하는 식으로.

그래서 최근에는 그 모든 요소들이 비빔밥처럼 잘 섞여 있는 게 좋은 삶 아닐까, 전체가 부분의 합보다 크지 않을까, 하는 잠정 결론에 이르렀다. 선량하게 살면서 여러 즐거움을 맛보고, 성취도 거두고, 봉사도 하고, 사랑도 하고, 우정도 쌓고, 이것저것 다 하련다! 무슨 칵테일 요법처럼 들리기는 한다.

한편으로는 논리와 무관하게, 좋은 삶에 대한 막연한 직관들이 있다. 설령 남에게 피해를 끼치지 않더라도, 최신 자동차와 명품 가방에 너무 매달리는 삶은 좋은 삶이 아닐 것 같다. 자연과 예술을 감상할 줄 알고, 불운을 겪어도 의연함을 지키는 삶이 좋은 삶일 것 같다. 하지만 왜 그런가 하고 물으면 똑 부러지게 설명할 자신은 없다.

그런 막연한 직관들 중에는 '좋은 삶이 무엇인지 적정량을 고민하는 것이 좋은 삶의 조건 중 하나 아닐까' 하는 것도 있다. 추상적인 질문에 파묻혀 눈앞의 삶을 외면하는 것도 딱한 일이지만, 삶의 방향성을 놓고 아무런 고민이 없는 사람은 한심하거나 무섭게 느껴진다. 무슨 짐승이나 기계 같지 않은가.

세밑에 그런 고민거리를 안주 삼아 아내와 함께 맥주를 마시며 두런두런 이야기를 나눴다. 그러다 좋은 삶에 대한 접근 전략을 바꿔봐야겠다는 생각이 들었다. 지금껏 나는 좋은 삶을 이루는 커다란 요소들에 관심이 많았다. 굵직굵직한 가치들을 추구하다보면 내가 누리는 시간들이 덩달아 가치 있어질 거라고 생각했다.

이런 방식은 성장거점을 정한 뒤 그곳에 집중투자하는 지역개발 계획과 닮은 데가 있다. 몇몇 봉우리들을 높이려 애쓰면 다른 부분도 덩달아 융기하리라는 기대가 담겨 있다. 목표 의식이 분명하면 과정의 불쾌함을 견뎌낼 수 있는 힘도 생긴다. 니체도 그런 말을 했고, 빅토어 프랑클 박사의 로고테라피도 대강 그런 내용이라 여긴다.

하지만 그러다보면 삶이 여러 과목의 숙제들을 작성하는 일의 연속처럼 느껴지기도 하고, 전반적으로 엄숙해지는 것 같기도 하다. 한눈팔지 않고 좋은 가치들을 성실히 추구하려 해도, 아무리 노력해도, 모든 순간이 다 강렬하고 충만하지는 않다. 오히려 봉우리가 높아지는 만큼 골짜기도 깊어지는 것 아닌가 하는 의심도 든다.

봉우리가 아닌 시간들에 좀더 애정을 갖고, 그 순간들의 품질을 높여야겠다는 생각이 들었다. 산의 고도는 가장 우뚝 솟은 봉우리의 높이로 정한다. 하지만 어느 나라가 얼마나 잘사는지를 평가할 때 그 나라에서 가장 부유한 도시를 기준으로 삼지는 않는다. 좋은 삶도 그런 것 아닐까?

영광의 순간이 있다면 좋겠지만 누구도 거기에 머물러 살 수는 없다. 짜릿하고 즐거운 시간도 지나간다. 결국에는 인생의 대부분을 차지하는 대수롭지 않은 순간, 평범하고 시시한 시간들의 온도를 어떻게 하면 조금씩 높일 수 있을지 궁리했다. 심리학자들과 뇌 과학자들의 조언이 참고가 됐다. 인간의 마음은 행동의 영향을 받는다는 것이다.

억지로라도 웃는 표정을 짓고 노래를 부르면 실제로 기분이 좋아지고, 감사하다는 말을 하면 감사한 마음이 들며, 허리를 펴고 성큼성큼 걸으면 생활에 활력이 생긴다고. 올해 나는 그런 습관을 들여보기로 했다. 새해 첫날에는 평소 좋아하던 팝송의 가사를 외웠다. 심심할 때 부르기 위해서다. 재미있었다. 어릴 적에는 가사를 암기하는 곡이 그렇게 많았는데, 이제는 그렇지 않다는 걸 깨닫고 놀라기도 했다.

(2021)

좋은
삶이란
무엇일까

인생에 대한 질문 중 어떤 것들은 실상 큰 의미가 없거나 더 나아가 해로울 수도 있다고 생각한다. 겉보기에는 꽤나 깊이 있어 보여도 그렇다. 대표적으로 '왜 사는가'라는 질문이 그에 해당한다고 믿고 있다.

이 질문은 마치 삶의 목적이 무엇이냐고 묻는 것처럼 다가온다. 답하기 어렵다. 그래서 오래 붙들고 있을수록 목적 없는 삶을 살고 있는 듯한 기분에 잠기게 된다. 질문이 무겁게 느껴질수록 그 무게에 걸맞은 무거운 답을 내놔야 한다는 압박을 받는다. 그러면 질문이 더 무겁게 느껴지는 악순환이 벌어진다. 삶에 대한 질문이 그렇게 삶을 침식한다.

어떤 사람들은 신이 마련한 낙원에서의 진짜 삶이 있고, 현생은 그것을 위한 예비 과정 또는 시험이라는 식으로 답한다. 만약 그 말이 옳다면 해야 할 일은 명확하다. 당장 순교하는 것이다. 고전적인 순교 기회를 찾기 어렵다면, 가진 것 다 팔아 가난한 사람에게 나눠주라는 등의 말씀을 따른 뒤 이른 죽음을 기다리면 된다. 지상에서 가족과 누리는 수십 년 정도의 불완전한 안락이 낙원에서의 영원하고 절대적인 기쁨에 비할 수 있겠는가.

'왜 사는가'에 대한 나의 솔직한 답은 이렇다. 이미 태어났고, 죽는 것이 무섭고 싫다. 이 분 전에 죽는 것이 싫어서 자살하지 않았고, 일 분 전에도 그랬고, 지금도 그렇다. 그 일 분 일 분이 쌓여 내 삶이 됐다.

"이미 태어났고, 죽는 것이 무섭고 싫다"라는 문장에서 뒷부분에 신경을 쓰면 자기 삶이 시시하게 보인다. 앞부분에 집중해야 인생이 선물이라는 사실을 겨우 깨닫게 된다. 곰이며 호랑이며 구미호가 이상한 음식들을 참고 먹으며 그토록 얻고 싶어했던 인간의 삶. 난 그걸 공짜로 받았다. 이리저리 투덜대기도 하지만 일 분 전에도 죽는 것보다는 사는 편을 선택했고, 지금도 그렇다. 삶의 목적은 모른다. 그래도 수억 번, 수조 번 삶을 결단했다.

'왜 사는가'보다는 '어떻게 살 것인가'를 묻는 것이 훨씬 더 생산적인 방향이다. 그러나 이와 관련해서도 역시 썩 좋지 않은 레퍼토리가 있다. '내일 죽는다면 오늘 당장 할 일은?'이라든가 '당신 인생에서 가장 중요한 것은?' 같은 것들이다. 이런 질문을 받으면 수세적으로 생각하게 된다. 삶의 의미나 추구해야 할 가치에 명확하고 일관된 우선순위가 있다는 가정을 의심 없이 받아들인 채. 그 상태에서 어떤 답을 내놓고 나면 그 답에 맞춰 자기 인생을 재구성해야 할 것 같은 의무감이 남는다.

그러나 이는 무인도에 가져갈 물건이나 책을 묻는 난센스 퀴즈와 비슷하다. 무인도에 물건 세 개나 책 세 권을 원하는 대로 골라서 가져갈 수 있는데, 부피나 중량은 따지지 않고 개수로만 세 개를 택해야 하는 상황 자체가 터무니없다. 관광을 간다 해도 그렇고 조난을 당한다면 더 그렇다. 그런 사고실험이 우리 자신에 대해 알려주는 바도 별로 없다. 가치관이 아니라 재치, 기껏해야 취향 정도를 드러낼 뿐이다.

삶이라는 축복과 거기서 누릴 수 있는 의미는, 차라리 밥상과 그 위에 가득 차려진 반찬 같은 관계 아닐까? 몇 가지 반찬만 골라먹어야 한다는 법 따위는 당연히 없다. 젓가락을 가져가는 순서가 딱히 중요하지도 않다. 어떤 반찬은 서로 어우러질 때 더 맛있고 영양가도 높다. 인생 최우선 가치에 대한 질문도 기실 제일 좋아하는 반찬이 뭔지 묻는 정도에 불과한 것 아닐까.

그런 관점에서 보면 삶의 목적이 어떤 하나의 가치이고, 우리는 그것을 추구해야 한다는 주장이 모두 원 푸드 다이어트 홍보처럼 보인다. 내용이 명쾌하면 명쾌할수록 더 그렇다. 무엄하지만 옛 성현의 가르침에 대해서도 솔직히 그렇게 느낀다.

오직 꿈을 위해서, 혹은 가족이나 공동체나 깨달음을 위해서, 다른 모든 걸 희생하고 가진 걸 전부 바쳤다는 이야기를 들으면 확실히 그 치열함에 강한 인상을 받는다. 그러나 한편으로는 두부나 포도만 먹고 독하게 다이어트에 성공한 사람들의 후기를 읽는 것 같은 기분도 든다. 일단 나로서는 따라 할 수가 없다. 그리고 그런 삶의 방식은 자칫하면 심각한 부작용을 불러올 것 같다.

'어떻게 살 것인가'라는 문제에 관한 한 학자들의 이야기도 그다지 믿음이 안 간다. 아직은 연구가 초보적인 수준인 것 같고 조언도 혼란스럽다. 콜레스테롤이나 비타민에 대해 오락가락하는 건강 관련 연구들처럼.

어떤 질문과 답으로도 인생이라는 수수께끼는 끝내 해명하지 못할 것 같다. 그런데 동시에 좋은 삶과 좋은 식사의 비결은 다들 이미 웬만큼 알고 있지 않나 싶기도 하다. 여러 반찬을 골고루, 음미하며 꼭꼭 씹어 먹는 것 아닌가. 한 입, 한 입. 일 분, 일 분.

(2018)

색소폰을
배웠던
시간

전업 작가의 일상은 별게 없다. 오늘은 어제 같고, 어제는 그제 같다. 지난해는 재작년과 비슷하게 보냈는데, 올해는 지난해와 비슷하게 보내게 될까? 앞으로 평생 이렇게 사는 건가? 그건 싫었다. 새해를 맞아 기타를 배워볼까 하는 생각이 갑자기 들었다. 악기를 익히며 우울감도 극복하고 싶었다.

전화번호를 검색해 집 근처 실용음악학원에 연락한 날이 마침 코로나19 방역 완화로 수도권 학원들에 소규모 대면 수업이 허용된 날이었다. "직접 가서 레슨 받아도 괜찮나요?" 하고 물으니 전화를 받는 원장 선생님이 "오늘부터 괜찮대요"라고 대답했다. 목소리에 간절함이 묻어났다.

며칠 뒤 기타를 들고 학원에 찾아갔다. 아내가 한때 치던 통

기타가 집에 한 대 있었다. 나는 기타를 쳐본 경험이 전혀 없는 초짜라, 이제 겨우 기본 코드를 더듬더듬 짚는 수준이다. 얼마나 오래, 꾸준히 연습하게 될지 솔직히 아직은 자신이 없다.

초등학교, 중학교 음악 시간에 두드리고 불었던 실로폰이나 리코더 등을 제외하면 제대로 악기를 익히는 건 이번이 세번째다. 어릴 적에 피아노를 조금 배웠고, 직장생활을 하며 틈틈이 학원에서 알토 색소폰을 불었다. 색소폰은 띄엄띄엄 십 년쯤 익혔는데, 마지막까지도 기본 연습곡들을 간신히 연주하는 수준이었다.

사실 기타를 좋아하면서도 배워야겠다는 결심을 그동안 못했다. 새 악기를 배우는 것보다 기왕 배운 악기를 제대로 마스터하는 게 낫지 않을까 하는 미련이 컸다. 이번에 그 미련을 완전히 버리게 된 셈이다.

애초에 기타를 더 좋아하면서 왜 색소폰을 배웠느냐. 딴에는 신중한 계산의 결과였다. 서른 가까운 나이에 악기를 배우려니 평생 즐길 수 있는 악기를 선택해야 한다는 압박감이 있었다. 나는 내가 재즈를 좋아하게 될 줄 알았다. 나이가 들면 록을 멀리하고, 좀더 부드러운 음악을 듣게 되지 않을까 예상했다.

한편으로 기타는 주변에 잘 치는 사람이 너무 많았다. 어지간히 노력해서는 따라잡을 수 없을 듯했다. 노력을 비교적 덜 들이면서도 나중에 아마추어 밴드에 가입해서 활동하기 적당할 악기, 혼자 솔로 연주를 즐길 수도 있는 악기가 뭘까 고민하다 보니 색소폰이 근사한 답변 같았다.

확실히 십대 시절에 듣던 시끄럽고 과격한 헤비메탈은 사십대가 되면서 잘 듣지 않게 됐다. 하지만 그렇다고 재즈나 색소폰에 푹 빠지지는 않았다. 싫어하지는 않지만, 사랑한다고 말하기도 어렵다. 그런데 취미로라도 악기를 배우려면 그 정도 열정으로는 부족하다. 연주하는 악기와 음악 장르를 사랑해야 한다.

결국 십오 년여 만에 원점으로 돌아왔다. 여전히 록을 사랑한다. 언제 들어도 위안이 되는, 너무나 개인적으로 느껴지는 블루스 록 노래가 몇 곡 있다. 시간이 오래 걸려도 언젠가 그런 곡을 연주할 수 있으면 좋겠다. 작은 소망이지만, 그런 종류의 소망은 투입 비용 대비 효과 같은 개념과 애초에 타협할 수 없는 것 같다. 전엔 미처 몰랐다.

나는 미래를 몰랐다. 나 자신에 대해서도 몰랐다. 삶의 모든 측면에 효율성이라는 잣대를 들이댈 수는 없다는 사실도 몰랐다. 지금도 같은 사고의 함정에 빠지지 않으려면 의식적으로 노력을 기울여야 한다. '색소폰을 배웠던 시간은 전적으로 낭비였다' 같은 생각 말이다.

기쁘지 않은 순간, 나중에 따져보기에 의미나 쓸모가 없는 순간들은 삶에서 내쳐야 하는 걸까. 그런 자세로 살면 인생이 무척 황량해질 것 같다. 과거를 바꿀 수도 없고, 아무리 후하게 쳐

줘도 환희에 차거나 의미로 충만한 시간은 결국 한 줌에 불과할 터이니. 게다가 그런 인생관은 현재를 그 자체로 음미하려는 노력 역시 오염시키고 만다.

우리는 삶을 통째로 긍정해야 하는 걸까? 슬프고 괴로웠고 끝내 상처만 남긴 순간들까지 껴안아야 할까? 어려운 질문이다. 그래야 한다고 가르친 현자도 있었고, 그건 아무래도 불가능해 보이니 인생을 재미있는 농담이나 수수께끼로 여기고 어깨 힘을 빼라는 이도 있었다. 다른 말 같지만 실천에 있어서는 상당 부분 겹치는 조언이다. 푸시킨의 시구대로, 노하거나 서러워 말라는.

때로는 산다는 게, 어떤 선율이 될지 모르면서 한 음 한 음 소리를 내는 긴 즉흥연주 같다. 때로 불협화음이 어쩔 수 없이 끼어들며, 불협화음 없이는 좋은 곡이 될 수 없다. 거기까지는 알겠고, 그다음부터는 잘 모르겠다. 굳은살이 생기는 손가락처럼 마음도 단단해지기를 바랄 뿐. 그러면 그 즉흥연주 솜씨도 늘지 않을까, 기대하면서.

(2021)

자기혐오에
대처하는
요령

처음 '이불 킥'이라는 말을 들었을 때에는 누가 만든 표현인지 참 절묘하다고 생각했다. 그리고 안도했다. 다른 사람들도 자기 전에 부끄럽고 후회되는 기억으로 이불을 많이 걷어차는구나, 이렇게 신조어가 만들어질 정도구나, 나만 그런 건 아니구나, 싶어서.

모든 면에서 정신이 완벽하게 건강한 현대인이 있긴 할까? 현대라는 환경이 사람들을 모두 조금씩 미치게 만드는 것일까, 아니면 충분히 튼튼한 사람들에게 '당신도 예외는 아냐'라며 그물처럼 촘촘한 병명과 증상 목록을 들이미는 시대인 걸까. 어쨌든 내가 받아든 진단서는 자기혐오다. 주변에 이불이 없을 때에도 수시로 이불 킥 증세에 시달린다.

나의 못난 점을 내가 잘 알고 있고, 그것이 너무나 혐오스러움에도 어쩌지 못한다는 데에서 좌절감이 든다. 층간소음 비슷하다. 당장 이사를 갈 정도는 아니나, 편히 잠을 이루지도 못하는.

조금 전에 진단서라는 단어는 비유적으로 썼다. 아직 이 문제로 병원에 가거나 심리 상담을 받은 적은 없다. 관련 공부를 한 것도 아니다. 지금부터 하려는 이야기는 개인적인 경험에 기초한 요령이다. 스스로 위험하다고 느끼는 분들은 반드시 자격 있는 전문가를 찾아가 구체적인 조언을 구하시기 바란다.

자기혐오의 가장 당혹스러운 점은 그게 결코 유쾌하지 않은 상태임에도 중독된다는 사실이다. 자기혐오에 빠지면 자기혐오적 관점으로 세상을 보게 된다. 그러면 자신의 추함이 더 도드라져 보이고 지금 나의 불행이 모두 거기에서 비롯된 듯 느껴진다. 그런 생각에 압도되면 끝장이라는 걸 아니까 어떻게든 저항해보지만 쉽지 않다. 그러면 자기혐오를 떨치지 못하는 자신의 비대한 자의식이 혐오스러워진다.

최소한 이때 '자기혐오를 반복하는 자신'을 미워하지는 않으려 노력한다. 인간의 뇌는 아주 값비싼 시뮬레이터다. 엄청난 양의 당糖과 산소를 소비하면서 '그때 이렇게 했더라면 어떻게 됐을까, 앞으로는 어떻게 해야 하나' 따위 답 없는 질문에 몰두한다. 그러라고 만들어진 기관이다. 사람속屬은 수백만 년 전에

팔다리 근육보다 그 '고민 기관'에 투자하기를 택했다. '인생은 아름다워'라고 자족했던 선조들은 굶어죽거나 잡아먹혔다. 걱정이 팔자였던 개체들이 후손을 남겼다.

사람은 단맛과 기름진 맛에 끌린다. 그런 식성이 생존에 유리해서 그렇게 진화했다. 장점이 아니라 단점, 잘한 일이 아니라 못한 일 위주로 자신을 파악하는 태도 역시 그만큼이나 인간 본성이라고 본다. 후회, 근심, 불안을 전문적으로 발생시키는 엔진이 머리통에 달린 걸 내가 어쩌겠는가.

두번째로 내가 깨달은 바는, 외따로 떨어진 장점이나 단점은 없다는 것이다. 사람의 성격은 거대한 빙산이다. 우리는 물위로 드러난 빙산의 일부만 본다. 빙산의 봉우리 앞면과 뒷면이 다른 경우는 그나마 이해하기 쉽다. 신중/우유부단이나 겸손/비굴 같은. 실제 수면 아래는 훨씬 더 복잡한 양상일 게다. 책임감과 오만함, 공감 능력과 의존성이 한줄기에서 뻗은 두 봉우리일지도 모르고, 더 불가사의한 연결도 있을 수 있다. 그리고 얼음은 물위로 드러난 부분을 깎아도 그만큼 다시 떠오른다. 겉으로 드러난 성격을 모두 '교정한다' 한들 더 깊은 본성이 다른 형태로 언제든 모습을 드러낼 수 있다.

세상살이와 연결 지어봐도 그렇다. 어떤 개성은 그저 당사자의 주변 상황에 따라 장점이 되기도 하고 단점이 되기도 한다. 평생 흠결이라 여겼던 특질이 결정적인 순간 인생을 떠받치고

들어올리는 지지대이자 지렛대가 될 수도 있다. 당연히 그 반대도 가능하다. 지금 내가 파악하는 나의 모습은 심리적, 서사적 총체와는 거리가 먼, 찰나의 파편에 불과할 수 있다는 얘기다.

술을 마시거나 어릴 적 부모와의 관계를 곱씹는 게 해결책일 리 없다. 알코올이나 애착 이론은 즉각적이고 달콤하기 때문에 그것이 도피임을 뇌가 금방 알아차린다. 게다가 둘 다 뒷맛이 안 좋다. 퍼마실수록. 그보다는 스스로에게 실제적인 과제를 주는 게 의외로 유용하다. 청소나 운동 같은. 귀찮고 힘들다는 게 핵심이다. 조금만 참으면 '고난에 맞서 싸우는 나'라는 자기 서사를 마음이 이내 지어낸다.

어쩌면 자기혐오 그 자체에 순기능이 있을지도 모른다. 자신이 절대선이요 불순물 없는 정의라고 주장하는 자기긍정의 화신들을 TV나 인터넷에서 종종 마주친다. 그 그늘 없는 얼굴을 보고 있노라면 혐오를 넘어서 공포감이 든다. 그럴 때면 인간은 괴물이 되지 않는 대가로 자기혐오라는 비용을 치러야 하는지도 모르겠다는 생각도 든다.

(2019)

자기 착취
사회와
분별력

덴마크에 '게으른 로베르트'라고 불리는 사내가 산다. 본명은 로베르트 닐센. 대학을 다녔고 사지도 멀쩡한데, 사회보장제도를 이용해 삼십대 중반부터 사십대 중반까지 십 년 넘게 아무 일도 안 하고 살았다는 사람이다. 맥도날드에 취업한 적이 있는데, 업무량이 과도하다 느껴 그만뒀단다.

로베르트는 TV 토크쇼에 나와 유명해졌다. 그는 당당했다. 덴마크 국민으로서 당연한 권리를 행사했을 뿐이라고. 사람이 왜 꼭 일을 해야 하느냐고. 이후 덴마크에서는 복지정책 축소를 둘러싸고 논쟁이 일었다. 로베르트는 복지제도를 고치겠다는 총리와 설전을 벌이기도 했다.

나는 로베르트와 대화한 적이 있다. 그가 센세이션을 불러일으키고 사 년 뒤였다. 나는 덴마크의 복지제도를 취재하는 한국 TV 프로그램의 출연자였고, 코펜하겐의 자치 지구 크리스티아니아에서 그를 인터뷰했다. 한데 '게으른 로베르트'는 내가 품었던 선입견과는 완전히 다른 인물이었다.

그는 꽤 진지하고 차분했으며, 그다지 즐거워 보이지도 않았다. 자신을 아마추어 철학자로 간주하고 있었다. 대마초 냄새가 밴 방에서 내가 당신 자신을 디오게네스와 비슷한 사람이라고 보느냐고 묻자 로베르트는 "아니, 소크라테스요"라고 대답했다. 옳은 말을 해서 미움을 산다는 이유에서였다.

그의 주장에 설득되지는 않았는데, 그의 논리를 무너뜨릴 '한 방'을 찾지는 못했다. 헤어지기 전 나는 망설이던 질문을 던졌다. "당신이 어떤 가치를 만들어내고 있다고 생각합니까?" 로베르트는 일 초도 주저하지 않고 대답했다. "센서빌리티Sensibility." 감성, 감정, 감수성으로 번역되는 그 가치를 창조해낸다고 그는 주장했다.

그뒤로 한동안 나는 가끔 그 말을 일없이 곱씹었다. 제인 오스틴의 소설 『이성과 감성 Sense and Sensibility』 때문에 '센서빌리티'에 대한 생각이 곧잘 '센스'로 넘어가기도 했다. 그 책의 제목은 한국에서 '분별과 다감'으로 번역되기도 한다. 로베르트는 정말 어떤 가치를 만들고 있을까? 감수성을 만든다는 말이 무슨 뜻일까?

최근에 한 인문학 포럼에 참석했다. 쟁쟁한 교수님들과 연구자들 사이에 공대 출신 소설가가 끼어 있어도 되나 조마조마한 마음이었는데, 발표 주제들이 흥미로웠고 난상 토론도 재미있었다. 난상 토론중에 '인문학의 쓸모'가 화제로 오르자 모든 발언자의 목소리가 한 톤 높아졌다. 엇, 뜨거워.

그날 밤 집에 돌아가려다 근처 편의점에 들러 맥주를 샀다. 술을 마시며 공원을 설렁설렁 걸었다. 뒤늦게 멋진 문장이, 포럼에서 했어야 했던 말이 머릿속에 떠올랐다. "인문학은 '분별력'이라는 가치를 만듭니다. 그게 인문학의 쓸모입니다." 상상 속에서 혼자 열변을 토했다. "분별력은 현대사회가 값을 잘 쳐주지는 않지만, 대단히 귀중한 자원입니다."

사실 이 자원은 점점 희소해지고 있어서 가치가 오르는 중이다. 부분적으로는 전통 사회의 공동체의식이나 종교의 가르침이 힘을 잃고, 큰 어른 역할을 할 지도자도 딱히 안 보이기 때문이다. 밥벌이뿐 아니라 사리 분별도 각자도생해야 하는 시대다. 삶의 방향과 의미를 일러주는 타인은 스승이 아니라 내 지갑을 노리는 사기꾼일 가능성이 높다.

우리가 자기 착취 사회를 살고 있기에 분별력이 더 절실해졌다고도 본다. 이 시스템에서 개인의 가장 큰 적은 종종 그 자신이다. 몇 년 전까지만 해도 내게 자기 착취라는 말은 노동 관련 용어였다. 자영업자의 과로, 자기 계발에 대한 강박, 혹은 '열정

페이' 같은 이슈를 다룰 때 쓰는. 이제 바야흐로 기행으로도 돈을 버는 관심경제attention economy 세상이 열렸고, 사람들은 자신의 노동력뿐 아니라 존엄성까지도 쥐어짜낸다.

할리우드 영화에는 '네 느낌을 믿어봐' 같은 대사가 자주 나온다. 한국사회에 여전히 남은 억압적인 분위기에 분개하는 이들은 욕망을 긍정하라고 외친다. 하지만 느낌과 욕망이 그리 현명한, 혹은 따뜻한 선장이던가. 오히려 변덕스럽고 무자비한 폭군 아니던가. 느낌과 욕망이 삶의 방향과 의미를 어떻게 말해준단 말인가.

나는 그보다는 차라리 우리 모두 아마추어 철학자가 돼야 한다고 주장하련다. 내가 착취당하는지 아닌지 점검해줄 사람이 나밖에 없다. 노동력을 넘어, 존엄성의 차원에서는 더 그렇다. 수치심 같은 느낌이 도움이 될 테지만, 더 필요한 능력은 역시 분별력이라고 본다. 나는 게으른 로베르트 역시 기이한 자기 착취의 함정에 빠진 것은 아니었을까 의심한다.

(2022)

한국어에
불만 있다

다재다능한 뮤지션 요조씨와 함께 독서 팟캐스트를 진행한다. 일단 녹음이 즐겁고, 배우는 바도 많아 소중한 시간이다.

한글날을 맞아 한국어와 글쓰기에 대한 책『동사의 맛』(유유, 2015)과『내 문장이 그렇게 이상한가요?』(유유, 2016)를 쓴 김정선 작가를 초대해 손님으로 모셨다(한글날은 한글이라는 문자를 기릴 뿐 아니라 우리의 언어생활 전반을 살피는 날이기도 하다고 믿는다).

김작가는 이십 년 이상 단행본 교정 교열 업무를 해온 한국어 전문가다. 이건 이래서 틀렸고 저건 저래서 틀렸다는 꼬장꼬장한 지적을 잔뜩 듣는 거 아닐까 걱정이 좀 됐다. 그런데 김작가의 철학은 그 반대였다. 국가가 '옳은 말'을 정한다는 개념 자체에 비판적이었다. 그는 사람마다 맞춤법이 제각각 다른 세상에 가는 꿈을 꾼 적이 있다고 한다. 여기가 천국이구나, 했단다. '언어의 감옥'에서 해방되는 기분이었나보다.

한글날 기념방송에서 아름다운 모국어를 찬양하거나 표준어 수호를 맹세하지 않고 그런 대화를 나누는 것 자체가 신선했다. 한글날은 며칠 지났지만 이야기를 이어본다. 나, 한국어에 불만 많다. '파릇파릇과 푸릇푸릇을 구별하면 뭐하나, 쓸만한 이인칭 대명사가 없는데'라고 생각한다. 다만 이 지면에서는 극히 엄격하고 까다로운 존댓말-반말 체계에 대해서만 적어보려 한다. 그 얘기만 하기에도 자리가 모자란다.

누군가를 처음 만난 자리에서 '저 사람 나이가 어떻게 되나'를 궁금히 여기는 자신을 발견할 때마다 괴롭다. 나도 모르게 그렇게 된다. 그때마다 내가 한국어라는 감옥에 단단히 갇혔구나, 탄식한다. 한국어 사용자는 사람을 만날 때 대화에 앞서 상대를 높여야 하는지 낮춰도 되는지 먼저 고민해야 한다. 언어가 그걸 요구한다. 늘 천박한 탐색전을 벌여야 한다.

이 언어를 쓰다보면 세상에 높은 사람과 낮은 사람이 있다는 생각에 너무 익숙해진다. 교실에서 민주주의 정신을 아무리 배워도 소용없다. 일상의 언어가 '실은 사람 위에 사람 있고 사람 아래 사람 있다'고 하루에도 수십 번씩 일깨워준다. '아랫사람'에게 굴욕감을 주기도 굉장히 쉬운 언어다. '갑질'의 핵심이 그

거 아닌가.

한국어 사용자들은 문장 하나를 말할 때마다 그렇게 상대와 자신의 지위를 확인한다. 너는 나에게 반말과 존댓말을 마음대로 쓸 수 있지만 나는 너에게 존댓말밖에 쓰지 못할 때 나는 금방 무력해진다. 순종적인 자세가 되고 만다. 그런 때 존댓말은 어떤 내용을 제대로 실어나르지 못한다. 세상을 바꿀 수도 있을 도전적인 아이디어들이 그렇게 한 사람의 머리 안에 갇혀 사라진다.

이 언어는 존댓말을 쓰는 사람에게만 복잡한 규칙을 강요한다. '커피 나오셨습니다'라는 표현이 잘못이라고 한다. 사람을 높여야지 왜 사물을 높이냐고. 그러면서 밥, 집, 나이를 진지, 댁, 연세로 높인다. 대화중에 다른 사람 얘기가 나오면, 존댓말을 쓰는 사람은 상대와 제삼자 중에 누가 더 지위가 높은지도 얼른 따져야 한다.

나의 자존을 지키지 못하는 언어, 틀렸다고 꾸중듣기 좋은 말을 자주 쓰고 싶을 리 없다. 단기적인 대책은 상사, 선생님, 윗세대와 대화하지 않는 것이다. 장기적인 대책은 높은 자리에 올라가는 것이다. 한국의 세대 구분이 그렇게 촘촘하고 계층 간 단절이 심한 것, 이 사회가 그토록 출세 지향적인 것은 언어 탓이 꽤 크다고 생각한다. '존댓말 쓰고 반말 듣는 상황'을 다들 피하고 싶지 않나. 오래도록 그런 처지에 내몰려 억울함이 쌓이고 묵으면 한恨이라는 한국인 특유의 정서가 만들어지는 것 아닌가.

이 언어의 문제를 해결하지 못하면 상호 존중 문화를 만들 수 없고, 그 문화가 없으면 시민사회도, 민주주의도 이룰 수 없다고 믿는다. 갓 스물 넘은 대학생들이 신입생에게 압존법 따위를 강요하는 풍경에 절망한다. 이 적폐가 끊이지 않고 유전병처럼 후대로 이어질 것 같아 두렵다.

내가 제안하는 해결책은, 가족이나 친구가 아닌 모든 성인에게 존댓말을 쓰자는 것이다. 점원에게, 후배에게, 부하 직원에게. 언어가 바뀌면 몸가짐도 바뀐다. 사회적 약자는 존댓말을 듣는 동안에는 자기 앞에 최소한의 존엄을 지키는 방어선이 있다고 느낀다. 그 선을 넘는 폭력의 언어를 공적인 장소에서 몰아내자는 것이다. 고객이 반말을 하는 순간 콜센터 상담사들이 바로 전화를 끊을 수 있게 하자는 것이다.

그리고 반말은 가족과 친구끼리, 쌍방향으로 쓰는 언어로 영역을 축소하자는 것이다. '직장 후배지만, 정말 가족이나 친구처럼 친한 관계'라면 상대가 나에게 반말을 써도 괜찮은지 스스로 물어보자. 상대가 입원했을 때 병원비를 내줄 수 있는지도 따져보자. 그럴 수 없다면 존댓말을 쓰자.

몇 년 전부터 새로 알게 된 사람에게는 무조건 존댓말을 쓰고 있다. 그럼에도 불구하고 상대의 나이는 여전히 살피게 된다. 반말을 쓰던 지인에게 갑자기 존댓말을 쓰는 것도 영 쑥스러워 하지 못한다. 존댓말과 반말이라는 감옥의 죄수라서 그렇다. 그러나 다음 세대를 위해 창살 몇 개 정도는 부러뜨리고 싶다. 다음 세대는 벽을 부수고, 다음다음 세대는 문을 열고…… 그렇게 새 시대를 꿈꾸고 싶다.

(2017)

몸뻬 입고
모찌떡
먹고픈

소설가가 된 후 신문기자 시절 썼던 글을 다시 읽으니 부끄럽다못해 도망치고 싶은 심정이 드는 문장이 한둘이 아니다. 아, 나 참 뻔뻔했구나 싶다.

"스포티하면서도 매끄러운 디자인에 동력 성능이나 편의 사양이 과거의 중형차들에 뒤지지 않을 정도로 크게 어필했다는 분석이다."

그렇다. 내가 쓴 문장이다. 정말이지 형편없다. 기사가 나간 다음날 '못 쓴 문장'으로 뽑혀 사내 게시판에서 지적을 받기도 했다. 내가 다닌 신문사에는 그런 검토를 담당하는 교열팀이 있었다.

그런데 참으로 찜찜한 게, 저 문장이 수준 이하라는 사실은 인정하지만 교열팀이 지적한 내용에는 좀처럼 고개를 끄덕이지 못하겠는 거다. 이 순간까지도.

위 문장에서 어느 부분이 형편없을까? 지금 내 눈에는 '스포티하다' '어필했다'라는 국적 불명의 표현도 문제고, '분석이다'라는 마무리도 영 거슬린다. 그런데 정작 잘못됐다고 지적받은 부분은 그것들이 아니라 '사양'이라는 표현이었다. 일본어 '仕樣 しよう'의 한자를 우리 음으로 읽은 일본식 어휘라는 이유에서다. 국립국어원에서 제공하는 순화 자료집에 따르면 '사양'이라는 단어는 '설명, 설명서, 품목' 등으로 순화해야 한다. 그런데 위 문장에서 '편의 설명' '편의 설명서' '편의 품목'이라는 대체어가 과연 들어맞나?

이렇게 일본식 표현이라는 이유로 신문 기사에 쓰면 안 되는 단어들이 아주 많다. '곡물'은 '곡식'으로 순화해야 한다. '입장' 은 '처지, 형편, 상황, 생각'으로 바꿔 써야 한다. 이제 나는 신문 기자가 아니라 소설가이지만, 바른 말 고운 말을 써야 한다는 내키지 않는 책임을 지고 있기는 마찬가지다. 상대하는 사람이 교열팀이 아니라 편집자라는 사실이 다를 뿐.

문화체육관광부와 국립국어원은 오래전부터 꾸준히 일어 투 용어 순화 운동을 벌였고, 광복 60주년인 2005년에는 그 결정판이라 할 '일본어 투 용어 순화 자료집'을 냈다. 이에 따르면 '멜로→통속극' '면적→넓이' '명소→이름난 곳' '말소→지움,

지워 없앰' '매상→판매, 팔기' '밀담→비밀 이야기' '모포→담요'처럼 일상적으로 쓰는 말이 다 순화 대상이다. 그 자료집을 다 읽어볼 순 없어서 'ㅁ' 항목만 보고 쓴 건데도 이렇게 많다.

한국어가 일본식 어투에 몹시 오염됐구나, 라고 한탄할 수도 있겠지만 나는 오히려 정반대의 생각이 든다. 이 말들이 뭐가 어때서? 정작 영어에서 비롯된 '로맨틱하다'는 물론이고 '로맨틱 룩' 같은 낯선 단어까지도 맞춤법에 맞는 국어사전 표제어다. 이쯤 되면 형평성 문제를 제기하지 않을 수 없다. 형평성을 물고 늘어지자면, '사회' '개인' '근대' '연애' '존재'도 다 일본에서 만든 단어인데 순화하지 않는 이유는 뭔가.

엄청나게 품을 많이 들여서 캠페인을 하면 '면적'이라는 단어를 몇십 년쯤 뒤에는 안 쓰게 될까? 그런데 그렇게 해서 얻는 이익이 뭔지 난 잘 모르겠고, 그럴 바에야 같은 노력으로 한국어의 다른 부분을 개선하는 게 훨씬 더 필요하다고 본다. 상대를 서로 존중하는 두 사람이 쓸 수 있는 이인칭 대명사를 개발한다든가.

일제강점기는 삼십오 년이었는데, 해방이 된 지는 칠십 년이 지났다. 이제 남은 일본어 투는 그냥 자연스럽게 우리말로 흡수해도 되지 않을까 싶다. 칠십 년간의 언어순화 운동이 효과적이었다면 그 정도 한 걸로 충분하고, 그게 별 효과가 없었다면 앞으로 더 할 이유가 없지 않을까. '납득' '내역' '당혹'을 정말 '이해' '명세' '당황'으로 바꿔 써야 하나? 양쪽 모두를 우리말로 품으면 안 될까? '단말기'가 '끝장치'보다 더 자연스럽지 않나? '공수표'는 '부도수표'와 다른 뜻이지 않나? 내 생각에는 이제 '몸뻬'나 '나가리' '노가다'도 고유의 어감을 가진 우리말 같다. '일바지' '유찰' '노동자'와는 분명 느낌이 다르다. '찹쌀떡'과 다른 '모찌떡'도 물론이다.

역사에 가정은 없다지만, 우리가 일본에게 지배당하지 않았더라도 일본어 투 용어는 우리말에 많이 있었을 거라고 나는 생각한다. 가장 가까운 나라니까. 문화도 비슷하고. 그런 나라의 말이 한국어에 영향을 미치는 건 자연스럽다.

금기는 콤플렉스의 반영이다. 이제 우리가 콤플렉스와 금기를 함께 떨쳐버릴 시점에 이르렀다고 본다.

(2017)

다른
생명을
먹는 일

개고기를 먹지 않는다. 한때 채식을 잠시 시도한 적도 있다. 개고기는 앞으로도 먹지 않을 것 같고, 채식을 다시 시도할지는 잘 모르겠다. 그런데 나는 개고기를 먹지 않는 것에 대해서나 채식에 관심을 갖는 이유에 대해 다른 사람도 모두 납득할 수 있게 잘 설명하지 못한다. 이 말을 다음과 같은 질문으로 달리 표현할 수도 있다. 개를 포함하여 다른 동물을 먹지 않는 것은 윤리적인 일인가, 아니면 단순히 심미적인 문제인가?

분명해 보이는 사안부터 적어나가보도록 하자. 우선 우리 인간은 먹어야 살 수 있고, 그 먹이의 대부분은 다른 생명으로부터 온다. 몇 가지 미네랄과 비타민, 꿀과 젖, 식용식물의 잎 등을 제외하면 우리가 먹는 음식은 대개 다른 생명을 죽이거나 탄생을 막아서 만들어진다.

그리고 많은 사람들이 육류를 야채보다 맛있다고 느끼는데, 이건 우리 뇌에 새겨진 본능 같다. 더 열량이 높은 음식을 더 맛있게 느끼도록, 먹을 기회가 있으면 놓치지 않도록 진화한 것이다. 채식주의를 굳게 결심한 사람이 치킨이나 곱창 냄새를 맡고 흔들렸다고 할 때 우리는 그걸 이상하다고 여기지 않는다.

동시에 우리는 다른 생명이 괴로워하는 모습을 대부분 불편하게 받아들인다. 이 역시 본능이라고 본다. 아주 어린 아이들에게도 그런 공감 능력이 있다. 도살과 정육 과정은 직접 보기에 불쾌한 일로, 식탁에서 멀리 떨어져 이뤄져야 하는 행위로 받아들여져왔다. 모든 문명사회에서 과거부터 지금까지 쭉 그랬다.

그래서 우리는 동물을 먹는 일과 식물을 먹는 일을 구별한다. 왜냐하면 우리 눈에 식물은 고통을 느끼지 않는 것처럼 보이기 때문이다. 우리는 무척추동물도 고통을 느끼지 못하거나 척추동물보다 고통을 덜 느낄 거라고 유추한다. 무척추동물은 얼굴이 없거나, 얼굴에 표정이 없어서 그들의 고통을 상상하기 어렵다.

그러나 확언할 순 없다. 동물학자들은 두족류의 지능이 아주 높다고 말한다. 문어의 지능은 강아지와 비슷한 정도라고 한다. 문어는 도구를 이용하고, 사람을 알아보며, 심지어 놀이도 즐긴다. 문어나 낙지를 산 채로 회로 썰거나 끓는 물에 넣어 삶는 요리법은 곧 논쟁거리가 될 듯하다. 갑각류가 고통을 느낀다는 연구 결과도 있다. 혹시 식물에도 아직 발견되지 않은 신경계가 있어서 뿌리가 뽑힐 때 자기들 나름대로 비명을 지르는 것 아닐까?

한편 동물의 고통을 줄이고자 하는 사람은 온갖 역설과 비일관성에 맞닥뜨리게 된다. 인간이 없을 때에도 육식동물은 다른 동물을 이빨, 발톱, 부리, 독으로 잔인하게 죽인다. 그건 괜찮은가? 문어는 다른 문어를 잡아먹는다. 사람한테 먹히는 것과 다른 문어한테 먹히는 것은 문어 입장에서 다른가? 파리, 모기, 바퀴벌레, 시궁쥐는 어떻게 대해야 하나? 인간이 동물의 고통에 슬퍼하는 것은 사실 공감 능력의 부작용이거나 과도한 의인화 아닐까?

어떤 이들은 동물 때문에 육식을 삼가라고 주장하는 게 아니라고 한다. 그것은 기실 다른 인간에 대한 의무라는 것이다. 같은 양의 단백질을 얻기 위해 소를 키우면 콩을 심을 때보다 토지가 백배 이상 필요하다. 그러니 우리가 육식을 멀리하면 굶주리는 이들에게 식량이 더 많이 돌아가게 된다. 그렇다면 이 논리의 연장선상에서, 기왕 육식을 할 거라면 넓은 땅을 쓰고 효율이 떨어지는 방목보다는 공장식 축산을 지지해야 하는 걸까?

다양한 비판적 질문에 대해 마음으로는 '아니오'라고 답하고 싫어도 논리적으로 반박하기는 참으로 어렵다. 동물과 사람의 적당한 관계는 뭘까? 고등동물과 '하등한 동물' 사이에 선을 그어야 할까? 동물들은 '해방'되어야 할 존재일까? 아니면 이는 실은 모두 우리 마음의 위안에 관한 문제일까?

여기서 다시 확실한 명제로 돌아온다. 첫째, 어떤 일이 도덕적으로 옳은 이유를 제대로 설명하지 못할 때 그 일을 한다는 이유로 도덕적 우월감을 느껴서는 안 된다. 나는 개고기를 먹지 않지만, 개고기를 먹는 이들을 비난할 수 없다고 생각한다.

둘째, 나의 불쾌함, 불편함, 혹은 금욕에 대한 은밀한 열망을 섣불리 도덕과 연결시켜서도 안 된다. '많은 사람이 불편해한다면 잘못된 일'이라는 주장은 인터넷 시대의 질병이다. 성소수자에 대해서도 같은 말을 할 수 있나.

우리는 모호한 정서적 반응이 아니라 단단한 이성과 논리를 기반으로 새로운 윤리를 쌓아야 한다. 건강한 논쟁을 통해 그 답을 찾는 것이 우리 시대의 윤리적 과업이라 생각한다. 동물권 이슈뿐 아니다.

(2020)

무인 자동차,
그리고
현대의 화전민들

단편소설 아이디어 하나가 있는데, 쓸까 말까 망설이는 중이다. 내용은 이렇다.

십에서 십오 년 뒤의 미래. 구글에서 마침내 무인 자동차 개발을 마치고 판매에 들어간다. 세계 자동차업계와 운수업계에 지각변동이 인다. 한국도 난리가 난다. 가만히 있으면 현대·기아 차가 망하는 것도 시간문제다. 대통령이 '한국형 무인 자동차'를 빨리 만들어야 한다고 역설한다.

산업통상자원부의 전폭적인 지원을 받은 현대·기아 차-카이스트 연구팀이 그 한국형 무인 자동차를 내놓는다. 해외 전문가들은 구글을 따라잡는 데 최소한 오 년은 걸릴 것이라고 전망했지만 휴가도 퇴근도 반납한 연구원들 덕분에 이 년 만에 그런 쾌거를 이뤄낸다.

한국형 무인 차는 구글의 차량보다 전기를 덜 먹고, 한국 도로 환경에 최적화돼 있으며, 오디오 시스템도 더 뛰어나다. 그런데도 '구글 프리미엄'이 없어 시장에서 고전한다. 정부가 팔을 걷어붙이고 한국형 무인 차를 사는 소비자에게 자동차세를 깎아주는 지원 정책을 펼친다.

현대·기아 차의 마케터들은 구글의 판매 전략을 벤치마킹해 안전성에 초점을 맞추기로 한다. 교통사고 현장의 참혹한 모습, 연간 교통사고 사망자 수를 보여준 뒤 무인 자동차가 해답이라는 광고를 만든다. 아예 무인 차 구매가 윤리적인 소비임을 강조한다.

무인 택시, 무인 공유 차량을 이용해본 젊은 소비자들 위주로 호평이 퍼진다. 값도 싸지만, 말을 걸거나 자기가 좋아하는 옛날 음악을 크게 틀거나 난폭운전을 하는 인간 기사가 없다는 사실이 그렇게 안심이 된다고 한다. 마침 여성 승객을 상대로 한 택시 기사 성범죄 사건과 버스 기사의 졸음운전으로 인한 인명 사고가 연달아 터진다.

서울시가 버스와 택시를 단계적으로 무인 차로 교체할 계획을 세웠음이 언론 보도를 통해 알려진다. 전국의 버스 기사, 택시 기사, 대리 기사들이 광화문에서 결사반대 시위를 연다. 운수업 종사자들은 친절 서비스 다짐대회를 열지만 여태껏 뭐했느냐는 비웃음만 산다.

무인 차 도입 확대에 찬성하는 이들은 교통사고 유가족협회와 손잡고 홍보 캠페인을 벌인다. 버스 기사, 택시 기사, 대리 기사들은 그 앞에서 할말이 없다. '우리는 어떻게 먹고살라는 말이냐'는 하소연뿐이다. 정부에서는 운수업 종사자들을 위한 직업교육과 저금리 대출을 대책으로 내놓지만 둘 다 빛 좋은 개살구다.

소설 주인공은 살길이 막막해지고 마음에 상처를 크게 입은 택시 기사다. 그는 집회에서 알게 된 버스 기사, 대리 기사와 함께 자살특공대를 조직한다. 그들은 무인 차에 치여 죽으려 한다. '인간 기사는 믿을 수 없다'는 슬로건에 너무 절망해서, 무인 차도 사망 사고를 일으킬 수 있음을 입증하는 게 삶의 목표가 되어버렸다.

주인공은 무인 차의 운전 패턴을 분석한다. 밤에 검은 옷을 입고 기다리다가 무인 차가 오면 버스 기사가 먼저 보도에서 차도로 뛰어들기로 한다. 무인 차가 급히 차선을 바꾸면 중앙분리대 화단에 숨어 있던 택시 기사가 뛰어들어 차량에 치인다는 계획이다. 택시 기사는 덜덜 떨면서 자신을 죽일 무인 차가 다가오기를 기다린다.

자신을 덮치는 무인 차의 전조등 불빛 앞에서 눈을 감으며 택시 기사는 생각한다. 십 년 전, 십오 년 전 정치인들은 이런 일이 벌어질 걸 정말 예상하지 못했을까. 구글이 무인 차를 개발한다는 뉴스는 분명히 2010년대부터 나왔던 것 같은데. 소설은 거기서 끝난다.

얼마 전 소설집 두 권을 함께 냈다. 한 권은 경제적 약자를 다룬 연작소설이고, 다른 한 권은 SF 중단편집이다. 인터뷰에서 몇몇 기자들은 사회파 소설을 쓰는 일과 SF를 쓰는 일이 어떻게 다르냐고 물었다. 내게는 큰 차이가 없어서 머리만 긁적였다. 위의 아이디어를 소설로 쓰면 사회파 소설이 되는 걸까, SF가 되는 걸까. 올해 발표하면 SF인데, 십 년 뒤에 내면 사회파 소설이 되는 것 아닐까.

사회파 연작소설을 쓰면서는 요즘이 조선시대 말기와 닮지 않았나 생각했다. 조선말의 정치인들도 서양 함선들을 보며 뭔가 거대한 충격이 오고 있음을 알았을 것이다. 고향에서 쫓겨나 떠돌아다니며 하루하루를 버티는 화전민들의 삶을 모르지도 않았을 것이다. 그러나 그 시절 권력자들의 눈은 다른 곳에 팔려 있었다. 지금 우리는 어떤가. 우리의 눈은 미래를 향해 있나, 아니면 과거를 보고 있나.

(2019)

목적이
이끌지
않는 삶

얼마 전, 독자 대부분이 너무나 부러워할 경험을 아내와 함께 하고 왔다. 봄이 찾아오는 제주에서 한 달을 머문 것이다. 둘 다 너무 지쳐 있었는데, 아내가 예상치 못하게 회사를 그만두게 되면서 여유가 생겼다. 기회가 생기자마자 바로 결정하고 실행에 옮겼다. 서울로 돌아오는 날짜도 정하지 않고, 숙소도 예약하지 않은 채로 비행기에 올랐다.

한 달간 여행을 다녔다고 해야 할지 한 달살이를 경험했다고 해야 할지 모르겠다. 서귀포에서 출발해서 한 숙소에서 사나흘 가량 머물고 인근의 다른 숙소로 옮기는 식으로, 섬을 반시계방향으로 반 바퀴 돌았다. 여행과 생활의 중간이었는데, 바쁘지도 지루하지도 않아 좋았다.

평화롭고 쓸쓸했던 해안 절벽 동너븐덕, 거대하면서 포근한 한라산의 위용, 그대로 바다 위로 날아오를 것만 같았던 송악산의 내리막 계단, 가파도의 사랑스러운 청보리밭, 노을이 지는 바다에서 남방큰돌고래 수십 마리가 몸을 드러내며 일직선으로 헤엄치던 신비롭고 장엄한 풍경을 잊지 못할 것 같다. 이런 호사를 누려보려고 여태 그렇게 열심히 돈을 벌었구나 하는 생각까지 들었다.

주로 펜션을 이용했지만 호텔에서 며칠 보내기도 했고 독일식 캠핑카에 묵어보기도 했다. 게스트 하우스 생활도 처음으로 체험해봤는데, 재미있었다. 다른 게스트 하우스와 달리 파티를 열지 않고, 음주를 일 인당 맥주 두 캔으로 제한하며, 심지어 통금 시간까지 있는 곳이었다.

이 게스트 하우스 주인은 손재주가 좋아서 가구와 실내장식들의 상당수를 손수 만들었다고 했다. 자전거 바큇살을 이용한 천장 조명 같은 것들이었다. 그 무렵 그는 스피커 제작에 푹 빠져 있어서 곳곳에 진공관 스피커가 있었고, 우리 방에도 블루투스 스피커 한 대가 있었다.

게스트 하우스의 공용공간은 해가 지면 꽤 큰 스크린과 제법 좋은 좌석을 갖춘 극장으로 변신했다. 거기서 하루는 한국에서 특히 인기를 모았다는 외국영화 〈라라랜드〉를, 다음날에는 픽사 애니메이션 〈소울〉을 보았다. 평소에 영화를 거의 안 보는 나는 이 두 작품을 그때야 보았다.

연이어 본 두 영화에는 공통점이 꽤 많았다. 두 작품 모두 얼마간 동화적인 톤이었다. 남성 주인공의 직업은 둘 다 재즈 피아니스트였는데 그들은 예술적 인정을 받기 위해 분투하는 동시에 생계를 고민해야 했다. 무엇보다 흔한 할리우드 영화와는 달리, 꿈을 좇는다는 행위에 대해 강한 불신감을 드러냈다.

그런 회의감은 나와 아내도 요즘 깊이 느끼는 바였다. 나보다 아내가 더했다. 〈라라랜드〉를 보고 난 밤에도, 〈소울〉을 보고 난 밤에도, 우리는 침대에 누워 자기 직전까지 영화의 내용과 인생을 살아가는 방법에 대해 오래 토론했다. 꿈을 좇으며 사는 삶만이 가치 있는 것인가? 아무리 힘들어도 꿋꿋하게? 그렇게 꿈을 이루면 과연 행복해질까?

어느 쪽으로 생각을 펼쳐나가도 막다른 지점에 이르렀다. 목적이 이끄는 삶은 성공을 보장하지도 않고, 때론 너무 고통스럽다. 재즈 피아니스트로 성공하는 사람은 극소수이며, 대부분의 지망생들은 꿈을 이루지 못하고 좌절하게 된다. 노력하면 다 이뤄진다고? 에이, 타고난 재능도 있어야 하고 운도 따라야 한다. 게다가 이런 삶의 방식은 '목적 이후'의 시간에 대한 고민에는 답을 주지 못한다.

반면 목적이 이끌지 않는 삶은 외부 스트레스에 취약하고, 종종 공허하게 느껴진다. 멋진 것도 여러 번 보면 무덤덤해지고 맛있는 것도 자주 먹으면 시들해진다. 그런데 삶의 대부분은 그런 좋은 경험보다는 구질구질한 것들, 성가신 일들로 이루어져 있고 그런 일들에는 쉽게 익숙해지지 않는다. 감흥은 적은데 짜증은 풍성한 날들이 반복되면 인생 전체가 긴 습관에 불과하며, 모든 것이 무의미하다는 생각에 빠지게 된다.

어떤 옛 성인은 모든 것이 무의미하다는 바로 그 깨달음을 통해 우리가 한없이 자유롭고 해방된 상태에 이를 수 있다고 주장했다. 그런데 내 생각에는 그런 경지에 이르는 것보다 재즈 피아니스트로 성공하는 일이 차라리 더 쉬울 것 같다. 그러면 어떻게…… 그런 고민으로 뒤척였던 밤이 돌고래떼를 본 날만큼이나 기억에 남아 있다.

(2021)

꼰대라는
말

이렇게 저렇게 언어를 다루는 일로 이십 년째 밥벌이를 하고 있다. 이십 년 동안 느낀 점 하나가, 언어는 정말 강력한 무기라는 거다. 언어는 때로 면도날처럼 날카롭게 사람의 마음을 베는데, 그 상처는 매우 오래간다. 비아냥거림이나 짧고 강력한 조롱, 적시에 터지는 사악한 아포리즘이 여기에 해당한다 하겠다. 이 기술을 갈고 닦는 이도 있다.

언어는 몽둥이처럼 투박한 둔기가 되기도 한다. 욕설이 대부분 여기에 속한다. 특별한 기술 없이도 쉽게 사용할 수 있으며, 상대를 불쾌하게 만들고자 하는 의도는 매번 거의 틀림없이 달성한다. 그러나 그 사용자가 언어의 세련된 전문가 아님도 드러난다. 파괴력도 제한적이다. 상대방도 그 정도 둔기는 마음만 먹으면 얼마든 휘두를 수 있다.

진짜 무서운 언어는 올가미와 같다. 상대의 목을 졸라 발언권을 빼앗아버린다. 아니, 독가스와 같다고 해야 할까. 순식간에 퍼져서 여러 사람의 생각을 한꺼번에 마비시킨다. 프레임을 만드는 말들이다. 정치권이나 홍보업계에서만 사용되는 대단한 기법이 아니다. 잘 쓰는 사람은 일상생활에서도 얼마든지 이런 언어로 목적을 달성한다.

성공한 인물을 공격할 때 앞에서 쌍욕을 퍼붓거나 꼬투리를 잡아 비꼬는 것은 하급 기술이다. 그런 말을 하는 사람의 품위는 깎이고, 상대는 오히려 더 유명해진다. 진정한 고수는 "당신, 권력이 됐다"라고 한다. 성공하면 영향력이 생기고, 영향력은 일종의 권력이니 맞는 얘기다. 그런데 어떤 사람을 권력이라고 부르면 음험한 이미지가 따라붙는다.

상대는 자신이 권력이 아니라고 반박할 수가 없다. 그것만으로도 그를 충분히 난처한 상황에 빠뜨릴 수 있다. '권력'이라는 곤란한 비판을 받은 상대가 할 수 있는 일은 자신이 나쁜 권력이 아니라 좋은 권력이라고 항변하는 정도다. 그러면 이제 그를 내 뜻대로 움직이기 한결 쉬워진다. '권력'이라는 꼬리표가 일종의 샅바가 되는 셈이다.

'공감'이라든가 '소통' 같은 단어는 특히 상대적으로 약자의 처지에 있는 사람이 사용할 때 위력이 세다. 자신이 원하는 대로 행동할 때까지 상대편을 계속 '공감 능력이 없다'고, '소통하지 않는다'고 몰아세울 수 있다. 반면 한 세대 전까지만 해도 상대적으로 강자의 처지에 있는 이들은 '우리'라든가 '단결' 같은 단어로 약자의 입을 막곤 했다.

이런 단어들은 현재 벌어지고 있는 일을 한 단계 더 추상적인 차원에서 정리한다. 그런 시점 전환을 통해 때로 갈등의 본질을 보다 명쾌하게 파악하고 새로운 방법으로 문제에 접근할 실마리를 얻을 수도 있다. 그러나 그런 추상화 과정은 특정 세력에게 고정관념으로 형성한 이미지를 덧씌우고, 형세를 미묘하게 바꾸기도 한다.

최근 몇 년 새 의미가 확장되면서 크게 유행한 '꼰대'라는 말은 어떨까. 한국은 유교문화와 권위주의 분위기가 여전히 강한 나라이고, 실력도 논리도 예의도 없이 자기 의견을 강요하는 기성세대도 많다. 그런 이들에게 맞서는 젊은 세대에게 꼰대라는 단어는 좋은 무기가 된다. 어지간한 중장년은 꼰대라는 비판을 마음 깊이 두려워한다.

하지만 이 말 역시 오남용된다. 상대가 나보다 나이가 많거나 직급이 위라면, 그리고 그의 의견이 나와 다르다면, 너무나 쉽게 휘두를 수 있는 무기다. 모든 충고와 조언, 지적, 비판에 대해 "꼰대질하지 마세요"라고 함으로써 나이든 상대를 몰아세울 수 있다. '싸가지 없다'는 말이 젊은 사람들의 발언권을 뺏고 도전

정신과 창의력을 막는 것과 똑같다.

역설적이게도 생각이 깊은 이들일수록 '꼰대'나 '싸가지' 같은 공격을 두려워해 말을 삼가고, 아집으로 똘똘 뭉친 어리석은 이들일수록 그런 자기검열에 관심이 없다. 밭에 있어야 할 좋은 곤충은 말려 죽이고 나쁜 벌레는 점점 더 독하게 만드는, 부작용 많은 살충제 같은 말들 아닐까. 정중한 대화와 토론을 북돋는 거름 같은 언어는 없을까.

젊은 세대에게 이런저런 직장생활의 팁을 전하는 인터넷 사이트의 유료 콘텐츠를 보고 별 내용이 없어서 놀란 적이 있다. 예전 같았으면 직장 상사와 대화하면서 자연히 듣게 될 당연한 이야기를 돈을 내고 사서 듣는 청년들이 많다는 사실이 무엇보다 놀라웠다. 지혜의 총량도, 지혜를 말하는 사람도 줄어드는 시대인 모양이다.

(2022)

공인이
되는
훈련

"요즘 젊은 학생들이 글을 너무 못 씁니다. 첨삭 지도를 해주실 수 없을까요." 자주 받는 요청이다. 대개 거절한다. 글쓰기 첨삭 지도라는 게 시간과 에너지가 굉장히 많이 든다. 나로서는 그 시간에 그 에너지로 다른 일을 하는 편이 훨씬 생산적이다.

엉터리 문장을 알아차리는 데에는 오 초면 충분하다. 이때 뇌가 사용하는 에너지를 '1'이라고 치자. 그 문장을 어떻게 바꾸면 될지 궁리하는 데 '10' 정도의 에너지가 든다. 한데 진짜 노동은 이제부터다. 그 문장에서 무엇이 잘못되었는지를 글쓴이에게 쉽고 차분하게 설명하는 데에는 대략 '100' 이상의 에너지가 드는 것 같다.

문장이 아니라 글 전체의 주장과 논리 전개를 고치고 다듬는 과정은 한층 더 힘들다. 대체로 글에 모순이 있는 이유는 생각에 모순이 있기 때문이며, 글이 흐리멍덩한 이유는 생각이 흐리멍덩하기 때문이다. 그러면 적절한 문답으로 생각을 함께 다듬어야 하는데, 글쓰기 첨삭이라기보다는 소크라테스식 산파술에 가깝다. 물론 시간이 한참 걸린다.

그런데 그렇게 첨삭 지도를 받으면 글쓰기가 나아질까? 글쓰기 훈련의 왕도는 첨삭 지도일까? 나는 글을 잘 쓰는 데 있어서 논리력이나 어휘력보다 중요하고 근본적인 요소가 있다고 생각한다. 내가 쓴 글을 나를 모르는 많은 사람 앞에, 사회에 내보이겠다는 각오다. 글을 쓰려면 결연해져야 한다.

애초에 말과 글의 속성이 다르다. 축음기, 라디오, 확성기, 전화가 발명되기 전을 떠올려보자. 말은 내 앞에 있는 소수의 사람들을 상대로 하는 것이었다. 듣는 이가 수백 명을 넘는 경우는 극히 드물었다. 말하기는 대부분 한 방향 웅변이 아니라 실시간으로 이뤄지는 쌍방향 대화였다.

반면 인쇄술이 나오기 전에도 글쓰기는 자기 앞에 있지 않은 독자를 염두에 두고 하는 행위였다. 읽는 이는 한 명일 수도 있지만 수만 명일 수도 있었다. 내가 만날 일이 없는 먼 나라 사람, 동시대인이 아닌 후세인들도 내 글을 읽을 수 있다. 그래서 글쓰는 사람은 자연스럽게 공인이 된다. '보편 독자'를 상상하게 되기 때문이다.

왜 글쓰기가 말하기보다 더 부담스러울까? 왜 말을 할 때에는 정리되지 않은 생각, 정확하지 않은 수치도 쉽게 내뱉는 반면 글을 쓸 때는 조심스럽게 논리와 인용을 확인하고 오류를 점검하게 될까? 애초에 글쓰기가 공적인 활동이라 그렇다. 세상을 바꾸려는 사람은 말하기도 잘해야 하지만 글쓰기를 더 잘해야 한다고 나는 믿는다.

신문사에서 근무할 때 후배 기자, 인턴 기자들의 기사를 더러 봐줬다. 어려운 시험을 통과해서 뽑힌 인재들이니 다들 기본 실력은 있다. 하지만 글이 뭉툭하다. 수백만 명의 독자를 상상하고 겁을 집어먹은 나머지 자기검열에 빠져서다. 그걸 뾰족하게 깎아주는 작업은 한 젊은이를 공인으로 변화시키는 일이기도 했다.

"학생들이 말을 시켜보면 다 잘하고 자기 생각도 있는데, 그걸 글로 써보라고 하면 참 못 써요." 그런 푸념도 종종 듣는다. 나도 인터넷에서 눈에 띄는 게시물을 읽고 반짝거리는 필자를 발굴했다고 여겼는데 막상 원고를 받아보니 시시해서 실망한 적이 몇 번 있다. 원인은 그들이 논리나 어휘가 모자라서가 아니라, 공인이 되는 훈련을 받지 못해서라고 생각한다.

기술이 발달하면서 새로운 의사소통 방법들이 등장했다. 휴대폰 메신저로 "뭐해? 어디야?" 하고 묻는 것은 말하기일까, 글쓰기일까. 트위터에 140자 단상을 올리는 일은 글쓰기일까? 또래들이 모이는 인터넷 익명 게시판에 '이거 나만 이상한가?' 하고 그날 겪었던 일을 구어체로 몇 줄 적어 공감을 구하는 것은?

물론 그렇게 올린 게시물이 확산되어 여론을 형성하고 세상을 바꿀 수도 있다. 그것도 좋은 현상이다. 글쓰는 사람만이 세상을 바꿀 수 있다고 주장한다면 그 또한 오만일 터. 공적인 이야기를 담는 사이버 공간도 많이 생겼다.

우리는 요즘 정부와 기업에 인터넷 여론을 파악하라고 요구한다. 필요한 일이다. 하지만 그렇더라도 고객 관리가 민주주의를 대신할 수는 없다. 인터넷 커뮤니티가 격문과 대자보를 대체할 수도 없다고 본다. 민주사회에서는 시민 모두가 공인이 되는 훈련을 받아야 한다. 그게 글쓰기 교육의 목표 중 하나이기도 할 것 같다.

(2022)

신실함에
대하여

소설가로 데뷔한 직후에는 독자 반응 하나하나가 신기했다. 당시에는 블로그를 운영하고 있었기에 내 이메일 주소를 알아내기가 어렵지 않았을 터라, 그리로 긴 질문을 보내오는 독자들이 있었다. 특히 데뷔작이 청년세대의 무력감을 다룬 내용이어서 이십대 독자들의 메일을 종종 받았다.

나는 꽤나 정성스럽게 답장을 적어 보냈다. 고마운 한편, 무겁고 내밀한 고민을 털어놓은 구조 요청처럼 다가오기도 했기 때문이다. 청소년 독자들의 질문은 그저 놀라웠다. 당대의 소설을 이렇게 열심히 읽는 십대가 있다니! 한 사람도 아니고 여러 명이! 우리나라 미래는 어둡지 않아!

몇 년 지나지 않아 그런 답신을 그만두었다. 어느 독자가 내

답장을 자기 블로그에 그대로 올린 사실을 뒤늦게 발견하고 충격을 받았다. 자기 고민을 복사하다시피 해서 여러 소설가에게 보내는 사람도 있었다. 그리고 적지 않은 중고생들이 수행평가나 학교생활기록부의 독서 활동란, 자기소개서 작성을 위해 작가에게 메일을 보낸다는 걸 알게 되었다.

독자가 작가에게 받은 답장을 활용하는 일은 그의 자유다. 메일에 응답하지 않는 것은 내 자유고. 독자의 진심을 내가 알 도리는 없으니 미안해할 필요 없다. 그렇게 정리하면 깔끔하다. 그렇다면 나는 왜 혼자 멋대로 배신감을 느꼈던 걸까. 애초에 뭘 기대했기에? 그 메일 작성자들과 나 사이에 무엇이 있었다고 믿었기에?

편지의 긴 분량을 보며 작성자가 품을 많이 들였을 거라고 예상했다. 인생 고민은 남 앞에서 쉽게 떠들지 않는 사적인 것으로, 절박한 상황이나 신뢰하는 상대 앞에서만 털어놓는 거라 여겼다. 어떤 책을 골라 읽고 마음이 움직여 작가에게 질문을 보내는 데에는 상당한 용기와 각오도 필요하다고 믿었다.

나를 위해 그만큼 시간을 쏟고 내면을 보여준 이에게, 나도 그만큼 내 시간과 마음을 내줘야 한다고 느꼈다. 그런 태도를 도덕이라 해야 할지 예의라 해야 할지 모르겠다. 하여튼 구식이다. 나는 정보를 순식간에 복사할 수 있고 대량으로 동시에 발송할 수 있으며 그 모든 과정에 비용이 거의 들지 않는 디지털 시대에 적응이 늦었던 건지도 모른다.

내가 기대했지만 얻지 못한 것, 긴 답장을 쓸 때 지녔던 어떤 의무감, 아날로그 시대에 비해 이제는 많이 옅어졌다고 여기는 그 태도를 뭐라 불러야 할까. 시장 수요나 경쟁자의 공급량과 관계없이, 성공 여부와도 무관하게, 자기 시간과 정성을 다른 사람이나 대상에 충실히 내어주는 개인의 모습에서 어떤 가치를 발견할 수 있나.

신실함이라는 단어가 그에 가장 가깝지 않나 싶다. 진중함이라든가 절제력처럼 예전에는 찬미의 대상이었지만 오늘날에는 촌스러워진 미덕이다. 냉소적으로 말하자면 인터넷 시대에는 사소한 일에도 호들갑을 잘 떨수록 보상을 더 크게 받는 것 같다. 유튜버부터 정치인까지 다. 호들갑을 떨지 않으면 보이지 않는 존재가 되어버린다.

내가 막연히 이해하기로 신실함은 '깊이'와 관련이 있다. 사람과의 관계에 있어서나, 어떤 주제를 탐구하는 일에서나, 목표를 추진하는 데에서나, 대상을 넓고 얕게 쫓는 사람을 우리는 신실하다고 평가하지 않는다. n잡을 갖고, 숏폼 콘텐츠 플랫폼을 누비고, 트친, 페친, 인친 들과 소통하면서 견지하기는 어려운 삶의 자세다.

이쯤 되면 작금의 시대정신에 맞서, 기회를 포기하고 불이익을 감수하면서까지 신실해져야 하는 이유를 묻지 않을 수 없다.

한참 고민해봤지만 잘 모르겠다. 혹시 어떤 사람들에게는 타인을 신실하게 대하고, 자신 역시 그런 신실함의 대상이 되고 싶은 기본적인 욕구가 있는 것 아닐까? 그런 신실함 속에서 비로소 맛볼 수 있는 충만함이 있는 게 아닐까.

몇 번이고 다시 생각해봐도 나는 깊이를 버리고 마음을 조금만 쓰면서 관계를 넓게 유지할 수 있는 유형의 인간이 아닌 것 같다. 여러 주제를 두루두루 잘 다룰 수 있는 사람도 아닌 것 같다. 마음을 기꺼이 내줄 수 있는 이들을 향해, 깊고 충실하게 살고 싶다.

(2022)

존엄하다는
말

사십대 이상의 나이라면 1980년대 일본 드라마 〈오싱〉을 기억하는 분이 꽤 있을 것이다. 그 시절에는 어느 비디오 가게에 가든 〈오싱〉 테이프가 진열대 한 칸을 꽉 채우고 있었다. 일본에서는 전무후무한 히트작이었고, 한국에도 팬이 많았다. 심지어 한국영화로도 만들어졌다.

〈오싱〉의 작가 하시다 스가코는 1925년생으로, 2016년 '나는 안락사로 죽고 싶다'는 글을 잡지에 기고해 일본에서 큰 논쟁을 일으켰다. 이후 그는 자신이 그렇게 결심한 이유와 죽음에 대한 생각, 독자 편지에 대한 답을 엮어 책을 냈다. 이 책이 최근 한국어로 번역 출간된 『나답게 살다 나답게 죽고 싶다』(김정환 옮김, 21세기북스, 2018)이다.

뮤지션 요조와 함께 진행하는 독서 팟캐스트에서 이 책을 다루며 제작진들과 함께 읽었다. 우리 팟캐스트에서는 요조와 나, 다른 제작진 네 사람이 책을 꼼꼼히 읽고 온라인으로 독서토론을 한 뒤 거기서 오간 이야기를 바탕으로 대본을 쓴다. 그런데 이번 책처럼 서로 의견이 엇갈리고 각자 다른 생각을 쏟아낸 적이 없었다.

기본적으로 이 책은 의사나 철학자가 아니라 당사자만이 전할 수 있는 메시지의 박력이 있었다. 하시다는 도우미들에게 자기 심장이 멈추면 응급차를 부르지 말라고 지시한 상태다. 자기 무덤도 미리 만들어놨다. 그가 두려워하는 것은 치매다. 치매가 오기 전에 스위스에 가서 적극적 안락사(의사 등의 제삼자가 약물 투여 등으로 죽음을 돕는 방식)를 요청할 생각이라고 한다. 그러나 자살은 무서워서 못하겠다고 고백한다.

책 주제를 떠나 작가 자신이 무척 논쟁적인 인물이다. 자기 주변을 통제하고 싶다는 의지의 정도가, 준엄함을 넘어 위화감을 줄 정도다. 지금도 일주일에 사흘씩 팔굽혀펴기를 하고, 매일 고기를 이백 그램씩 먹는단다. 삼십 년 전 남편이 폐암으로 사망할 때에는 끝내 남편에게 '당신이 암에 걸렸다'는 말을 하지 않았다. 남편이 마지막까지 밝고 활기차게 지내다 떠났으므로 그 일을 후회하지 않는다고 한다.

하시다는 '나는 이렇게 갈 테니, 당신들은 알아서 하세요'라는 투였다. 사람마다 각각 '존엄함'의 기준이 다르니까, 존엄한 죽음의 형태도 다를 거라고 한다. 그러니 그걸 선택할 수 있게 해달라는 게 그의 주장이다.

하시다에게 존엄성이란 곧 자존심과 통제력을 의미했다. 우리 팟캐스트 멤버 중에는 그와 달리, 어찌됐건 끝까지 포기하지 않는 자세가 존엄하다고 본 이도 있었다. 설사 치매에 걸린들 어떠랴. 다음주에 갑자기 기적의 치매 치료제가 나올지도 모르는데.

멤버들끼리 의견을 나눌수록 논의가 점점 더 죽음보다는 삶에 초점이 맞춰졌다. 죽음 그 자체가 문제가 아니라 그때까지 남은 시간을 어떻게 보내느냐가 문제였다. 그것은 곧 존엄함이란 무엇을 의미하는가라는 질문이 됐다. 어디까지 버티겠느냐, 어떤 것을 양보하지 못하느냐에 답하다보니 막연하던 생각이 점점 모양새를 갖춰갔다.

내게 있어 인간의 존엄함이란, 의미와 기품을 말하는 듯하다. 어느 정도 자존심이나 통제력과 겹치지만, 그게 전부는 아니다. 상처투성이인 승리나 절대적인 결정권을 추구하지는 않는다. 상실, 하락, 불가사의는 인생에서 어쩔 수 없다고 본다. 다른 사람의 도움도 기꺼이 받아들이겠다. 다만 그 순간 도움을 주는 이와 받는 나의 태도가 중요하다. 내가 생각하는 존엄성은 그런 품위와 관련이 있다.

한 단어로 줄이라면 '우아함'이라고 표현하겠다. 인간은 존엄하다. 내게 있어 이 말은 '모든 인간이 우아해질 수 있어야 한다'는 뜻이다. 경제적으로 궁핍할 때 우아해지기는 어렵다. 그러니 인간다운 사회는 경제적 약자들에게 복지 혜택을 제공해 우아함을 지킬 수 있게 해야 한다. 그때 복지수당의 액수만큼이나 그 돈을 전달하는 방식도 신경써야 한다. 이것이 내가 꿈꾸는 '존엄한 사회'다.

안락사, 존엄사에 대해 고민하다 이상적인 사회의 모습에까지 생각이 꼬리에 꼬리를 물고 이어진 과정이 신기했다. 아니, 어찌 보면 당연한 경로였을까? 우리가 이뤄야 하는 존엄한 사회는 '민족의 영광' 같은 개념이 아니라 개개인의 존엄한 삶을 바탕에 둬야 할 테니.

한편으로는 일 인당 국민소득이 삼만 달러 문턱에 이른 이제, 우리가 함께 이 질문에 답해야 한다는 생각도 들었다. 어떤 사회를 꿈꾸는가. 존엄함이란 무엇인가. 개중에는 고대인들처럼 '적이 내 발 아래 무릎 꿇고 울부짖는 모습을 보는 것'이 가장 존엄한 목표라고 믿는 이도 있는 것 같다. '가장 큰 소리로 통곡하는 사람이 가장 인간답다'는 분위기도 없지 않다. 글쎄, 나는 생각이 좀 다르다.

(2018)

크리스마스
아침 단상

크리스마스에 대해 나는 조반니 과레스키의 소설 『신부님 우리 신부님』(김운찬 옮김, 문예출판사, 1999) 시리즈에 나오는 공산주의자 빼뽀네 읍장과 견해가 같다. 성탄聖誕을 믿지 않는다. 그러나 그것이 무척 아름다운 이야기라고 생각한다. 특히 세상을 구할 운명을 지닌 아이가 왕이나 장군이 아니라 가난한 목수의 아들로 태어난다는 설정이 그렇다. 그것도 핍박받는 민족 출신으로, 마구간에서.

구세주는 예언대로 자기 민족을, 아니 인류 전체를 구원하지만 누구도 예상치 못했던 방식으로 그 일을 해낸다. 엄청나게 감동적일 뿐 아니라 굉장히 지적인 이야기다. 거기서 멈추지 않고 구세주는 다시 돌아오겠다고 약속하면서 후세에 태어난 우리 모두를 이야기 안으로 끌어들인다.

그러나 이 아름다움과 정교함에도 불구하고 나를 비롯한 많은 이들이 어느 지점에서 그 안으로 들어가기를 거부한다. 나사렛 예수 이야기가 문학에서 신학으로 넘어가는 순간 목이 턱막히고 만다. 우선 그리스도가 제시한 길이 불가능해 보여서 그렇다. 나는 원수를 사랑할 수 없다. 다른 많은 가르침도 도저히 따라 할 수가 없다.

신자들 역시 그래 보인다. 마가복음에는 예수가 "가서 가진 것을 다 팔아 가난한 사람들에게 나눠줘라. 내가 시키는 대로 하고 나서 나를 따라오라"고 말했다고 분명히 적혀 있다. 그걸 실천하는 교인이 몇이나 되는가. 나는 그들이 위선적이라고 생각하지 않는다. 그보다는 복음서의 명령이 비현실적이라고 느낀다.

기독교 신학을 삼키지 못하는 두번째 이유는, 이것이 사랑으로 가득한 신의 계획이라는 주장을 납득하기 어려워서다. 도스토옙스키의 『카라마조프가의 형제들』(김연경 옮김, 민음사, 2007)에서 이반 카라마조프는 견습 수도사인 동생 알료샤에게 끔찍한 아동학대 사건들을 거론하며 왜 아이들이 이런 고통을 겪어야 하느냐고, 이런 게 신의 뜻이라면 자신은 정중하게 입장권을 돌려주겠다고 말한다.

원죄나 최후의 심판 같은 교리는 이반도 잘 알고 있다. 그래서 더욱 그 논리를 받아들일 수 없다고 한다. 이미 아이들이 죽도록 학대당한 마당에 지옥이 뭘 바로잡아줄 수 있다는 건가.

당대 유대인들 역시 서로 다른 이유로 예수를 받아들이지 못했다. 열심당원들은 메시아가 로마를 쳐부수고 유대 민족의 독립국가를 건설해주리라 기대했다. 그런데 예수는 외부를 향한 폭력투쟁이 아니라 내면의 도덕적 각성을 강조했다. 그는 배타적 민족주의자가 아니었다. 사마리아인, 심지어 로마인에게까지 열려 있었다.

예수가 주장한 도덕적 각성은 지식인층의 심기도 건드렸다. 그들이 옹호하는 기존 질서와 아주 배치되는 건 아닌데, 뾰족한 가시가 있었다. 그래서 그들은 예수에게 까다로운 질문을 던졌다. 불륜을 저지른 여인을 옛 율법대로 투석형에 처하느냐 마느냐 같은. 예수는 매번 경쾌하게 함정을 빠져나갔고 그럴수록 기득권 지식인들은 더 분개했다.

예수는 사람들이 보기에 혁명적이어서가 아니라 충분히 혁명적이지 않아서 고발당했다. 그는 로마가 아니라 동족의 미움을 샀다. 정작 로마에서 온 총독은 고발을 접수하고 '별문제 없는 거 같은데' 하고 생각했다.

신학이 아니라 문학으로서 신약을 읽으면 구세주를 보다 부담 없는 캐릭터로, 사고실험의 대상으로 다뤄볼 수 있다는 점이 좋다. 예컨대 예수가 지금 한국에 와서 사회운동을 벌인다면 뭐라고 할까 같은 상상.

아마 그는 여러 정치세력이 듣고 싶어하는 말은 하지 않을 것이다. 평생 약자의 편이었던 그는 비정규직, 영세자영업자, 청년 구직자, 빈곤 노인, 여성, 성소수자의 편에 설 것이다. 그러나 '친일 수구 냉전 세력 척결' 같은 말을 입에 담지는 않을 것이다.

그는 세상의 변화가 아니라 우리의 변화를 촉구할 것이다. 성장률 몇 퍼센트와 같은 약속을 듣고 싶어하는 우리에게 맹세하지 말라고 가르칠 것이다. 슬퍼하는 이가 복이 있다며, 그저 필요한 양식을 구하라며. 우리가 하는 그 비판으로 우리 자신이 비판을 받을 테니 남 비판하지 말고 먼저 세상의 소금이 되라며. 그러면 우리는 다시 격분하리라. 개혁 대상은 늘 내가 아니라 남이어야 하므로.

그럼에도 불구하고, 반짝반짝 빛나는 꼬마전구와 달콤한 캐럴과 아기 예수 인형에는 사람을 들뜨게 하는 힘이 있다. 그것은 인간의 힘이다. 그리하여 성탄절 아침에는 일개 세속주의자도, 우리가 산상수훈의 한 구절 정도는 실천할 수 있지 않을까 하는 가냘픈 희망을 품는다. 남에게 대접받고자 하는 대로 너희도 남을 대접하라는.

(2019)

다른 사람이
되고 싶은
마음

매년 2월 즈음이면 같은 기분에 휩싸인다. 올해도 망했구나, 나는 왜 이 모양일까 하는 체념과 환멸의 기분이다. 이십여 년째 반복하는 것 같다. 그 과정이 뻔하고 유치해서 고백하기 창피한데, 그래도 적어본다.

1월 1일에 한 해 목표와 계획을 거창하게 세운다. 장편소설 초고를 마치겠다는 연간 목표도 있고, 매일 원고지 몇 매를 쓰겠다거나, 새벽 몇시까지 일어나겠다거나, 술을 줄이겠다거나 하는 일일 목표도 있다. 그런 계획표를 짤 때에는 한편으로는 비장하고, 다른 한편으로는 들뜬 상태다. 사도 바울이나 장 발장처럼 새로운 인간으로 거듭나 새 삶을 살 수 있을 것만 같다.

그 다짐이 일주일에서 보름 사이에 한 번 어그러진다. 마음을 다잡는다. 며칠 뒤 엇나가는 하루가 또 생기고, 스스로를 호되게 꾸짖는다. 같은 일이 1월 말 2월 초에 몇 번 되풀이된다. 어느 날 마침내 의지력이 무너지고 될 대로 되라는 심정에 빠진다. 자포자기해서 연초 계획과 반대로 행동한다. 글을 쓰지 않고, 늦잠을 자고, 대낮부터 맥주를 마신다. 며칠 뒤 정신을 차리면 2월 중순이다.

왜 같은 후회를 반복할까. 무엇이 문제일까. 일단 내가 회복탄력성이 부족한 사람인 것 같다. 작심삼일도 운용하기 나름이다. 어떤 결심을 삼 일간 지키고 사 일째 무너진 뒤 오 일째 초심으로 돌아가는 식으로 삼 일짜리 결심을 아흔 번 되풀이한다면 일 년 삼백육십오 일 중 이백칠십 일을 건질 수 있다. 그런데 나는 '올해는 글렀다'는 생각에 금세 사로잡히고, 그 바람에 너무 빨리 포기한다. 정작 결과물의 완성도에는 도움이 안 되는 무의미한 완벽주의, 어린아이 같은 결벽증 탓이다.

방법론에 대한 고민도 부족했다. 예를 들어 새벽에 일찍 일어난다는 목표를 세웠다면 그 생활 패턴을 유지하기 위해 학원이나 헬스장의 아침 수업을 찾아 등록할 수도 있을 테고, 결심을 지키는 과정을 소셜 미디어에 공개하며 스스로를 압박할 수도 있겠다. 사소한 습관이나 주변 환경을 바꿔 '넛지 효과'를 이용할 수도 있고, 유혹에 흔들릴 때 대비책을 마련해둘 수도 있다. 그런데 나는 결심만 굳게 하면 된다는 식으로 오로지 내 정신력만 믿었다. 그러다보니 그 결심을 지키지 못했을 때, 당초 정했던 규칙으로 돌아가는 게 아니라 불필요한 자기혐오에 빠지게 됐다.

처음부터 비현실적인 목표들을 너무 많이 세웠다는 반성도 한다. 인간의 의지력도 유한한 자원이라고 한다. 보충하지 않고 계속 퍼내 쓰다보면 바닥이 보이는 날이 있다는 것이다. 나는 내가 보유한 자원의 양에 대해서는 제대로 파악하려 들지 않고 한순간에 드라마틱하게 변신하고 싶어했다. 욕심이 많아서, 또 조급해서다. 체질 개선이라는 길고 지루한 과제를 직시하기 싫어한, 한탕주의의 소산이었는지도 모르겠다.

그렇다면 무엇이 현실적인 목표일까. 이 질문의 답을 궁리하다보면 음울하게도 '송충이는 솔잎을 먹고 살아야 한다'는 속담이 떠오른다. 내가 세운 목표들이 혹시 내 타고난 본성을 거스르는 것은 아니었을까. 사도 바울이나 장 발장의 경우도 세상을 바라보는 가치관이 바뀐 것이지, 식성이나 아침 기상 시각이 변한 것은 아니었지 않은가. 그들은 변신 전에도 열정적인 캐릭터들 아니었던가. 매사에 열기가 모자란 내가 정신력만으로 '에너자이저'가 되는 게 과연 가능할까.

신년 계획을 세우는 것 자체를 비판할 수는 없을 것 같다. 아니, 중년의 나이에도 여전히 그런 자기 개선 의지를 품고 있다는 것은 칭찬받을 일이라고 생각한다. 그런데 이제 와서 돌이

켜보니 내 경우 그런 향상심이 자신에 대한 사랑이 아니라 자기부정에서 출발했던 것 아닌가 싶다. 지금의 내 모습이 마음에 들지 않았다. 내가 아닌 다른 사람이 되고 싶었다. 그래서 장점을 키우는 게 아니라 단점을 지워버리려 했던 것 아닐까······ 내게 어떤 잠재력이 있는지는 살펴보려 하지도 않은 채.

연초에 세운 목표를 엑셀로 정리했는데, 그 파일을 들여다보며 고심중이다. 아무래도 목표의 개수를 줄여야겠다. 내가 새벽에 일찍 일어나는 게 몸에 맞는 사람인지, 단순히 아침형 인간을 찬양하는 트렌드에 휩쓸린 것은 아닌지 냉정하게 따져봐야겠다. 일주일에 한두 번 신나게 맥주를 마시는 게 인생의 낙인데, 굳이 그 즐거움을 버려야 하는지도. 그러면 더 열렬하게 추구해야 할 바는 무엇인가. 어디에 집중할 것인가. 무엇을 이룰 수 있을까. '인생 구조조정'이라 불러야 할 작업에 착수해야 할 때인가보다.

(2023)

4부

삶이 얄팍해지지
않으려면

다시
읽는
'난쏘공'

아내가 운영하는 독서 모임에서 지난해 말 주제 도서로 『난 장이가 쏘아올린 작은 공』(조세희, 이성과힘, 2000, 초판 출간 1978)을 선정했다. 그래서 책을 두번째로 읽는데, 도대체 몇 년 만에 다시 읽는 건가 싶어 계산해보니 이십팔 년 만이었다. 대학 신입생이었던 1994년에 읽었으니까. 당시에도 고전의 반열에 오른 작품이었는데 사실 그때는 초판이 나온 지 십육 년밖에 되지 않은 시기였다.

책을 다시 읽으며 이게 이런 작품이었나 하고 놀랐다. 기억이 썩 생생하진 않지만 '어떤 느낌이었다' 하는 흐릿한 감상을 품고 있었는데 다시 집어든 책은 그런 느낌이 아니었다. 분명 그 사이 텍스트 밖에서 '난쏘공 신화'라는 것이 만들어졌다. 텍스트 대신 그 신화의 흐릿한 메아리가 머릿속에 들어가 있었던 걸까. 다시 접한 난쏘공은 이십팔 년 전보다 더 섬뜩하고 더 아름답고 더 슬프고 더 심오하게 다가왔다.

'난쏘공'이 한때 받았던 비판 중에는 이분법적이라는 것이 있었다. 물론 작품에서 난쟁이-거인, 철거민-투기꾼, 노동자-사용자의 선명한 대비가 보인다.

하지만 "사람들은 집단행동에 대해서는 책임을 지지 않아도 되는 것으로 믿고 있었다" 같은 문장도 있다. 주민들이 철거반원을 구타해서 앞니를 부러뜨리는 장면에서 나온다. 투기꾼을 처단한 앉은뱅이에게 꼽추는 "내가 무서워하는 것은 자네의 마음야"라고 말한다. 그런 문장들을 나는 전에 부주의하게 넘겼거나, 아니면 읽은 뒤에 금세 잊었다. 신애, 윤호처럼 중간에서 괴로워하는 인물들도.

1980년대에 이 소설이 받았던 비판 중에는 부당하다못해 이제는 어이없게 들리는 것도 있다. "노동운동을 감상적 온정주의의 대상으로 만들어 혁명적 전망을 차단한다"는 말마저 있었던 모양이다. 출처는 정확히 모르겠고 민중문학 진영의 평론가가 그런 발언을 했다고 2000년대 기사들에 인용된 것만 보았다. 그 평론가는 문학이 혁명의 도구가 되어야 한다고 여겼나보다. 작품이 아니라 작품을 둘러싼 환경이 한심하도록 이분법적이었다.

독서 모임을 마치고 얼마 뒤 조세희 작가가 세상을 떠났다. 곳곳에 추모의 글이 올라왔는데 '우리는 여전히 난쟁이의 시대를 살고 있다, 아직도 세상은 그대로다'라는 식의 내용이 많았다. 인터넷에서 이 책의 독후감을 검색하면 가장 흔하게 볼 수 있는 얘기이기도 하다. 그런 관성적인 독법에는 반발심이 일었다. 치열한 작품에 대한 안이한 독서 아닐까. 세번째로 책을 다시 펼쳐 들었다.

어떤 층위에서는 우리가 여전히 난쟁이의 시대를 살고 있다고 할 수도 있다. "값싼 기계 취급을 받았어, 인간이" 같은 문장에는 2023년 현재에도 펄펄 끓는 힘이 있다. "우리의 생활은 전쟁과 같았다. 우리는 그 전쟁에서 날마다 지기만 했다" 같은 문장은 어떤가. 나는 2020년대 수도권 출퇴근길 지하철이나 광역버스, 혹은 부동산 문제에 대한 감상이 딱 이러하다. "저희들도 난장이랍니다. 서로 몰라서 그렇지, 우리는 한편이에요"라는 대사에 동의하느냐. 당연히 그렇다.

하지만 정말 세상이 그대로일까? 난쟁이는 신애의 집에 수도꼭지를 달아주면서 "임시로 이렇게라도 사십쇼. 물이 잘 나올 세상이 언젠가는 올걸요"라고 말한다. 동네 아이들은 배가 고파 흙을 주워먹고 난쟁이의 막내딸 영희는 그 아이들을 보며 생쌀을 먹는다. 난쟁이 옆집에 사는 명희는 좋아하는 남자에게 "배가 고파"라고 웃으며 말한다. 명희가 먹고 싶어하는 음식은 "사이다, 포도, 라면, 빵, 사과, 계란, 고기, 쌀밥, 김"이다. 그런데 지금 한국인 대부분은 집에 수돗물이 잘 나올지보다는 어떻게 체중을 감량할지를 걱정한다. 누가 뭐래도 이것은 발전이다.

책이 발간된 1970년대와 지금 가장 다른 것은 난쟁이의 세계가 아니라 그 반대편 같다. 전에는 선명하게 보였던 거인이 지금은 어디에 있는지 흐릿하다. 간접 고용, 플랫폼 노동 현장에서는 누가 누구를 착취하는 걸까. 자영업자를 착취하는 사람은 고객인가, 그 자신인가, 경쟁 점포인가, 인터넷 쇼핑몰인가.

몇백 미터 떨어진 대형마트 영업을 규제하면 영세한 가게가 잘되는 게 정말 맞나. 서울 강남 주상복합건물 전망 좋은 층에 사는 그 사람, 혹은 반도체나 자동차를 만들어 수출 많이 하는 그 대기업이 거인인가? 그런데 왜들 '잘사는 집에서 자란 아이들이 심성이 곱다'고 말하고 대기업 직원이 되려고 그토록 애를 쓰는 걸까. 거인은 구조 속에 숨은 듯한데, 사회의 문제의식은 안이한 이분법에 머물러 있는 건 아닌지.

(2023)

기쁨을
아는
혀

권여선 작가의 『오늘 뭐 먹지?』(한겨레출판, 2018)를 즐겁게 읽었다. 소문난 애주가인 작가가 술안주에 대해 쓴 글 스무 편을 모은 에세이이다. 순대, 만두, 김밥, 어묵, 오징어튀김 등 등장하는 메뉴도 친근하고, 그 음식들에 대한 작가의 애정과 흥이 독자에게 그대로 전해져온다. '맛깔나는 문장'이란 이런 거구나, 했다.

동시에 내게는 좀 묘한 독서 경험이었다. 왜냐하면 나는 정작 진짜 음식들에는 그다지 열광하지 않기 때문이다. 정성 들여 만든 프라이드치킨, 족발, 평양냉면, 소룡포, 초밥 등등을 아내와 함께 먹는 것은 좋아한다. 그런데 거기까지다. 먹을 것이나 먹는 행위에 대체로 심드렁하다. 혼자 먹을 때는 특히 더 그렇다.

그러면서 식탐은 꽤 있다.

뭔가 모순되어 보이지만, 실은 전형적인 '자취하는 노총각' 식성이다. 배고프면 라면 끓여먹거나 편의점 도시락 사 먹고, 안 고프면 몇 끼를 거르기도 하고, 과자나 에너지바로 때우기도 하고. 그러다가도 한 상 차려진 회식 자리에 초대되면 남들이 식사를 마쳤거나 말거나 꾸역꾸역 남은 반찬을 끝까지 입에 집어넣는다. 돌이켜보면 민망한데, 앞에 먹을거리가 남아 있으면 젓가락을 손에서 놓지 못한다. (참고로 개들이 이렇다고 한다. 혀에 있는 미뢰의 수가 적어 인간에 비해 맛을 풍부하게 느끼지는 못한다고. 그리고 사냥에 실패하면 며칠 굶어야 했던 오래전 조상 늑대의 습성이 남아 있어 배가 불러도 먹을 게 있으면 끝까지 먹는다고 한다. 멍멍.)

아내는 나와 정반대다. 문자 그대로 식도락가다. 틈틈이 식당 정보를 검색하고, 유행하는 음식이 있으면 직접 찾아가 맛본다. 주말이면 꼭 맛집 나들이를 한다. 아내 덕분에 나도 이름난 식당들을 이곳저곳 다녀봤다. 그런 식당에서 나는 더 시큰둥해진다. '맛있는 건 알겠는데, 이만한 쾌락을 위해 이 돈과 이 시간을 들일 필요가 있을까?' 하는 회의에 사로잡히기 때문이다.

내가 그런 의문을 입 밖으로 꺼내면 아내는 "재밌잖아"라고 답한다. 재미? 무슨 재미? 나는 되물었다. 어떤 요리가 '맛있다'라면 모를까, '재미있다'라는 게 무슨 뜻인지, 그게 어떻게 가능한 건지 잘 이해가 되지 않았다.

어떤 음식에 대한 정보를 접하고, 이미지와 텍스트 정보를 바탕으로 맛을 추측하고, 찾아가 가설을 검증하고…… 그런 수수께끼 풀이 과정이 하나의 서사가 되는 걸까? 일종의 추리소설처럼? 그렇다면 맛있을 거라 굳게 믿었던 음식이 깜짝 놀랄 정도로 형편없을 때에는 '반전의 묘미가 있다'고 말할 수 있는 걸까? 물론 아내는 그런 해석에 동의하지 않았다. 먹는 행위 자체가 재미있다고 했다.

그 말을 여태껏 미심쩍게 여기고 있었는데,『오늘 뭐 먹지?』를 읽으며 무엇이 문제였는지 어렴풋이 깨달았다. 나는 입과 혀, 코와 목구멍, 입술과 위장이 느끼는 감각이 종류와 폭과 깊이에 있어서 그렇게 풍성한 줄 몰랐다. 사람은 청각이라는 한 가지 감각에 의지해 교향곡을 들으면서 한 시간 동안 '듣기 좋다/싫다'는 단순한 감상을 넘어선, 복잡한 서사를 경험할 수 있다. 그렇다면 미각과 후각, 촉각으로도 그런 체험이 가능한 건 아닐까? 현악사중주와 같은 섬세한 서사의 샐러드 요리 같은 게 있는 걸까? 아내는 그런 경험을 하는 걸까?

아내의 관점을 상상해 나를 보니, 딱하다는 생각도 들고 억울한 마음도 인다. 식사 시간을 아껴서 나는 도대체 뭘 이루려는 걸까? 내가 의미 있다고 여기는 행위들, 글쓰기와 읽기를 통해 붙잡고자 하는 관념들은 혀와 입이 주는 다채로운 기쁨과 비언

어적 이야기보다 정말 가치 있는 걸까?

육신의 쾌락을 제대로 맛볼 줄 알고 현재를 기꺼이 즐길 줄 아는 사람들을 나는 늘 무시하면서 한편으로 부러워하고 질투했다. 어떤 사람은 의미의 세계를 살고, 다른 이는 감각의 세계를 살도록 정해져 있는 걸까? 아니면 그저 내가 감수성 훈련을 제대로 받지 못한 탓일까. 지금부터라도 마음을 열고 혀의 기쁨에 집중하면 나도 미식가로 거듭날 수 있을까?

(2018)

〈백종원의
푸드트럭〉을
보다가

아내가 TV 프로그램 〈백종원의 푸드트럭〉을 즐겨 본다. 외식 사업가 백종원 대표가 초짜 푸드트럭 주인들을 지도하며 장사 요령을 전수하는 프로그램이다. 가끔 아내 옆에서 그 프로그램을 볼 때마다 나도 홀딱 빠져든다. 요리나 요식업 창업에 관심이 없는데도 그렇다. 뭔가를 가르쳐주는 선생님의 모습이 그렇게 멋있고, 학생이 성장하는 모습이 그렇게 감동적인 줄 전에는 미처 몰랐다.

방송에 나오는 초보 장사꾼 몇 분은, 처음에는 분명히 장사에 임하는 태도에 문제가 있어 보였다. 하지만 백대표가 정신 무장과 의지력만 강조했다면 아내나 나나 삼 분도 참지 못하고 채널을 돌렸을 게다. 그가 문제점을 구체적으로 지적하고 실질적

인 조언을 해줬기 때문에 '도움 되는 이야기다, 들어볼 만하다'
고 여겼다. 아마 출연자들 역시 같은 생각이었으리라.

방송을 보면서, 그런 가르침에 나도 아내도 무척 목말라 있
었구나 하는 생각이 들었다. 시청자 반응도 우리 부부와 비슷
한 것 같다. "저런 귀한 비법을 아낌없이 공개하는 백대표의 인
간성에 감탄했다"는 찬사도 근본은 같다고 본다. 그런 조언을
해주는 사람이 달리 없으니까 그 가르침이 귀한 비법이 된 것
이다.

"강명아, 이건 이래서 이런 거고 저건 저래서 저런 거야." 알
아들을 수 있는 말로 명쾌하게 설명해주는 코치를 늘 애타게
바랐지만, 살면서 그런 선배를 누렸던 적은 많지 않다. 내 경우
에는 소설을 습작할 때 그런 조언을 구하며 작법서를 꽤 읽었
는데, 작법서 내용이라는 게 다 거기서 거기였다. 아내는 자기
가 직장생활 초반에 얼마나 막막했는지, 돌이켜보면 얼마나 어
이없는 실수들을 많이 저질렀는지에 대해 지금도 종종 이야기
한다.

우리 부부는 대개 아내가 스승이자 조교이지만, 나도 한번은
아내에게 도움이 된 적이 있다. 회사에서 너무 많은 업무 지시
를 받은 아내가 패닉에 빠졌을 때였다. 퇴사를 고려하는 아내와
그 무렵 맥주를 자주 마셨다. 그런데 아내의 사무실 이야기를
계속 듣다보니 어떤 프로젝트는 안 해도 되고, 어떤 규정은 지

키는 시늉만 해도 될 것 같았다. 조심스럽게 그렇게 제안했고, 내 조언을 따른 아내는 몇 달 뒤 내 말이 옳았다며 얼굴이 확 밝아졌다.

"그걸 어떻게 안 거야? 그런 요령을 어디서 배웠어?" 아내의 질문에 머리를 긁적이며 답했다. 군대에서 배웠다고. 워낙 바보스러운 명령이 많아서 그걸 다 따르다보면 살 수가 없었다. 식목일 아침에 갑자기 한 트럭 분량의 묘목을 주며 연병장 앞에 심으라는 지시 같은 거. 우리는 대충 심는 척하다가 나중에 그 묘목들을 소각장에 갖다 버렸다.

불합리한 지시라고 무조건 뭉개도 되냐 하면 절대 아니다. 간부의 진급과 관련된 문제라면 그게 최우선이다. 그러니 누가 진급 대상인지, 그가 어떤 성격이고 무엇을 중시하고 누구 눈치를 보는지 늘 파악하고 있어야 한다. 한국 회사생활도 별다를 바 없다고 나는 믿고 있다.

"남자들은 그런 걸 군대에서 배우는구나." 아내가 감탄조로 말했다. 아내도 피 끓는 시절은 이미 지난 상태였다. 십 년쯤 전이었다면 "한국 남자들은 군대에서 그런 부조리에 익숙해지는구나, 한국의 '적당히 대충대충' 문화가 그렇게 이어지는구나"라고 말했을지도 모른다. 그 비판도 옳다. 그러나 나와 아내에게는 부조리에 맞서 싸우라는 가르침만큼이나 당장 우리에게 닥친 부조리를 모면할 수 있는 요령도 간절히 필요했다. 나는 그런 태도가 비겁하다고 여기지 않는다.

어쩌면 〈백종원의 푸드트럭〉에 대해서도 같은 지적을 할 수 있을지 모른다. 백대표의 조언을 아무리 모아도 한국 요식업과 자영업의 어떤 부조리한 현실은 바뀌지 않는다. 모든 푸드트럭 운영자들이 백대표의 코치를 충실히 따르면 골목의 전쟁은 더 처절해질 뿐이다. 그럼에도 나는 백대표의 조언이 소중하고 고맙다고 생각한다. 우리에게는 부조리에 저항하는 정신만큼이나 생존의 감각과 현장의 기술이 동시에 필요하다.

김대중 전 대통령은 '서생의 문제의식과 상인의 현실감각'이라는 표현을 자주 썼다. 나는 그게 정치인뿐 아니라 생활인들에게도 필요한 삶의 정신이라고 생각한다. 우리 모두 바르게 살면서 동시에 잘살고 싶지 않나.

문제는, 서생의 문제의식은 자주 들을 수 있지만 상인의 현실감각은 그렇지 않다는 것이다. 상인들이 나서기 꺼려서이기도 하겠지만, 선비를 우러르는 우리 풍토 때문인 것 같기도 하다. 정확한 현실감각을 얻는 데에도 정확한 문제의식을 얻는 것만큼이나 오랜 연구와 통찰력이 필요하다는 사실을 한국사회는 잘 인정하지 않는 듯하다.

나는 한국에 서생이 너무 많아 문제라는 생각을 가끔 한다. 머리 맞대고 풀어야 할 과제들이 '옳으냐 그르냐'의 싸움으로 변하는 모습을 볼 때 특히 그렇다. 어떤 못된 서생들은 거기서 논의를 망치면서까지 제 이름을 알리고자 한다. 주자학을 오래 신봉했던 나라답다.

그런데 실은 글줄 조금 익히고 나면 마음에 어떤 형태든 잣대가 들어오고, 그 상태에서는 무엇이 옳고 그른지를 논하는 일이 참 쉽다. 모르면 모를수록, 그런데도 인정받고 싶을수록, 옳고 그름을 붙들게 된다. 그게 '어떻게'보다 더 쉽기 때문이다. 백면서생의 부끄러운 고백이다.

(2017)

누룩미디어와
국립한국문학관

만화 〈미생〉의 윤태호 작가와 점심을 먹었다. 이게 꿈이야 생시야…… 숟가락이 입으로 들어가는지 코로 들어가는지도 몰랐다.

그의 작업 방식이나 요즘 연재하는 작품에 대해 열심히 들었는데, 가장 흥미로운 얘기는 그가 대표로 있는 누룩미디어에 대한 것이었다. 누룩미디어는 만화가들을 위한 에이전시다. 홈페이지 설명에 따르면 '작가의 저작권을 보호하고, 콘텐츠의 다양한 OSMU One Source Multi-Use를 실현하고, 다양한 분야와 융합해 콘텐츠 시장을 넓히는' 일을 한다.

윤작가의 설명에 따르면 (지금 실행하고 있는지 아직 구상 단계인지 모르겠지만) 예를 들어 강연 매니지먼트도 누룩미디어의 일이다. 요즘은 웹툰 작가를 꿈꾸는 청소년도 많고, 좋아하는 만화가의 예술관을 육성으로 듣고 싶다는 독자 요구도 높다. 그런 강연 수요를 파악해 적절한 강연자를 연결해주고, 강연료를 협상하고, 더 나아가 새로운 강연 기회를 발굴하는 일을 어느 조직이 대신 해준다면 분명히 업계 전체에 득이 될 것 같다.

집에 와서 생각해보니 이거 문학계, 아니 문화계 전체로 확대할 수 있는 일 아닌가, 공공부문이 이 방식을 도입할 수 있지 않을까 싶었다. 설익은 대로 이 자리에 풀어본다.

지난달에 나온 문학계 기사 세 건을 먼저 옮긴다.

첫번째는 '도서관 상주 작가 지원제도'를 실시한다는 기사다. 문화체육관광부와 한국문화예술위원회가 시행하는 이 제도는 전국 공공도서관 37곳에 작가가 한 명씩 머물면서 '문학 큐레이터'로 활동하게끔 한다. 선발된 작가는 월급 이백만원을 구개월 동안 받는다. '문학 분야 일자리 창출' '작가의 자립 기반 확충' '문학 독자층 형성' '중장기적인 문학계 활성화' 등의 문구가 눈에 띈다.

두번째는 『문예중앙』과 『작가세계』 등 전통 있는 문예지들이 휴간에 들어갔다는 내용이다. 정부가 한때 중단했던 우수 문예지 발간 사업을 최근 재개했는데도 그렇다고 한다. 올해는 30종 안팎의 문예지에 500만~2400만원을 지원한다고 적혀 있다. 물론 잡지를 펴내는 출판사 입장에서는 턱없이 부족한 금액이다.

세번째는 문체부가 국립한국문학관 건립 부지를 선정해 발표한다는 기사다. 국립한국문학관은 건립에 약 450억원의 예산이 책정됐다. 지난해 부지를 공모했으나 지자체들이 과열 경쟁을 벌이는 바람에 절차를 중단하고 우여곡절 끝에 문학진흥 TF가 서울 내 3곳을 적정 후보지로 발표했다. 지역에 있는 기존 문학관들을 '거점 문학관'으로 지정해 국립한국문학관과 연계할 계획이라고 한다.

나는 도서관의 문학 큐레이터 선발, 문예지 지원, 국립한국문학관 건립에 반대하지 않는다. 다만 그 운영 방식에 대해서는 몇 자 적고 싶다.

이들 사업은 모두 관官이 예산을 책정하고, 혜택을 받을 사람과 기관, 지역을 선정해 돈을 아래로 내려보내는 형태이다. 관이 주도하는 방식이 늘 그렇듯이, 이런 틀에서는 지금 한국문학을 아끼는 독자들보다는 '업계 관계자'의 요구가 심사 결과에 더 많이 반영된다.

맞아 죽을 소리인지도 모르겠지만, 우수 문예지가 정말 서른 종이나 되나? 그 잡지들을 몇 명이나 읽고 있나? 참고로 사십년 역사의 『세계의문학』이 2015년 폐간될 때 정기구독자는 오십 명 미만이었다. 그리고 한국문학의 당대성과 다양성을 위해서는 차라리 몇몇 문예지보다는 장르소설 커뮤니티에 지원을 해야 하는 시대 아닐까?

기사를 찾아보니 지역 문학관이 100곳 안팎이라고 한다. "지역 출신 웬만한 문인들은 제 이름을 단 문학관을 하나씩 가지고 있는 셈"*이다. 이 문학관들은 지금 한국문학 독자들에게 어떤 의미일까? 한국문학을 접하고 경험하는 공간으로서, 몇몇 문학관보다는 북 카페와 온라인 독서 모임들이 더 역할을 하고 있지는 않은가?

도서관 상주 작가 지원제도는 작가에게도 도서관 이용자에게도 도움이 될 것 같다. 그러나 그 혜택을 받을 수 있는 작가의 수나 독자의 폭, 프로그램의 성격이 한정된다는 게 아쉽다. 좀 더 유연하게 확장할 수 있지 않을까?

요즘 한국문학 독자들의 눈은 정말 높고 원하는 바도 다채롭다고 느낀다. 학생, 교사, 기업, 예비작가, 출판인, 영화인들이 저마다의 이유로 작가를 만나고 싶어한다. 그런데 그 방법을 잘 모른다. 대가를 지불할 용의가 있음에도 불구하고. 기고문을 받으려고 한참 전화를 돌리다 포기하는 문화 기획자나 시민 단체 관계자들도 많을 것이다. 그 반대편에는 자신을 알리고 싶지만

---

* 「맨부커상과 국립한국문학관」, 한겨레신문, 2016. 5. 19.(https://www.hani.co.kr/arti/opinion/column/744638.html)

발견되지 못하는 작가, 돈 얘기에 약해 나서길 주저하는 예술가들이 있다.

이런 현장과 예술가들을 연결하고, 협상을 대신 해주는 전국 단위의 매치 메이킹 플랫폼이 있다면 모두에게 득이 되지 않을까? 결혼정보회사 시스템을 응용해봐도 될 것 같은데 말이다. '국립한국문학관은 몇 층 규모로 지어야 한다'는 규정이 있지는 않을 텐데, 그 건설 예산의 일부를 이런 마중물로 쓰면 어떨까? 아니, 국립한국문학관 자체가 하드웨어가 아닌 소프트웨어로서 이런 역할을 해주면 어떨까. '블랙리스트'가 생길 틈을 없애는 길이기도 하다.

(2017)

지원하되
간섭하지
말라는 말

며칠간 좀 앓았다. 목이 붓고 현기증이 나서 약을 타러 동네 병원에 두 번이나 갔다. 마감을 한참 넘긴 단행본 원고 때문에 고생중인데, 어떻게든 탈고를 앞당겨보려고 무리하다 탈이 난 것같다. 밤을 몇 번 새웠는데 다음날 낮에는 매번 거의 아무것도 못하고 몸만 축나는 느낌이었다.

침대에 누워 처량한 기분으로 왜 이 지경이 됐나 복기해보니, 누구도 탓할 사람이 없다. 다 자초한 일. 이것저것 해보겠다고 욕심을 부리다 무리한 계획을 세우고 사고가 날 수밖에 없는 일정으로 몰아붙였다. 물 들어올 때 노 저으라는 말은 도대체 누가 지어낸 걸까? 반박하기 어려운 만큼이나 무섭고 위험한 조언 같다.

마음을 비우자, 여유 있게 꾸준히 쓰자는 다짐도 했고, 한편으로는 문화예술계 종사자들은 얼마나 자기 착취에 빠지기 쉬운가 하는 생각도 했다. 극소수를 제외한 이 땅의 예술가 대부분은 기본적으로 늘 절박한 심정이다. 경제적으로도 그렇고 예술적 인정을 얻는 측면에서도 그렇다. 인정과 보상을 함께 얻을 수 있는 기회를 거부하는 건 정말 힘들다.

그런가 하면 창작자가 예술 작업을 통해 굉장한 희열과 충족감을 맛보는 것도 틀림없는 사실이다. 장편소설 초고를 마친 날에는 마약이라도 맞은 듯한 기분이 든다. 내 책을 읽고 감동했다는 독자의 이야기를 들으면 나까지 감동해버린다(하지만 속내를 들키면 웃길 것 같아 최대한 무표정을 가장한다). 그런 성취감을 위해서라면 인생의 다른 요소는 꽤 포기할 수 있을 듯한 마음이 든다.

예술계에는 그런 사람들이 모여 있다. 절박하고, '아니오'라는 말을 쉽게 못하고, 많은 것을 희생할 각오가 된 이들. 신인들, 지망생들은 훨씬 더할 것이다. 그런데, 그러니까, 이 분야에 대해서는 정부에서 눈에 더 불을 켜고 근로 감독을 해야 하지 않을까? 경제적, 성적 착취가 일어나지 않는지 감시해야 하지 않을까?

이쯤에서 '지원하되 간섭하지 않는다'는 말을 다시 생각하게 된다. 예술계에서는 정부의 지원 방식이 이런 태도여야 한다고 주장한다. 도종환 문화체육관광부 장관도 이 원칙을 지키겠다고 여러 차례 강조한 바 있다. 그런 요구와 다짐의 배경은 십분 이해한다. 우리에게는 기나긴 외압과 검열의 역사가 있다.

그러나 '간섭하지 말라'는 말이 그곳을 치외법권 지대로 두라는 뜻은 물론 아닐 것이다. 어떤 지점에서는, 예술계의 자율성과 독립성을 나는 솔직히 믿지 않는다. 그곳이 악하고 타락해서가 아니다. 시스템을 개선할 비용조차 아끼고 아껴서 '다음 작품'에 쏟아부으려는 사람들이 우글우글하니, 그런 개선 작업만큼은 외부에서 냉정하게 추진하고 관리해야 한다는 얘기다. 나오는 작품들은 뛰어난데 그 작품을 낳은 시스템은 어이없는 문화예술 분야가 많다.

젊은 영화인들의 장편 독립영화 제작기를 모은 책『영화를 꿈꾸다』(한국영화아카데미 엮음, 씨네21북스, 2014)를 읽다가 상상을 초월하는 열악한 촬영 현장 현실에 놀랐던 적이 있다. 한 영화 스태프는 밤샘 작업을 마치고 현장을 정리하다가 다쳐 턱뼈에 금이 갔다. 그런데 눈앞에 자꾸 동료들의 모습이 어른거리더란다. 그래서 응급처치만 받은 상태로 촬영장으로 돌아갔고, 의사가 받아야 한다고 했던 수술 없이도 턱뼈는 저절로 아물었다고 한다. 불과 몇 년 전 일이다.

뭉클한 사연이지만 분명 일어나선 안 될 일이기도 하다. '턱뼈 저절로 아문 전설'이 회자되면 살이 찢어지는 정도는 별거 아니라고 여기게 된다. 만약 내 가족이 뼈에 금이 간 채로 영화를 찍겠다고 하면 나는 악역을 맡겠다. 환자가 병원을 빠져나가지 못하게 감시하겠다. 촬영장을 찾아가 작업 안전에 대한 보장을 받아내겠다. 예술을 모르는, 꼬장꼬장하고 오지랖 넓은, 어디서도 환영받지 못하는 늙은이가 되겠다.

나는 그 역할을 국가가 맡아야 한다고 생각한다. 어찌 보면 가장 중요한 역할이다. 금전적인 후원은 민간 재단이나 기업도 할 수 있다. 뛰어난 콘텐츠는 제힘으로 번역가도 만나고 수출도 될 것이다. 그러나 이런 감시 감독은 나라밖에 못한다. 추행과 갑질과 체불을 막는 일도 나라밖에 못한다.

'간섭 없는 지원'의 방식에 대해서도 고민해봐야 하지 않나 싶다. 지금 많이 쓰는 방식 중에는 이런 게 있다. 지원하려는 예술 분야의 원로와 중진들로 심사 위원회를 꾸려서 그 위원회가 지원 대상을 정하는 것. 이렇게 하면 심사 과정에서 정치권력의 입김은 차단할 수 있겠는데, 문화권력 면에서는 어떠한가? 국민의 돈으로 원로와 중진의 영향력을 더 키우는 구조 아닌가?

예술행정에는 다양한 목표가 있다. 창작을 돕는 것은 그중 하나일 뿐이다. 현장 예술인들의 안전과 복지도 해결해야 하고, 납세자에게 돌아가야 할 몫도 있다. 그 모든 목표를 실현하려면 '지원하되 간섭하지 않는다'라는 한 가지 철학만으로는 부족하다. 때로는 개입해야 한다. 한편으로는 이번 정부야말로 예술계

를 가장 잘 이해하고, '예술인 길들이기'라는 비판에 당당할 수
있을 거라고도 생각한다.

(2018)

아이돌
산업의
윤리학

연예인과 대중문화가 미풍양속을 어지럽히니 규제해야 한다던 어른들을 한심하게 여겼던 게 엊그제 같은데…… 이제 내가 바로 그런 꼰대가 되었다.

2009년 〈슈퍼스타 K〉가 인기리에 방영된 이후 각종 유사 오디션 프로그램이 뒤를 이었을 때에는 그런가보다 했다. 그런데 이 프로그램들이 몇 년 전부터 기획사 연습생을 대상으로, 정식 데뷔를 상으로 주는 형태로 진화하고 나서는 보기가 몹시 꺼림칙해졌다. 이전의 오디션 참가자들은 일반인이었고, 오디션은 그들 삶에 덤으로 생긴, 선물 같은 이벤트였다. 하지만 연습생은 다르지 않은가. 회사에 소속된 일종의 인턴 아닌가. 비록 나이는 어리지만 지금 시점에서 인생을 전부 바쳐 데뷔를 준비하지 않는가. 그런데 바로 그 목표를 상으로 내걸고 공개경쟁을 시켜도 되나? 너무 비인간적이지 않나? 아이돌 문화에 익숙하지 않은 나는 좀 어리둥절했다. 보험 많이 팔아오면 정직원 시켜주겠다고 인턴들을 꾀는 악덕 기업, 유혈 낭자한 콜로세움에서 환호하는 로마 시민들의 이미지가 떠올랐다면 지나친 얘기일까.

그런 '서바이벌' 오디션의 결승전을 볼 때는, 무대 아래에 앰뷸런스가 대기중인지 궁금했다. 잔뜩 긴장한 얼굴로 오들오들 떠는 아이들의 건강이 진심으로 염려스러웠다. 어지간한 어른도 저 정도 스트레스를 받으면 몸이 제대로 버티지 못할 것 같은데 말이다.

요즘은 한 대형 기획사 대표가 중소 기획사를 찾아가 연습생을 발굴하는 프로그램이 방영중이다. 군소 기획사 대표들이 '아이들을 제대로 지원 못해 미안하다'며 눈물 흘리는 모습에 짠하기도 했지만 화도 났다. 왜 남의 인생으로 도박을 하나. 한편 연예계에 데뷔했음에도 인기를 얻지 못한 아이돌을 재발견해주는 프로그램까지 보다보니 업계 전체가 무책임한 노름판처럼 보였다. 십대를 다 바쳤는데 운이 따르지 않은 아이들은 도대체 이후에 어떻게 되는 건가?

누군가는 쇼비즈니스 산업의 어쩔 수 없는 특성이다, 당사자들이 원한 거다, 성공하면 커다란 보상이 주어진다고 말할지도 모르겠다. 나는 헷갈린다. '업계 특성상 어쩔 수 없다'는 말은 대개 부당노동행위를 변명하는 데 쓰인다. 당사자들이 합의했으니 괜찮다면 '열정 페이'도 비난할 수 없다. 미래의 성공 가능성이 현재의 착취를 정당화하지도 못한다.

아무리 연습생 발굴 또는 아이돌 재발견 프로젝트의 취지가 좋다고 할지라도 이런 개별 프로젝트 이상의 어떤 구조적 개입이 필요한 시점 아닐까.

2014년 한 걸 그룹이 타고 있던 차량이 빗길에 과속하다 사고가 나서, 이십대 초반의 두 가수가 세상을 떠났다. 이후에 업계 관행은 얼마나 바뀌었을까? 근로감독관이 아이돌의 스케줄이 어떠한지, 휴일에는 제대로 쉬는지 살피나? 산업재해가 쉽게 발생할 수 있는 위험한 업무 환경이고 미성년자도 많은데.

팬들은 어떤가. 팬덤 문화는 외부인들이 따라잡기 힘들 정도로 빠르고 복잡다단하게 진화중인 것 같다. 새로운 게임의 법칙이 형성돼 이미 정치와 사회 영역에서 힘을 발휘하고 있다. 팬덤 스스로도 그걸 자각하고, 자신들의 영향력을 실험하는 동시에 반성과 혁신도 고민하는 걸로 안다. 이십 년 전 나타난 이 새로운 형태의 공동체가 사춘기 같은 단계를 거치며 다음 시대를 이끌 준비를 하고 있는 것 아닌가 싶기도 하다.

그러나 통제되지 못한 팬덤의 몇몇 행동들은 분명 우려스럽다. 그런 일들 중 하나는 '사랑하니까 괜찮다'라는 생각으로 벌어진다. 뜨겁고 순수한 열정으로 정신적, 물리적 폭력을 저지른다. 그 대상은 응원중인 아이돌이 되기도 하고, 경쟁 아이돌이 되기도 하고, 관계없는 시민이 되기도 하고, 팬 자신이 되기도 한다. 우리는 팬에게 사람을 사랑하는 법을, 뜨겁고 순수한 감정이 모든 걸 정당화하지는 않음을 가르쳐야 한다.

'소비자는 왕'이라는 논리를 내미는 팬도 있다. 자신들은 유사 연애라는 비싼 상품을 샀다, 그러니 아이돌이 이성교제를 하면 안 된다, 피치 못하게 한다면 몰래 해야 한다는 글을 접하고 어안이 벙벙해진 적이 있다. 사람이 사람에게 그런 걸 요구할 수 있는 건가? 아이돌도 사람이다. 인형도, 로봇도, 반신半神도, 캐릭터도 아니다. 다이어트를 오래하면 몸이 상하고 악플에 시달리면 공황장애를 앓는다. 우리에게는 '인간은 어떤 상황에서도 인간으로 대접받아야 하며, 물건이나 상품이 되어선 안 된다'는 도덕규범이 있다. 나는 최근 아이돌 산업의 생산과 소비 행태가 이 규범을 공공연히 허물고 있지 않나 걱정스럽다.

이런 훼손과 타락은 막으려면 충분히 막을 수 있다. 소년 소녀들이 무대 뒤에서 흘리는 눈물도 줄일 수 있다. 꼰대스러운 생각이래도 도리 없다. 아무리 멋지고 눈부신 '우상idol' 앞에서도, 우리가 쌓아온 귀한 약속들을 헐면 안 된다. 인권과 노동에 관한 법적, 도덕적 합의들 말이다.

(2017)

만년
조연 배우를
　　　보내며

할리우드 배우 로버트 포스터가 지난달 별세했다. 향년 칠십팔 세. 뇌종양으로 투병하던 중 조용히 눈을 감았다고 한다.

'로버트 포스터가 누구야?' 하고 묻는 분도 계실 것 같다. 이름난 스타는 아니었다. 1990년대 중반까지 〈델타 포스〉 〈스페이스 캅〉 같은 고만고만한 영화에 백 편 넘게 출연했다. 그러다가 쿠엔틴 타란티노 감독의 영화 〈재키 브라운〉에 비중 있는 조연으로 나왔는데, 여기서 인상적인 연기를 보여주면서 뒤늦게 주목을 받았다.

타란티노 감독이 흘러간 삼류 영화의 조연급 배우를 캐스팅한 것은 의도적이었다. 〈재키 브라운〉은 옛 대중 영화에 대한 찬사와 재해석을 담은 작품이다. 사람들이 우습게 여겼던 장르물의 서사를 그대로 따라가는데 우스워 보이지 않는다. 사람들이 가벼이 여겼던 배우 또한 가볍게 보이지 않는다. 주연인 팸 그리어 역시 흑인 관객 대상의 B급 영화에 주로 나왔던, 1990년대에는 이미 추억이 된 스타였다.

아쉽게도 팸 그리어와 로버트 포스터에게는 〈재키 브라운〉이 커리어의 정점이었다. 미국 영화계는 '이 배우들이 이렇게 대단하고 매력적이었어?' 하며 놀라긴 했는데, 그들을 어떻게 활용해야 할지 몰라 난감해하는 것 같았다. 그리어의 경우, 화려하고 카리스마 있는 중년 흑인 여성 배우를 위한 배역이 없었다. 할리우드는 준비가 되어 있지 않았다.

포스터의 경우는 보다 미묘하다. 그는 이전보다는 낫지만 여전히 주류는 아닌 영화들에서 조역으로 경력을 이어갔다. 어쩌면 얼굴 탓이었는지도 모르겠다. 물론 잘생겼다. 한데 이 배우에게는 대단히 정적이고 온후한 분위기가 있다. 차분하다고 해야 할지, 소박하다고 해야 할지, 하여튼 극적이지 않은 것이다. 이 남자를 보고 있으면 앤젤리나 졸리나 브래드 피트를 볼 때와는 정반대의 기분이 든다. 너무나 안전해 보인다. 따분해 보이기까지 한다.

〈재키 브라운〉에서 포스터가 돋보였던 이유도 그래서였다. 어떤 역을 맡건 보는 이를 후끈 달아오르게 하는 새뮤얼 잭슨과 로버트 드니로가 이 영화에서 악당을 연기했다. 각각 스타

일은 다르지만 둘 다 도무지 예측이 안 되고 아무렇게나 사람을 죽이는 냉혈한 캐릭터들이다. 평범한 대사를 해도 폭력의 기운이 흘러넘친다. 그런 악역 앞에서 그리어는 불꽃을 튀며 빛난다.

반면 포스터는 시작부터 끝까지 조용하다. 겁을 먹지는 않지만 폼을 잡지도 않는다. 조금 슬퍼 보이고, 많이 외로워 보이고, 약간 어리둥절해 보이고, 꽤 어색하다. 성실하고 친절하지만 살짝 굼뜬 것도 같고 지쳐 보인다. 그런데 활활 타오르는 인물들과 어디로 튈지 모르는 스토리 속에서 그런 차분함이 느릿느릿 존재감을 얻는다. 영화가 뒤로 갈수록 점점 더 그가 주인공으로 느껴진다. 그게 타란티노의 계획이었던 것 같지는 않다.

포스터는 이 영화로 아카데미상 남우조연상 후보에 올랐다. 부음 기사에서도 '〈재키 브라운〉의 그 배우'로 소개됐다. 그만큼 이 영화에서 그가 보여준 개성이 특이했기 때문일 것이다. 눈길을 사로잡는 사람들만 모여 있는 곳에선 눈에 안 띄는 사람이 오히려 눈에 띄게 되는 것일까. 하지만 그러기 위해 백오십사 분 동안 관객이 차분히 그를 지켜봐야 했다.

〈재키 브라운〉 이후 이십여 년간 영화 속 주인공들은 더 요란해졌다. 넷플릭스로 영화를 보게 된 시대에 감독과 배우들은 관객이 십 초라도 딴생각을 할까봐 불안해한다. 주인공 친구로 나오는 단역도 촌철살인의 대사를 쏟아낸다. 배우들이 입을 다무는 순간에는 다른 볼거리가 화면을 채운다. 변신 로봇이든 미학적으로 잘 계산된 쓸쓸한 모텔 풍경이든.

지난 이십여 년은 세상이 극장이 되는 시기이기도 했다. 이제 우리 모두에게 관객이 있다. 우리는 영화감독처럼 우리의 일상을 편집해서 보여준다. 주문한 음식이 나오면 먼저 사진을 찍는다. 예쁘게 구도를 잡아서. 소셜 미디어에 촌철살인의 문구를 올린다. 포스팅 타이밍을 계산해서. 사회 이슈에 호들갑스럽게 반응한다. 그래야 의미 있는 서사에 자신을 편입시킬 수 있기 때문이다. 우리는 배우처럼 관객을 잃을까봐 두려워한다.

포스터의 영화 밖 실제 모습은 〈재키 브라운〉에 나온 것과 비슷했다고 한다. 이 영화에서 포스터는 "난 쉰여섯 살이오. 남 탓할 수 없소"라고 말한다. 이 역시 이십여 년 사이에 사라진 태도다. 그해 아카데미상 남우조연상은 로빈 윌리엄스가 받았다. 그래도 포스터는 "모든 걸 다 이뤘다"고 말했다고 한다. 편히 잠드시기를.

(2019)

로맨틱 코미디의
시대는
지나갔나

간혹 소설가라기보다는 차라리 출판 기획자와 같은 태도로 문화 상품을 분석하게 된다. 천만 명이 본 영화라든가 백만 부가 넘게 팔린 책, 시청률 40퍼센트를 기록한 드라마에는 분명히 당대 대중의 욕망이 반영되어 있다. 나도 베스트셀러를 쓰고 싶고, 그러다보니 '요즘 사람들은 뭘 원하나'에 자연히 관심이 간다.

특히 내년에는 연애소설을 한 편 쓰고 싶어서 각종 연애물의 트렌드에 대해 (주로 아내를 통해) 귀동냥을 하는 중이다. 최근에는 드라마 〈청춘시대〉와 〈달의 연인―보보경심 려〉, 그리고 〈구르미 그린 달빛〉에 대해 들었다. 본격적으로 구상 단계에 들어가면 『제인 에어』도 다시 펼칠 생각이고, 책장에서 먼지만 쌓여가는 『가시나무새』도 읽으려 한다. 고전 걸작부터 먼저 연구해야겠지!

그런데 말입니다…… 1990년대를 풍미한 로맨틱 코미디 영화들도 다시 봐야 하나? 1989년작 〈해리가 샐리를 만났을 때〉를 지금 다시 보면 어떤 교훈을 얻게 될까? 요즘 같은 리메이크의 시대에 왜 이 작품은 다시 만들어지지 않을까? 그 답을 고민하다가 나는 꽤 음산하고 논쟁적인 가설에 이르게 되었다. 바로 '로맨틱 코미디의 시대는 지나갔다'는 것이다.

〈해리가 샐리를…〉을 최근에 본 분이 계신지? 나는 이 영화를 한때 무척 좋아해서 여러 번 보았는데, 볼 때마다 감흥이 시들해지더니 종국에는 괴롭기까지 했다. 멕 라이언은 마지막 관람까지 귀엽고 사랑스러웠다. 문제는 빌리 크리스털이다. 화들짝 놀랄 정도로 무례하고 남성중심적이다. 사실 영화의 태도 자체가 그렇다. 약 삼십 년 사이에 세상이 정말 많이 바뀐 것이다.

그런데 내가 하려는 이야기는 그게 아니라 다른 쪽이다. 이 영화 속 두 남녀 주인공의 고민이 요즘 기준으로는 너무나도 하찮고 사소해서 진지한 상담거리조차 되지 못한다는 것. 해리나 샐리가 지금 시점에 자기 친구들한테 고민 상담을 한다 치자. 상대의 반응은 이렇지 않을까. "남사친/여사친이 갑자기 이성으로 느껴진다고? 그런 상태로 어쩌다 하룻밤 잠자리를 같이 하게 됐다고? 그게 뭐? 상대가 마음에 안 들어? 그건 아니라고?

뭐냐? 너 나한테 자랑하는 거냐?"

1989년에는 그게 제법 큰 문제였던 거다. 오랫동안 우정을 나눠온 남자와 여자가 연인이 될 수 있을까, 하는 게. 한발 앞선 육체관계가 주는 어색함을 어떻게 극복할까, 따위가. 2016년 지금 OECD 가입국에서 이런 문제를 심각하게 고민하는 청춘 남녀는 천연기념물이나 마찬가지고, 따라서 〈해리가 샐리를…〉도 리메이크될 수 없다. 이 영화의 주제는 이제 시대극의 영역에 들어서려 한다!

2000년 무렵에 젊고 매력적인 남녀가 정서적 친밀도와 육체관계의 엇갈림에 대해 고민하려면 다음과 같은 수위는 되어야 했다. '깔끔하게 헤어질 수 있을 것 같아서 원나잇했는데 좀더 만나고 싶네?'(〈베터 댄 섹스〉). 2011년에는 이 정도. '연애는 하지 않고 섹스 파트너로만 지내기로 했는데 잘 안 되네?'(〈프렌즈 위드 베네핏〉).

〈해리가 샐리를…〉과 〈베터 댄 섹스〉 〈프렌즈 위드 베네핏〉을 한 줄로 놓으면 어떤 일관된 방향이 보인다. 선남선녀의 사랑을 가로막는 장애물이 점점 더 협소하고 기묘해진다는 것이다.

2010년대 한국의 로맨틱 드라마에서도 이 경향은 명확하다. 연애 상대의 정체성만 봐도 다중인격자(〈킬미, 힐미〉), 외계인(〈별에서 온 그대〉), 만화 주인공(〈W〉), 역사 속 인물(〈달의 연인—보보경심 려〉)…… 점점 더 괴상해진다. 〈구르미 그린 달빛〉에 대해서도 현실도피 혐의를 거두기 어려운데, 이 드라마 속 조선은 결국 판타지이기 때문이다. 실제 조선 사람들은 그렇게 정중하지도, 깨끗하지도 않았다.

미국도 마찬가지다. 상대가 기억상실증(〈첫 키스만 50번째〉), 섹스 중독(〈실버라이닝 플레이북〉), 뱀파이어(〈트와일라잇〉), 마침내는 좀비(〈웜 바디스〉)에까지 이르렀다.

어찌 보면 당연한 일이다. 로맨틱 코미디는 매력적인 주인공들이 이런저런 장애로 위기를 겪다가 서로 맺어지는 과정에서 가볍고 달달한 흥을 주는 장르다. 여기서 캐릭터들과 이야기 진행 방식에는 몇 가지 정형(定型)과 규칙이 있으므로, 정말 필요한 것은 바로 독창적인 장애물이다. 그 장애물은 당사자들에게는 진지한 고민거리이지만 동시에 관객에게는 농담거리가 될 만한 종류여야 한다. 엄청나게 무겁지는 않은 관습이나 한쪽 인물의 괴팍한 성격 같은 것이 좋다.

장애물이 그 이상으로 거대해지면 작품이 가볍고 달달해질 수 없다. KKK가 활약하는 시대를 배경으로 한 흑인 남성-백인 여성의 러브스토리는 낄낄거리며 볼 수가 없다. 아무리 분위기가 밝고 결말이 해피 엔딩이라 해도. 그리고 그 작품은 로맨틱 코미디가 아니라, 역경에 맞선 두 사람을 다루는 휴머니즘 드라마로 분류될 것이다.

이십여 년 전만 해도 이런 자잘한 장애물이 현실 공간에 아주 많았다. 한국에서는 1990년대 초반까지도 여성이 나이가 한 살만 많아도 '연상연하 커플'이라면서 별종 취급했다. 2000년 대 초 드라마 〈내 이름은 김삼순〉에서 노처녀 콤플렉스에 시달 렸던 김삼순의 나이는 고작 삼십 세였다. 이제 그런 장애물들의 상당수가 제거되었고, 그로 인한 '소재 고갈'로 장르 전체가 말 라죽어가고 있다는(또는 판타지물로 성격이 바뀌고 있다는) 게 내 가설의 논지다.

물론 지금 한국에도 사랑을 가로막는 장애물들은 엄연히 존 재한다. 빈곤이라든가, 계급 차이라든가, 외모 같은 문제들. 그 러나 이런 주제를 다루면 분위기가 어두워져서 로맨틱 코미디 가 되지 않는다. 〈청춘시대〉가 로맨틱 코미디로 읽히지 않았던 이유다. 그 드라마는 시청자를 공포에 빠뜨리거나 죄책감이 들 게 했다. 영화 〈티끌모아 로맨스〉가 여러 장점에도 불구하고 위 화감을 극복하지 못하고 흥행에 실패했던 것도 같은 이유일 것 이다. 유쾌하고 달콤하고 순결한 로맨스는 현실에서 멀리 떨어 진 시공간에서만 구할 수 있는 시대가 되었다.

(2016)

힘들 때
떠올리는
영화 대사 리스트 5

가끔 소설 속 명문장을 꼽아달라는 요청을 받는다. 그럴 때마다 좀 곤혹스러운데, 이거다 싶은 문장이 잘 떠오르지 않아서다. 솔직히 말하면 『안나 카레니나』나 『오만과 편견』의 첫 문장도 그 자체로는 뭐가 그렇게 심오한지 혹은 아름다운지 잘 모르겠다. 작품이 유명해져서 첫 문장도 함께 유명해진 것 아닐까?

영화보다 책을 더 좋아한다. 그런데 자주 떠올리고 외워서 종종 읊기도 하는 문장들은 소설의 명문장이 아니라 영화의 명대사다. 왜 그런지는 나도 궁금하다. 입말이라 보다 짧고 쉬워서일까. 피와 살이 있는 인간의 생생한 육성으로 다가왔기 때문이려나.

특히 세상살이가 고달플 때 혼자 중얼거리는 대사들이 있다.

짧고 쉽지만 삶의 지혜가 담긴 문장들이다. 주인공의 대사도 있지만 조연이나 심지어는 단역의 대사도 있다. 그중 다섯 개를 골라봤다. 순서대로 영화 〈레이더스〉〈재키 브라운〉〈대부 3〉〈귀여운 여인〉〈머니볼〉의 대사다. 해당 작품의 결말이나 후반부 줄거리도 함께 소개한다.

"내가 여기서 뭘 갖고 있는지는 알지."

먼저 〈레이더스〉. 인디아나 존스(해리슨 포드) 박사는 두 시간 동안 나치와 싸우며 온갖 고생을 한 끝에 성궤를 찾는다. 모세가 하느님에게서 받은 십계명 석판이 들었다고 하는 그 보물 말이다. 그런데 그렇게 애써 구한 귀중한 고고학 유물을 미국 정부가 비밀 창고에 집어넣더니 존스 박사더러는 손을 떼라는 것 아닌가.

존스 박사는 정부 요원들과 회의를 마치고 건물을 빠져나오며 분통을 터뜨린다. "멍청한 관료 녀석들! 자기들이 뭘 갖고 있는 건지 몰라." 그런 그에게 연인 마리온(카렌 알렌)이 건네는 말. "음, 난 내가 여기서 뭘 갖고 있는지는 아는데Well, I know what I've got here." 그리고 술 한잔 하러 가자고 한다.

마리온은 그 장면에서 그런 말을 할 만하다. 네팔에서 오랫동안 고생하다 겨우 미국에 돌아온 참이기 때문이다. 인간은 참 이상하다. 늘 곁에 있는 것들에 대해 감사할 줄 모른다. 자신이 여태 갖지 못한 것, 놓친 것에 대해서만 골똘히 생각한다.

중요한 걸 빼앗겼다고, 억울한 일을 당했다고 느낄 때, 이 대사를 읊으며 내가 여전히 지닌 것들을 살피려 애쓴다. 몸 건강하네! 기대 수명이 다할 때까지 시간도 한참 남아 있네! 좋은 술 한잔 사 마실 여유도 있네! 내가 성궤처럼 유일무이한 물건을 놓친 것도 아니잖아? 소중한 내 마음을 울화로 채우지 말자고 다짐한다.

"쉰여섯 살인데, 남 탓 할 순 없죠."

쿠엔틴 타란티노의 1997년도 영화 〈재키 브라운〉의 마지막 장면이다. 주인공 재키 브라운(팸 그리어)은 자신을 쫓는 뒷골목 악당을 제거하고 형사를 속이는 데 마침내 성공한다. 그 일을 보석 보증인인 맥스 체리(로버트 포스터)가 도왔다.

이제 두 중년 남녀는 이별을 앞둔 상태다. 상대에게 호감은 있지만 미래를 함께하려니 피차 부담스럽다. 사기극에 끌어들인 일을 놓고 자신을 오해할까봐 신경 쓰인 재키가 맥스에게 말한다. "난 당신을 이용한 적 없고, 당신한테 거짓말을 한 적도 없어요. 우리는 파트너였어요."

그러자 쓸쓸한 미소를 지으며 답변하는 맥스. "난 쉰여섯 살이오. 내가 한 일을 두고 남 탓 할 순 없소I'm 56 years old. I can't blame anybody for anything I do." 다른 사람을 탓하지 않는다니, 들어본 지 오래된 말이다.

이 영화를 처음 봤을 때 나는 이 대목에서 잠시 숨을 멈췄다. 그런 멋있는 말을 하는 오십대 사내에게 반해버렸다. 나도 늦기 전에 저렇게 의연한 사람이 되고 싶다, 성숙해지고 싶다고 생각했다. 나는 아직 남 탓을 많이 하지만, '언젠가는'이라는 희망은 품고 있다. 그러고 보니 쉰여섯 살까지 꼭 십 년 남았다.

"미워하지 마라. 판단력이 흐려지니까."

영화 〈대부〉 시리즈에는 명대사가 잔뜩 나온다. 거절하지 못할 제안을 하지. 친구는 가까이, 적은 더 가까이 둬라. 우정과 돈은 물과 기름이다…… 내가 최고로 꼽는 대사는 〈대부 3〉에 있다. 대부 마이클 콜레오네가 조카 빈센트를 데리고 다니며 후계자 교육을 시킬 때다.

젊고 과격한 빈센트는 경쟁 조직의 두목에게 잔뜩 화가 나 있다. 빈센트가 그 라이벌에게 잔인하게 복수할 방법을 떠들어대려 하자 마이클은 "안 돼!" 하며 호통을 친다. 그리고 이유를 설명해준다. "절대로 적을 미워하지 마라. 판단력이 흐려진다."
Never hate your enemies. It affects your judgement.

말 그대로다. 내게 상처를 준 사람, 해코지를 한 사람들을 용서하고 사랑할 엄두까지는 안 난다. 하지만 그들을 미워하지 않는 게 현명하다. 나 자신을 위해서다. 누군가를 미워하면 내가 해야 할 일들의 우선순위를 헷갈리게 된다.

그야말로 간단하고 합리적인 결론인데, 실천하기는 참 어렵다. 아마 인간의 본성과 관련이 있는 문제 같다. 우리는 사회적 동물로 진화했는데, 그 '사회'라는 것은 수십만 년 동안 대개 수백 명 정도의 규모였다. 어쩌면 인간은 사회적 동물이 아니라 '부족적 동물'이라고 표현하는 편이 더 정확할지도 모른다. 작은 사회에서는 '당한 만큼 갚아준다'는 평판이 생겨야 이후 인간관계나 거래에서 손해를 보지 않는다. 하지만 현대사회에서 성공하는 데 그런 평판은 필요 없다. 심지어 마피아들에게조차.

"오래 깎아내리면, 어느 순간 믿게 된다."

〈귀여운 여인〉은 개봉 직후부터 지금까지 삼십 년간 숱한 비판을 받았다. 뭐, 다 일리 있는 비판들이었다. 그럼에도 나는 이 영화가 단순한 신데렐라 스토리 이상이며, 지나치게 과소평가되고 있다고도 믿는다. 이 작품은 자신을 혐오하는 두 사람이 상대를 치유하고 치유받으며, 마침내 서로를 구원하는 과정을 상세히 그린다.

거리의 여인 비비언 워드(줄리아 로버츠)는 기업 사냥꾼 에드워드 루이스(리처드 기어)와 지내는 동안 서서히 자존감을 되찾는다. 에드워드가 자신을 성매매 여성으로 대하자 돈을 포기하고 헤어지려 들기도 한다. 그렇게 다투고 화해한 밤, 비비언은 과거를 고백한다. 자신이 어떻게 해서 매춘을 하게 되었는지, 어떻게 해서 자기혐오에 빠지게 됐는지.

"사람들이 당신을 오래 깎아내리면, 어느 순간 당신도 그걸 믿게 되죠People put you down enough, you start to believe it."

그게 인간의 심리이니, 그런 함정에 빠지지 말아야 한다. 나를 깎아내리는 말을 흘려들을 줄 알아야 한다. 아니, 그런 소리를 들을 기회 자체를 줄이는 건 어떨까. 나는 얼마 전부터 소셜 미디어에 거의 접속하지 않는다. 그게 점점 더 효율적으로 사람을 깎아내리고 상처를 주는 도구가 되는 것 같아서다.

"인생이라는 쇼를 즐기자."

영화 〈머니볼〉의 결말이 잘 이해가 되시는지. 통계학적 방법론에 기반한 구단 운영으로 미국 프로야구계에 일대 혁신을 일으킨 주인공 빌리 빈(브래드 피트)은 왜 보스턴 레드삭스의 단장직 제안을 거절하는 걸까. 엄청난 연봉을 받을 수 있는데. 그가 구단을 운영하는 내내 강조했던 '경제적으로 합리적인 선택'을 왜 정작 그 자신은 내리지 않는가.

나 말고도 같은 궁금증을 느끼는 사람이 많은 것 같다. 해외 인터넷을 찾아보면 같은 질문을 던지는 사람들이 많다. 내 생각에는 감독과 각본도 이 모순을 알면서 얼버무리는 것 같다. 세상에는 돈 말고도 추구해야 할 뭔가가 있어, 하지만 그 뭔가가 뭔지는 우리도 모르겠어, 하고.

　그렇게 빈이 보스턴 레드삭스 구단주와 헤어져 돌아가는 길. 차에서는 딸이 아버지만 들으라며 녹음해준 노래가 흐른다. 호주의 뮤지션 렝카의 곡 〈The Show〉다. 인생은 미로, 사랑은 수수께끼, 어디로 가야 할지 모르겠고 혼자서는 할 수 없네…… 노래의 결론은? "그냥 쇼를 즐겨요And just enjoy the show."

　뭐라 해석하기 어려운 복잡한 표정을 짓는 브래드 피트의 얼굴을 카메라가 클로즈업한다. 무엇에 가치를 두고 살아야 하는가. 그 가치를 위해 다른 건 얼마나 포기해야 하는가. 그리고 내 머릿속에는 아마 그 답을 영원히 알 수 없을 것 같다는 생각이 든다. 그러면 어떻게 해야 하는가. 노래가 답한다. 그냥 인생이라는 이 쇼를 즐겨요.

(2021)

흥미로운
중년이
되기 위하여

젊었을 때는 잘 어울렸는데 나이가 들면서 만남이 뜸해진 또래들이 있다. 딱히 사이가 틀어진 것은 아니고, 그냥 어느 순간부터 상대와 대화하는 게 재미가 없어졌다. 그들이 내가 잘 모르는 자녀 교육 문제나 골프 얘기만 해서 그런 것은 아니다. 사실 나는 모르는 분야에 관심이 많다. 소설가라는 직업 특성상 소재를 얻기 위해서라도 더 들으려는 편이다.

나이를 먹고 소설가라는 직업을 지녔기 때문에 내가 젊을 때보다 사람을 더 예리하게 본다는 생각도 드는데 그건 내 생각일 뿐이니 다른 분들은 동의하지 않을지도 모르겠다. 그렇다면 최소한 이 정도로는 표현할 수 있을 것 같다. 나이를 먹고 소설가라는 직업을 지녔기 때문에 타인을 보는 나만의 기준이 생겼다고.

나이를 먹으면서 상대의 외모에 덜 휘둘리게 됐다. 상대의 간판에도 영향을 덜 받는다. 이제 와서 미남미녀들이랑 내가 연애를 할 것도 아니고, 인상 안 좋지만 성실한 사람, 간판 좋지만 일 못하는 사람들도 그간 꽤 만났다. 남이 걸친 옷이나 장신구에 대해서는 나는 예나 지금이나 똑같이 무지하다.

대신 그만큼 상대의 이야기에 더 집중하게 됐다. 그가 흥미로운 이야기를 하느냐, 그렇지 않으냐. 화술이나 목소리도 풍미를 부여하기는 하지만, 결국 흥미로운 생각을 품은 사람이 흥미로운 이야기를 한다. 그런데 흥미로운 생각을 품은 사람이 무척 드물다. 뻔한 생각을 하거나 별생각이 없는 사람이 압도적으로 많다.

독특한 사람, 괴짜가 좋다는 말이 아니다. 특이한 취향을 가졌지만 그 취향에 대해 질문을 몇 번 던지다보면 금세 밑천이 바닥나는 사람도 있다. "그냥요"나 "잘 모르겠어요"로 설명이 끝난다. 관심사라는 좁은 영토를 외부인의 눈으로 살핀 적이 없고, 몇몇 균열 지점도 깊이 고민하지 않았다. 특이한 취향을 가졌고 동시에 별생각이 없는 것이다.

그런 상대가 해당 분야에 백과사전적인 지식이나 오타쿠 같은 열정을 지녔다고 해서 내 눈에 더 매력적으로 비치는 건 아니었다. 열정적인 괴짜구나 싶었을 뿐. 독특한 의견도 마찬가지다. 독특한 의견의 근거를 제 논리로 설명 못하고 "유튜브에서 봤어요"라고 말하는 사람이라면 끌리는 게 아니라 무서워진다.

반면 잡학에도 깊이를 담을 줄 아는 사람이 있다. 내가 끝내 동의하지 않는 주장이지만 경청하게 만드는 사람도 있다. 주제를 다양한 맥락에서 검토하고, 한 측면을 추상화하여 전혀 다른 범주에 있는 다른 사건과 유연하게 잇는 능력이 있으며, 메타인지도 확실한 사람들이다. 그런 지성과 주관에 경험까지 더해진 사람은 무척이나 매력적이다.

소설가로서 나는 그런 이들을 '콘텐츠가 있다'고 표현한다. 콘텐트가 있는 사람과 대화하면 재미있다. 대화만으로 뭔가를 배운다고 하면 거짓말일 테지만, 잠깐일지라도 덕분에 어떤 정신의 전망대에 올라 새로운 풍경을 즐기는 시원함을 맛본다. 편집자들은 그런 인물들을 귀신같이 알아보고 에세이 출간을 제안하곤 한다.

젊었을 때는 생각의 깊이보다 속도에, 완결성보다 경쾌함에 끌렸던 것 같다. 이제 순발력이나 발랄함에 지적인 흥분을 느끼지는 않는다. 젊을 때 반짝반짝해 보였던 또래들을 모처럼 다시 만났는데 오가는 이야기들이 얄팍하고 껄렁해서 놀란 적이 여러 번 있다. 최악은 "우리 그때 재미있었지" 하면서 옛날얘기를 되풀이하는 부류다.

내 관찰로는 영리한 청년이었다가 내용물 흐릿한 중년이 된 친구들에게는 공통점이 하나 있었다. 책을 읽지 않고 타고난 영리함과 순발력으로 삼십대를 버틴 것이다. 정신의 어떤 부분을 제대로 훈련하지 않은 것이다. 그 훈련은 근력 운동과 흡사하다. 어린아이의 몸을 보고 운동을 열심히 하는지 안 하는지 알아차리기는 어렵다. 이십대도 어느 정도 그렇다. 하지만 사십대는 체형을 보면 평소에 운동을 얼마나 하는지 금방 알 수 있다. 티가 난다. 그리고 그즈음부터 운동 부족이 몸의 병이 되어 돌아온다.

다른 경험들이 독서를 대신할 수 있을까. 내게는 걷기 운동으로 코어 근육을 단련할 수 있다는 소리만큼 전망 없게 들린다. 한 업계에서 이십 년 정도 일하면 부장급 통찰력을 얻을 수 있는 것 같다. 그 이상을 원하면 정신에 꾸준히 간접 체험과 지적 자극을 공급해야 한다. 나는 독서 부족이 노년에 마음의 병을 일으킬 거라 믿는다. 삶이 얄팍해지는.

올해는 문화체육관광부가 정한 '4050 책의 해'다. 2021년 국민독서실태 조사에 따르면 일 년에 한 권 이상 책을 읽었다는 사람의 비율이 이십대에서는 78.1퍼센트, 삼십대는 68.8퍼센트였는데 사십대는 49.9퍼센트, 오십대는 35.7퍼센트에 불과했다. 중년들이여, 책을 읽자. 주름 제거 시술보다 시급하다. 콘텐트 부재도 주름만큼 훤히 보인다.

(2023)

제비뽑기,
오멜라스,
그리고 쿠오 바디스

중세 유럽인들에게 범죄자 처벌은 짜릿한 오락이었다. 죄수가 고문 받는 광경을 구경하는 걸 사람들이 너무나 좋아해서 당국이 처형을 미루기도 했다. 물론 죄수들은 빨리 죽여달라고 빌었다. 그런데 사형수가 목이 잘리기 전에 망나니를 용서한다고 말하거나 화형대에 오른 방화범이 멋진 참회 연설을 하면 구경꾼들은 감동을 받고 다 같이 울었다.

요한 하위징아의 명저 『중세의 가을』(이종인 옮김, 연암서가, 2012)에 나오는 얘기다. 하위징아는 중세인들이 잔인한 정의감을 지녔으며, 가혹한 형벌과 자비라는 양극단만 알았다고 분석한다. 중세 유럽인들은 한마디로 어린아이 같았다. 쉽게 흥분하고 쉽게 감동받았으며 법을 어긴 사람에게 복잡한 사정이 있을 거라는 상상은 전혀 하지 못했다.

인터넷에서 매일 벌어지는 연예인 여론 재판을 볼 때마다 이 책을 떠올린다. 지금 한국의 인터넷 풍경이 중세 유럽을 닮았지 않은가. 어느 연예인이 말실수를 하면 우르르 몰려가 돌팔매질한다. 견디지 못한 그에게 비극이 닥치면 분위기가 반대로 뒤집힌다. 군중은 울고 슬퍼하면서 이제 다른 곳으로 돌을 던진다.

상당수 한국인이 아직 중세에 살고 있는 걸까. 인터넷 이용자층이 유독 미성숙해서 그런 걸까. 아니면 지금의 온라인 공간에 뭔가 특별한 문제가 있는 걸까. 어느 연예인이 학교 폭력 가해자일 거라는 심증만으로 수천 명이 그를 집단적으로 괴롭히는 자가당착은 어떻게 이해해야 하는 걸까. 너의 괴롭힘은 악하지만 나의 괴롭힘은 정의롭다?

인간은 모두 똑같이 존엄한 존재지만 '쉽게 돈 버는 사람'은 좀 혼나봐도 괜찮다고 여기는 마음이 깔려 있는 걸까? 나는 대중이라는 갑이고, 너는 우리의 관심을 필요로 하는 을이니까, 이 정도 불편은 감수해야 한다는 갑질 논리인 걸까? 말로 하는 공격은 물리적인 폭력이 아니니까 대단치 않다고 보는 걸까? 그런데 신경과학자들은 최근 뇌가 육체적인 고통과 사회적으로 거부당하는 경험을 구분하지 않는다는 사실을 밝혀냈다. 타이레놀을 먹으면 실연의 아픔이 줄어들고 반대로 사랑하는 사람의 사진을 보면 몸의 통증이 줄어든다.

그렇다면 악플 수천 개는 실제 돌팔매질과 다름없는 폭력인 것이다. 머지않은 미래에 우리는 인터넷 조리돌림을 중세의 화형대만큼이나 야만적인 관행으로 기억할지 모른다.

혹시 이걸 사회 발전의 성장통이라고, 필요악이라고 믿는 걸까? 악플의 피해자는 안됐지만 그런 비판을 통해 사회의 도덕적 기준이 높아지니 전체적으로는 괜찮은 일이라고? 이게 양도할 수 없는 표현의 자유라고?

셜리 잭슨의 유명한 단편소설 「제비뽑기」(『제비뽑기』, 김시현 옮김, 엘릭시르, 2014)가 생각난다. 매년 6월 제비로 한 사람을 뽑고 모든 사람들이 그에게 돌을 던지는 풍습을 지닌 마을 이야기다. 돌멩이에 머리를 세게 맞은 희생자가 비명을 지르지만 어른도 아이도 돌팔매질을 멈추지 않는다. 마을 사람들은 그렇게 해야 풍년이 온다고 믿는다.

어슐러 K. 르귄의 단편소설 「오멜라스를 떠나는 사람들」(『바람의 열두 방향』, 최용준 옮김, 시공사, 2014)도 떠오른다. 모든 게 완벽해 보이는 도시 오멜라스의 지하실에서 한 아이가 끔찍하게 학대당한다. 누구라도 아이를 돕는 순간 오멜라스 시민들이 누리는 행복은 사라진다는 저주가 걸려 있다. 사람들은 아이의 고통을 알지만 아무도 나서지 않는다. 오멜라스는 과연 낙원인가.

그저 다들 화가 나 있고, 분풀이할 만만한 대상이 필요한 것

뿐일까? 노벨문학상 수상 작가인 헨리크 시엔키에비치의 역사 소설『쿠오 바디스』(최성은 옮김, 민음사, 2005, 전2권)에서 네로 황제는 로마에 불을 질러놓고 시민의 원성을 감당할 수 없게 되자 기독교인을 학살한다. 로마인들은 원형경기장에서 사자가 기독교 신자들을 산 채로 뜯어먹는 모습에 열광한다.

로마인들은 집으로 돌아가 피의 흥분이 가라앉으면 무슨 생각을 했을까. 잘 잤을까? 그랬을지도 모른다. 사람이 자신을 속이기는 어렵지 않다. 희미한 죄책감은 다른 시민들을 탓하면서 지우면 된다. '다들 어쩌면 그렇게 잔인하담. 우리 로마의 문화는 그리스에 비하면 너무 천박해. 그런데 내일은 무슨 경기가 열린다고 했지?'

죽은 자들의 결백이 드러난 뒤에는 네로를 비난했을지도 모르겠다. '기독교인이 불을 질렀다고 가짜 뉴스를 퍼뜨린 황제야 말로 이 사태의 근본 원인이지. 우리는 거기에 휘둘릴 수밖에 없었어. 이래서 언론의 역할이 중요해.'

『쿠오 바디스』 후반부에 로마에서 도망치던 베드로가 예수의 환영을 보는 장면이 나온다. 베드로가 묻는다. "쿠오 바디스, 도미네주여, 어디로 가시나이까?" 나도 묻고 싶다. 집단지성이여, 인터넷 민주주의여, 어디로 가시나이까.

(2019)

늦게
와주면
고맙겠어

17세기 유럽에서 근대과학의 문을 연 학자들이 쓴 책에는 유독 제목에 '새롭다'는 단어가 많이 나온다고 한다. 프랜시스 베이컨의 『신기관新機關』과 『새로운 아틀란티스』, 요하네스 케플러의 『신新천문학』, 갈릴레오 갈릴레이의 『새로운 두 과학』 등등. 이들은 서로 국적은 달랐지만 '뭔가 새로운 세상이 오고 있다'는 인식을 공통적으로 품었다는 게 이탈리아의 과학사학자 로시의 주장이다.

어쩌다보니 최근 몇 달 사이에 나온 신간 세 권을 연달아 읽었는데, 거기서도 어떤 시대정신이 잡히는 듯했다. 읽은 순서대로 적는다. 퓰리처상을 세 번 수상한 토머스 프리드먼의 『늦어서 고마워』(장경덕 옮김, 21세기북스, 2017), 뉴욕타임스가

2016년 '올해의 책'으로 선정한 데이비드 색스의 『아날로그의 반격』(박상현·이승연 옮김, 어크로스, 2017), 그리고 이제는 글로벌 지식인의 반열에 오른 유발 하라리의 『호모 데우스』(김명주 옮김, 김영사, 2017)다.

이 21세기 작가들도 서로 국적은 다르지만 '뭔가 새로운 세상이 오고 있다'는 인식을 공통적으로 품는다. 그런데 셋 중 누구도 그 신세계를 그다지 밝게 묘사하지 않는다. 대신 그 세계가 다가오는 속도가 충격적으로 빠르다고 토로하며, 사라지는 일자리 문제를 크게 걱정한다.

그나마 제일 낙관적인 책이 『늦어서 고마워』다. 책의 핵심 주제는 기술변화의 속도를 인간이 따라잡지 못해 위기가 벌어지고 있고, 그 위기가 점점 커진다는 것.

프리드먼은 이를 보여주기 위해 구글의 비밀 연구소인 '구글 X'에서 시험중인 자율주행차를 타고, 구글 창업자 세르게이 브린을 인터뷰하고, 다음에는 기후변화로 폐허가 되다시피 한 세네갈의 오지 마을 은디아마구엔으로 날아가 촌장의 이야기를 듣는다. 최첨단 기술 현장과 세계 각지의 르포가 흥미진진하게 이어지니 꼭 영화 〈007〉을 보는 듯했다.

그러나 결론은 다소 맥이 빠지는데, 두 단어로 요약하자면 '잘 적응하자'는 얘기다. 조금 길게 적으면 '우리의 문화와 사회 구조를 기술변화에 맞게 혁신하고, 공동체 정신을 살려 사회통합을 이루자'는 것.

읽고 나서 든 생각은 '그게 말처럼 쉽나'였다. 자율주행차가 나오면 그에 맞춰 도로교통법을 개정하고 운수업계 종사자들에게 3D 프린터 기술을 가르치면 된다는 얘기로 들렸다.

『아날로그의 반격』은 레코드판, 종이 노트, 필름 카메라, 보드게임 등 아날로그 제품들이 최근 몇 년 새 다시 인기를 얻는 현상을 포착했다. 책 소개를 읽고 책장을 열 때만 해도 얼마간 흰눈이었다. 일종의 퇴행 현상, 허세 취향을 침소봉대한 이야기 아닌가 싶어서.

작가의 필력이 대단해서 빠르게 읽었고, 여러 번 고개를 끄덕였다. 제목보다는 '실물이 중요한 이유REAL THINGS and WHY THEY MATTER'라는 영어 부제가 책의 메시지를 더 잘 설명한다는 생각이 든다. 사람들은 디지털이 차가워서 싫어하고 아날로그는 따뜻해서 좋아하는 게 아니다. '우리 삶의 중요한 부분들이 가상화하는 듯한 느낌'을 참지 못하고 거기에 저항하는 중에 발현되는 현상이다.

하지만 레코드판과 종이 노트가 다시 대세가 될 수 있을까? 어떤 사람들은 자율주행차가 나와도 '드라이빙의 맛'을 잊지 못하고 직접 운전할 수 있는 차를 살 것이다. 그런 차를 만드는 사람도 있을 게다. 그러나 대부분의 사람들은 편리한 자율주행차를 택할 게다.

『호모 데우스』는 세 책 중 가장 웅장했고, 가장 무서웠다. 하라리는 자율주행차를 도로교통이나 자동차산업의 새로운 변수 정도로 보지 않는다. 그것은 '의식 없는 지능'이 출현해 세력을 넓혀가는 지구적 사건의 일부다.

지금껏 지구 역사에서 모든 지능은 의식이 있었고, 인간이든 동물이든 지적인 존재들은 저마다 욕망을 품고 고통을 느꼈다. 그런데 사실 지능에 의식은 필요 없다. 아니 의식이 없는 편이 더 낫다. 의식 없는 지능은 곧 세계를 지배할 것이고, 우리는 우리의 욕망을 위해 기꺼이 거기에 협조할 것이다. 자동차 운전대를 양보하는 식으로 말이다. 조금 더 지나면 국회의원과 판사의 권한을 인공지능에게 양보하려 들 것이다. 이 과정의 끝에는 인본주의라는 종교의 해체가 있다.

나로 말하자면 그 세 가지 미래가 다 싫다. 혼잡한 지하철과 불친절한 택시, 그리고 교통사고를 자율주행차보다 좋아하는 건 아니다. 그러나 내가 선택해야 하는 상품 꾸러미가 단 두 종류라면, 자율주행차가 없는 패키지를 택하고 싶다. 무엇보다 구글의 연구자들이 전 세계 택시와 버스 기사, 대리 기사와 그 가족들의 운명을 좌우한다는 게 말이 안 된다고 생각한다. 이거야말로 만국의 노동자들이 단결해야 할 일 아닌가.

타조처럼 굴고 싶지도 않고, 러다이트가 될 생각도 없는데, 나와 같은 인본주의교 신자들이 현명하게 단결할 길이 없을까.

기술혁신의 에너지원인 이윤을 얻는 구조를 함께 고치는 것으로 시작해야 하지 않을까.

어느 기자를 만난 자리에서 요즘 관심사가 뭐냐는 질문을 받고 '글로벌 공적관리 체제'라고 대답했더니 상대는 웃음을 터뜨렸다. 난 진지했는데. 세르게이 브린보다 이마누엘 칸트가 꿈꿨던 세상에서 살고 싶다.

(2017)

『리어 왕』 추천사:
버림받는
노인이 되는 것

"셰익스피어는 이제 페미니즘, 마르크스주의, 정신분석, 역사주의, 그리고 해체론적 개념에 의해 해석되는 등 생각할 수 있는 모든 측면에서 연구되고 있다."(조너선 컬러, 『문학이론』, 조규형 옮김, 교유서가, 2016)

"현재의 『리어 왕』 연구는 후기구조주의, 신역사주의, 문화유물론, 페미니즘, 정신분석 이론 같은 혼란스러울 정도로 다양한 접근법으로 범람하고 있는데, 이러한 새로운 연구 방법들은 저마다 작품의 핵심을 제대로 짚었다고 주장한다."(키어넌 라이언, 서문 「위대한 비극 『리어 왕』」, 윌리엄 셰익스피어, 『리어 왕』, 스탠리 웰스, 조지 헌터 엮음, 김태원 옮김, 펭귄클래식코리아, 2010)

이런 이야기를 들으면 도대체 『리어 왕』에 대해 무슨 말을 더 보탤 수 있을까 고민하게 된다. 한편으로는 압도되고, 한편으로는 '뭐…… 이제는 아무 말이나 해도 되는 지경이잖아?' 하고 마음을 가볍게 먹자는 생각도 든다.

나는 『리어 왕』에 후기구조주의자들이나 신역사주의자들이라면 결코 입에 담지 않을 현대적 교훈이 있다고 느낀다. 속물스럽게 말하자면 이렇다. '부동산 함부로 증여하지 마라.' 글쎄, '노년의 품위와 경제권의 관계를 고민하게 만든다' 정도로 완곡하게 표현하는 편이 나으려나?

흔히들 그리스비극은 운명비극, 셰익스피어의 비극은 성격비극이라고들 한다. 무자비한 운명 때문에 고생하는 고대 그리스 영웅들과 달리, 셰익스피어 연극 속 인물들의 파멸은 그들 자신의 성격적인 흠결이 불러온 결과라는 것이다. 우리는 그 틀 속에서 햄릿은 우유부단했고, 오셀로는 질투가 심했고, 맥베스는 야심이 문제였다고 받아들인다.

리어의 결함으로는 어리석음, 분노, 허영 등이 거론된다. 어리석음과 분노에 대해서는 다소 고개가 갸웃거려진다. 다른 주인공들에 비해 리어가 두드러지게 어리석었는지 모르겠고(설마 오셀로보다 더?), 다혈질이기는 했지만 그게 그를 몰락으로 몰고 간 직접적인 원인인가 싶다. 허영심은 분명히 심했다. 딸들에게 굳이 아부 경쟁을 시켰다. 그것도 아주 치졸한 방식으로.

하지만 리어의 허영심이 소셜 미디어에 한 달에도 수십 장씩 셀카를 올리고 가족도 아닌 모르는 이에게 '좋아요'를 갈구하는 (구걸하는) 우리보다 더한가? 게다가 그가 그 대가로 받게 되는 벌은 너무 크지 않은가? 살인자인 햄릿과 오셀로, 살인자이고 악당이기까지 한 맥베스보다 왜 리어가 더 처절하게 나락으로 떨어져야 하는가?

나는 리어가 파멸한 진짜 이유를 달리 본다. 그가 괄시받으며 오갈 데 없는 처지에 빠진 것은 자기 재산을 남에게 전부 줘버렸기 때문이다. 아무리 어리석고, 성마르고, 허영심이 심한 늙은이라 해도 재산을 누구에게 어떻게 물려줄지 밝히지 않으면 자식들이 절대 무시하지 못한다. 큰딸 거너릴과 둘째 리건은 오히려 더 아양을 떨었을지 모른다.

그래서 『리어 왕』은 다른 셰익스피어 비극보다 훨씬 더 현실적이고 현대적인 문제로 우리에게 다가온다. 우리는 여전히 우유부단함, 질투, 야심에 발목 잡히고 불행을 겪으며 때로 파국을 맞는다. 하지만 그렇다 해도 그것이 전근대적인 유혈 사태로 발전하는 경우는 드물며, 우리는 얼마간 심리적 안전거리를 두고 『햄릿』『오셀로』『맥베스』를 감상한다.

『리어 왕』은 그렇지 않다. 버림받는 노인이 되는 것, 가장 믿었던 이로부터 학대받으면서 저항할 수 없는 처지에 빠지는 것은 지금 우리에게 생생한 공포의 대상이다. 기대 수명이 늘어나 오히려 셰익스피어 시대보다 훨씬 더 무거운 고민거리인데도 현대문학에서 인기 있는 주제는 아니다.

'죽느냐 사느냐'는 젊은이들의 걱정거리다. 그 문제를 졸업한 이들에게 『리어 왕』은 보다 서글프고 날카로운 질문을 던진다. 어떻게 나이들 것인가? 비 오는 날 지붕을 어떻게 확보할 것인가? 육체적, 경제적 약자는 자존심도 얼마간 포기해야 하나? 그 답들을 궁리하며, 이 무시무시한 희곡을 천천히 읽어보자.

(2021)

다시
극장으로

대학 때 교양 수업으로 '연극의 이해'라는 과목을 들었다. 학점은 좋지 않았지만 덕분에 연극이라는 세계에 눈뜨고, 대학로에서 좋은 작품도 몇 편 봤다. 명계남씨의 일인극 〈콘트라베이스〉가 기억에 남는다.

수업시간에 들은 이야기 중 가장 인상적인 것은 연극의 정의였다. 연극의 네 요소는 희곡, 배우, 관객, 무대다. 나는 관객이 어떻게 연극의 한 요소가 되는지 궁금했다. 강사는 이렇게 설명했던 것 같다. "관객 없는 공연을 촬영하면 그것은 영상 자료이지 연극이 아닙니다. 여러분이 무대 앞에서 배우를 마주해야만 비로소 한 편의 연극이 완성되는 것입니다."

그때는 이게 무슨 소리인가, 알 거 같기도 하고 모를 거 같기도 하네, 그나저나 선생님 저한테 왜 이렇게 학점을 짜게 주셨나요, 그러면서 넘어갔다. 그 설명을 올해 뒤늦게 이해했다.

꼭 이 년 전에 빔 프로젝터를 샀다. 온라인 동영상 서비스OTT에도 가입했다. 아내는 극장에 가지 않아도 영화를 볼 수 있으니 얼마나 좋으냐고 했다. 표를 예매할 필요가 없고, 앞사람 머리에 화면이 가릴까 걱정하지 않아도 되며, 화장실은 언제든 갈 수 있고, 지루한 상영 전 광고를 참고 견디지 않아도 된다.

공교롭게도 얼마 뒤 코로나19 바이러스가 퍼졌다. 영화업계는 큰 타격을 입었고, 관객 수는 이십 년 전 수준으로 줄었다. 많은 영화 팬들이 이때 OTT에 가입하지 않았을까 싶다. 극장 개봉을 포기하고 OTT행을 택하는 작품도 나왔다. 경영난을 이기지 못하고 서울극장은 문을 닫았다. 한 시대가 저무는 느낌이었다.

그리고 내게는 예상치 못했던 일이 벌어졌다. 원래도 영화를 그리 자주 보는 편은 아니었지만, 더 안 보게 된 것이다. 정확히 말하면 끝까지 참고 보는 영화가 줄었다. 집에서 편안히 빔 프로젝터의 화면을 볼 때에는, 조금만 지루해지면 궁둥이가 들썩거렸다. 마음껏 맥주를 마실 수 있어서인지, 소변도 더 자주 마려워지는 것 같았다.

다른 관객을 신경쓰지 않고 잡담을 할 수 있어서, "이 영화 이상해"라든가 "연기 진짜 어색하네" 같은 말을 쉽게 내뱉을 수 있게 됐다. 그런 대화는 "오늘은 그만 보고 내일 마저 보자"라는 결론으로 이어지기 일쑤였다. 그렇게 앞부분만 보고 접은 작품들이 생겼다. 범작에 낭비하는 시간을 줄일 수 있게 됐다고 반겨야 할 일일까?

함께 영화를 보다 어느 한쪽이 "난 피곤해서 먼저 잘게, 자기 잘 봐"라고 말하며 자리를 뜨면 남은 사람도 감흥이 확 식는다. 그럴 것 같은 영화는 처음부터 상대에게 혼자 보라고 권하게 됐다. 그렇게 영화 감상은 우리 부부에게 데이트 이벤트로서의 기능을 더이상 하지 못하게 됐다. 극장을 나오며 서로 의견을 묻고 대화하던 시간도 사라졌다.

빔 프로젝터를 설치하고 이 년이 지나서야, 나는 내가 잃어버린 것들에 대해 생각하기 시작했다. 나는 극장의 어둠을 사랑했다. 아마도 영화 자체보다 더. 광고가 끝나고 영화가 시작되기 전 잠시의 어둠은 그 자리에 있던 사람들이 이제 함께 현실을 떠나 모든 것이 가능해지는 꿈의 시공간으로 들어간다는 약속이었다.

그 약속은 지폐와 같다. 참여자들이 모두 그 힘을 믿으면 정말로 위력을 발휘한다. 하지만 객석에서 한 명이라도 휴대폰 화면을 켜고 떠들면 사라지는 힘이다. 극장은 사람들이 그 마법을 믿겠다는 약속을 하게 만드는 공간이다. 이제 나는 연극이 제의祭儀라던 이십여 년 전 강의 내용을 이해한다. 그런데 선생님, 알고 보니 영화도 그랬습니다.

신기술은 새 가능성을 제시하면서, 동시에 옛 가능성을 없앤다. 인터넷은 사색을, 책은 구술문화를 없앴다. 메타버스? 그건 우리 삶에서 현실감을 없앨 것 같다. 그리고 우리는 무언가를 잃어버리고 나서 그 중요성을 뒤늦게 깨닫곤 한다. 빔 프로젝터의 대가로 내가 놓친 것은 대형 스크린의 스펙터클과 음향 시스템보다 훨씬 소중하고 거대한 무엇이었다.

이달부터 영화관에서 자리 띄어 앉기가 해제됐고, 심야 영화 관람도 가능해졌다. 백신 접종을 인증하면 전용관에서 조용히 팝콘을 먹으며 영화를 볼 수도 있다고 한다. 영화진흥위원회는 푯값을 육천원 깎아주는 쿠폰도 발행한다. 다음주에는 오랜만에 극장을 찾으려 한다. 어둠의 마법을 만끽하려 한다.

(2021)

폭력의
개념 확장과
새로운 윤리

한국에는 문학상이 엄청 많다. 사백 개 가까이 된다는 추정치도 있다. 매일 누군가 문학상을 받는다는 얘기다. 어느 선배 소설가로부터 문학상은 치질과 비슷하다는 농담 겸 조언을 들은 적이 있다. 궁둥이 붙이고 오래 쓰다보면 저절로 찾아오니 너무 연연하지 말라고.

문학상의 홍수 속에서 특별한 상이 '오늘의 작가상'이다. 어쩌면 그런 범람 덕분에 특별해졌다고도 할 수 있겠다. 1977년 제정된 이 문학상은 출판사 민음사에서 주최하는데, 1회 수상작은 한수산의 『부초』다. 이후 박영한의 『머나먼 쏭바강』, 이문열의 『사람의 아들』 등이 이 상을 받으며 책으로 출간되었다.

2015년 고故 박맹호 민음사 회장은 자신이 만든 상을 삼십팔 년 만에 개편했다. 기존의 공모전 방식을 버리고 이미 출간된 단행본에 상을 주면서, 상금과 심사비를 대는 민음사는 다른 아무런 이득을 취하지 않기로 한 것이다. 비슷비슷한 소설 공모전이 넘쳐나는데 정작 한국문학은 독자의 외면을 받는다는 반성 속에 내린 결정이었다.

이후에 민음사는 상의 성격을 조금 조정했다. 현재는 어떤 작가의 첫 소설 단행본만 후보로 올린다. 그 책이 어느 출판사에서 나왔는지는 상관없다. 신인을 띄우겠다, 상업성과 '겹치기 수상'을 지양하겠다, 원로에게 주는 공로상이 되지 않겠다는 의지가 담긴 셈이다.

2021년 오늘의 작가상 심사에 참여했다. 본심에 올라온 책은 한 종을 빼고는 모두 소설집이었다. 이 순간 가장 주목받는 젊은 소설가들이 최근 삼사 년 사이에 고민하고 생산한 결과물을 배우고 검토하는 기회였다. 그렇게 모아 읽다보니 느슨하게나마 어떤 흐름이 느껴지기도 해서, 심사 자리에서 그런 이야기도 나눴다.

모든 작품이 그렇지는 않았지만, 상당수 글이 새로운 윤리에 대해 언급하고 있다고 느꼈다. 그 윤리는 아직 막연하다. 젊은 세대로부터 감수성의 형태로, 산발적으로 제기되고 있다. 정연한 이론적 기둥은 아직 등장하지 않았다. 대강 핵심은 폭력의 개념 확장인 듯하다. 이 감수성은 과거에는 폭력이라고 간주하지 않았던 것을 폭력으로 본다.

젊은 작가들이 이 새로운 도덕의 씨앗을 소화하려 분투하는 모습을 흥미롭게 보았다. 윤리적 도전에 진지하게 응수하려는 시도들을 읽을 수 있었다. 특히 그 변화가 일으키는 균열을 탐구하는 작품들이 눈길을 끌었다. 물론 '폭력에 대한 내 감수성이 이 정도라니까요' 하고 과시하거나 '이렇게 쓰긴 했지만 소수자 혐오는 절대 아닙니다' 하고 알리바이를 만드느라 애쓰는 문장도 있긴 했다.

타인에게 상처를 주는 언어나 행동을 모두 폭력으로 여기는 예민한 감각으로 주변을 살피면 결국 세상 전체가 폭력으로 가득차 있음을 깨닫게 된다. 그러나 그런 '발견'에서 체계적인 도덕 규칙들이 저절로 도출되지는 않는다. 다시 말해 남을 비판할 때는 만능이지만 내가 무엇을 해야 하는지 고민하는 데는 실질적인 지침이 되지 못한다.

그러다보니 운동의 지지자들도 새로운 감수성의 필요성을 환기하며 그저 현실을 한탄하거나, 아니면 추상적인 다짐으로 논지를 얼버무리기 일쑤다. 이 윤리적 문제 제기의 다음 단계가 궁금한 사람으로서는 퍽 답답한 노릇이다. 한때의 유행으로 지나가는 것 아닐까 하는 생각도 든다. 자유와 평화에 대한 히피들의 주장이 그런 한계를 넘지 못했다.

아마도 최악은 '나는 피해자'라는 의식에 잠기게 되는 것이리라. 자신에 대한 세상의 반응을 환대와 폭력이라는 이분법으로 인식하는 사람은 그 어떠한 선입견과 불친절도 받아서는 안 되는 대우로 받아들인다. 그런데 이런 인생관을 지니고 살면 삶이 불행해지지 않을까? 주변 사람들로부터 고립되지 않을까?

무조건적인 환대로 가득한 사회라는 것이 과연 가능할까? 아니, 단 한 사람의 인생이라도 그렇게 구성될 수 있을까? 그것은 성인聖人이 되자는 말이나 다름없는 목표 아닐까. 적어도 현 단계에서 이 감수성은 전통적인 가치들, 또 우리 삶의 다른 요소들(예를 들어 인간의 인지적 한계)과 매끄럽게 잘 이어지지 않는다는 게 내 생각이다.

나는 문학이 사회과학의 전위 역할을 할 수 있다고 믿는다. 소설가는 때로 예언자가 된다. 도스토옙스키는 계몽사상 안에 도사린 공허를, 조지 오웰은 기술과 전체주의의 결합을 우려했다. 한국사회가 맞닥뜨린 도전에 대해 나를 포함해 여러 한국 소설가들이 이런저런 답안을 제출할 텐데, 독자들이 애정으로 살펴봐주시면 좋겠다. 참, 올해 오늘의 작가상 수상작, 아주 재미있다.

(2021)

양들의 외침,
그리고
민주주의의 내리막길

조지 오웰은 적敵이 뚜렷한 작가였다. 그의 삶도, 작품도 모두 그 적과의 싸움이었다. 한편 그 적을 오웰만큼 잘 이해한 사람도 없었다. 어떤 면에서는 적들 자신보다 오웰이 적들을 더 잘 알았다. 그 적은 바로 '인간을 억압하는 체제'였는데 오웰의 인생 단계에서 각각 다른 형태로 나타났다.

가장 먼저 그 적이 나타났을 때에는 영국 기숙학교의 모습이었다. 오웰은 세인트 시프리언스 예비학교에 장학생으로 입학했는데, 대단히 엄격한 시설이었고 가난한 집 아이들을 대놓고 지독하게 차별했다. 그다음 다녔던 이튼 칼리지 역시 학생 인권과는 거리가 먼 곳이었다. 그의 청소년기 경험은 에세이 『나는 왜 쓰는가』(이한중 옮김, 한겨레출판, 2010)에 수록된 「정말, 정말 좋았지」에 잘 나온다.

이튼 칼리지를 졸업한 오웰은 제국 경찰이 되어 미얀마에 간다. '식민지 순사'가 된 것이다. 거기서 제국주의가 어떻게 인간을 억압하는지를 생생히 체험한다. 환멸을 느낀 오웰은 영국에 돌아와서 이번에는 가난과 노동자의 삶을 탐구한다. 『파리와 런던의 밑바닥 생활』과 『위건 부두로 가는 길』이 이 시기 작품이다.

한편 1930년대 후반 유럽에는 이전에는 보지 못한 거대한 인간 억압 체제가 나타났다. 파시즘이다. 오웰은 스페인 내전에 참가하고, 『카탈로니아 찬가』를 쓴다. 제2차 세계대전이 벌어지자 BBC에 입사해 영국 정부의 선전 활동을 돕는다. 전쟁 특파원으로 파리에 가기도 한다.

스페인 내전과 제2차 세계대전을 겪으며 오웰은 파시즘과 나치즘 외에 또다른 거대한 적을 감지한다. 그 적은 당시 연합군의 일원이었으며, 서구 지식인 진영의 응원도 얻고 있었다. 그러나 오웰은 그 체제가 인간 해방이라는 가면을 쓰고, 나치 독일만큼이나, 아니 어쩌면 더 끔찍하게 인간을 억압하고 있음을 깨달았다.

그것은 바로 스탈린의 소련이었다. 스탈린을 정면으로 겨냥한 『동물농장』 원고는 제2차 세계대전중에 완성됐다. 하지만 출판사들의 거부로 출간되지 못했다. 정작 전쟁이 끝난 다음에는 소련을 적으로 인식한 미국 정부가 이 책의 번역과 출간을 열심히 도왔다. 당장 한국에서도 오랫동안 '반공 소설'로 읽혔다.

하지만 『동물농장』은 스탈린이 죽고 소련이 사라진 지금에도 여전히 독자에게 충격을 안기며 고민할 거리들을 던진다. 스페인 내전이 끝났고 프랑코 정권도 사라졌지만 『카탈로니아 찬가』가 여전히 감동적인 걸작인 것과 마찬가지다. 두 작품 모두 단순히 특정 개인이나 정권을 겨냥하는 얄팍한 정치 선전물이 아닌 것이다.

이는 '인간을 억압하는 체제'를 오웰이 깊이 꿰뚫어봤기 때문이다. 그런 체제는 어떻게 등장하는가? 그런 체제 아래서는 어떤 일들이 일어나는가? 그때 억압자와 피억압자의 내면은 어떻게 일그러지는가? 그런데도 어떻게 그 체제가 무너지지 않고 유지될 수 있는가? 피억압자는 왜 저항하지 않는가? 오웰은 이런 질문들에 답한다.

『나는 왜 쓰는가』에 수록된 「코끼리를 쏘다」에서 오웰은 제국주의가 식민지 민중이 아닌 제국주의 관리에게 미치는 영향을 날카롭게 분석한다. 그 체제는 억압하는 편에 선 사람들의 자유까지 앗아간다는 게 오웰의 진단이다. 『위건 부두로 가는 길』에서 오웰은 '신비로운 권위'에 짓눌려 부조리를 받아들이는 탄광 노동자들의 마음을 들여다본다.

『1984』는 어떤가. 이 무시무시한 소설은 감시 기술과 권력의 끔찍한 결합 가능성을 단순히 그려보는 데 그치지 않는다. 권력이 그런 기술을 언제든 탐닉하고자 함을, 그것이 권력의 본성임을, 그리고 그 결합이 어느 단계에 이르면 굉장히 공고해질 수 있음을 보여준다. 오웰의 상상은 너무나 설득력이 있어서 읽다 보면 누구나 겁에 질린다.

『동물농장』의 현재적 가치에 대해 나는 이렇게 생각한다. 이 소설은 인간을 억압하는 체제가 어떻게 등장해서 사회를 지배하게 되는지 섬뜩하도록 생생하게 묘사하고 있다고. 특히 억압 체제를 타도하겠다는 이상이 어떻게 새로운 억압이 되어가는지 그 과정을 보여준다고. 소련은 해체됐어도 여전히 유효한 통찰이다.

그렇다면 우리가 할 수 있는 일은 무엇일까. 『동물농장』 속 독재자 돼지 나폴레옹 같은 야심가는 어느 사회에서든 나온다. 그런 위험한 야심가가 책략과 운에 힘입어 경쟁자들을 제거하는 일도 종종 일어난다. 새로운 사상이 나오고, 그 사상을 자신의 정치적 야심에 이용하는 인물이 출현하는 것, 그가 권력을 잡는 일 자체를 막기는 어렵다.

우리가 실천할 수 있는 영역에서 쉽게 떠오르는 일은 먼저 교육이다. 스퀄러의 궤변과 선동이 효과를 발휘한 것은 동물들이 어리석어서였다. 클로버는 알파벳을 하나의 단어로 묶을 줄 몰랐고, 복서는 A, B, C, D까지만 글자를 외울 수 있었다. 양, 암탉, 오리는 아예 글자에 관심이 없었다. 시민들이 무지할 때 민주주의는 제대로 작동하지 못한다.

다른 하나는 언론의 자유를 지키는 것이다. 몇 번이나 나폴레옹의 잘못을 지적한 영리한 젊은 돼지 네 마리가 있었다. 그러나 나폴레옹이 키우는 개들이 젊은 돼지들을 위협했고 결국에는 물어뜯었다. 젊은 돼지들은 간첩죄를 자백하자마자 비참하게 숨통이 끊어진다. 언론과 언론인이 공격받는 사회에서 민주주의는 제대로 작동하지 못한다.

『동물농장』에서 나폴레옹은 행정가로서는 무능하지만 정치적 감각은 놀라울 정도로 탁월하다. 그는 교육과 언론이 민주주의의 자양분임을 누구보다 잘 이해하고 있다. 그는 물리적 위협뿐 아니라 심리적 위협을 능숙하게 활용하는데, 심리적 위협의 효과가 훨씬 더 크다. 동물들은 나중에 사실상 그의 인질이 되어버린다.

이 소설에서 가장 소름끼치는 장면은 그렇게 인질이 된 민중이 스스로 언론 자유를 탄압하는 대목이다. 젊은 돼지들의 발언을 막는 것은 양들이다. 양들은 외친다. "네 다리는 좋고, 두 다리는 나쁘다!" 그 선량하고 이상적인, 동시에 얄팍하고 선정적인 구호가 회의를 중단시키고 비판자들의 목소리를 막는다. 모든 구호가 그런 위험성을 품고 있다.

그래서 나는 복잡한 논의가 오가지 않는 사회, 각론이 부실한 사회, 대신 맹목적인 열성 지지자와 그럴싸한 구호와 선정적인 음모론이 넘치는 사회를 진심으로 염려한다. 그런 사회는 전체주의로 가는 내리막길에 있다. 여기서 지금의 한국 현실을 떠올리는 사람이 나 하나만은 아니리라. 오웰은 우리 시대에도 여전히 예언자다.

(2022)

배트맨,
우리의
가면

글을 쓸 때 '노동요'로 삼는 음악들이 있다. 원고 작업은 그다지 흥분되는 일이 아니고, 감흥에 잠기거나 심장이 너무 빨리 뛰면 오히려 집필에 방해가 된다. 그래서 단조롭고 우울한 곡을 선호한다. 최근에는 영화 〈더 배트맨〉의 사운드트랙을 자주 들었다. 결혼행진곡 첫 소절을 천천히 거꾸로 반복하는 듯한 어두운 분위기의 배트맨 테마곡이 일품이다.

그렇게 영화의 주제가는 수십 번, 어쩌면 수백 번을 들었는데, 정작 영화 〈더 배트맨〉은 보지 않았다. 보러 갈까 망설이는 사이에 동네 극장의 상영 시간표에서는 이 영화가 사라졌다. 큰 화면으로 볼 기회를 놓쳤다고 생각하니 그제야 아쉬운 마음이 들었다. 이놈의 우유부단이여. 좋은 평을 받은 모양이던데.

〈더 배트맨〉 관람을 주저한 이유는 두 가지였다. 우선 상영 시간이 심하게 길었다. 두 시간 오십육 분이나 된다. 과연 중간에 화장실에 안 가고 버틸 수 있을까. 그리고 배트맨 영화를 그간 너무 많이 본 것 같았다. 세어보니 내가 본 배트맨 실사 영화가 열 편이나 된다. 어린 시절의 브루스 웨인이 등장하는 〈조커〉까지 포함하면 열한 편이다.

〈더 배트맨〉이 나온다는 소식을 듣고도 솔직히 반갑다기보다는 '아니, 또 배트맨이야?' 하는 생각이 먼저 들었다. 배트맨, 물론 매력적인 히어로다. 캐릭터 사업을 펼치기도 좋다. 그런데 사골국도 아니고 도대체 몇 번을 우려먹는 거냐. 트라우마에 시달리는 어둠의 기사라는 설정도 그만하면 온갖 각도로 해석하고 또 재해석하지 않았나.

원고가 안 풀리면 쓸데없는 상념에 잠기게 된다. 배트맨 테마곡을 들으며 배트맨은 어떻게 이렇게 꾸준히 인기가 있을까, 왜 사람들은 배트맨에 질리지 않을까, 생각했다. 근본 원인은 배트맨의 안이 아니라 밖에 있는 것 아닐까 싶었다. 세상이 점점 배트맨이 사는 도시처럼 변하고 있고 우리들이 모두 조금씩 배트맨이 되어가고 있기 때문이라는 가설이다.

슈퍼맨이 영화와 만화에서 활약하는 도시는 메트로폴리스다. 이 도시는 가끔 외계인의 습격도 받고 렉스 루터 같은 악당도 있지만, 기본적으로 밝다. 메트로폴리스 시민들은 진취적이며,

자기 도시를 믿고 사랑하는 것 같다. 배트맨의 배경인 고담의 시민들은 그렇지 않다. 고담은 총체적 난국이다. 범죄와 부패가 심각하고 빈부 격차는 폭발 직전이다.

그래서 배트맨은 더러 가엾고 우스워 보인다. 그가 아무리 범죄자를 때려잡아도 고담의 상황은 달라지지 않을 게 확실하다. 심지어 배트맨 본인도 그 사실을 아는 듯 보인다. 그는 실패할 운명이다. 그럼에도 싸운다. 그래서 좀 멋있긴 하지만, 그러느니 그 많은 돈을 범죄 예방 환경을 설계하는 프로젝트나 전과자 재활 사업에 투자하는 편이 더 현명하지 않을까?

그런데 현대인들은 자신이 메트로폴리스가 아니라 고담에서 산다고 생각한다. 순수와 희망의 상징인 슈퍼맨의 인기가 두어 세대 전부터 시들해진 것은 그 때문이라고 나는 추측한다. 두어 세대 전부터 우리를 사로잡은 정서는 좌절과 분노 아닐까. 밤에 가면을 쓰고 밖에 나가 이 사태의 책임자를 두들겨패고 싶어하는 충동들이, 그 냄새가, 느껴지지 않나.

하지만 문명사회에서는 그런 욕망을 인정하는 것조차 위험하다. 그래서 브루스 웨인에게는 박쥐 가면과 망토가 필요하고, 우리에게는 배트맨 영화가 필요하다. 실명으로 운영하는 소셜 미디어 계정에는 착한 말 정의로운 말만 쓰지만 익명 게시판은 시궁창이다. 모두 조금씩 위선자이고, 모두 조금씩 다크 히어로이며, 모두 조금씩 신경증 환자들이다.

〈다크 나이트〉에서 조커의 목적이 뭔지 알 수 없어 무섭다며 너스레를 떠는 이들을 나는 기이하게 여겼다. 그 영화에서 조커는 의도가 분명한 중2병 환자였다. 그는 다른 사람들이 위선자라고 믿었고, 그게 역겹다며 주변 인물을 타락시키고 시민들이 악행을 저지르게 하려고 애썼다. 〈다크 나이트〉의 조커는 약간은 옳았기 때문에 무서웠다.

배트맨은 그래도 고결하다. 그는 자신이 내리막길 위에 있음을 알고 괴로워하며 거기에 저항한다. 불살不殺 같은 자신만의 규칙을 지키려 노력한다. 현대인은 배트맨을 사랑한다, 아직까지는. 그가 우리와 같은 병을 앓고 있기 때문이다. 마블이 얼마 전 디즈니플러스에서 공개한 드라마 〈문나이트〉의 슈퍼히어로 문나이트는 해리성정체장애를 앓고 있다고 한다. 온라인 정체성, 메타버스 정체성을 따로 만드는 세대에게 어울리는 영웅 같다.

(2022)

혹시
이게 다
삼국지 탓일까

마니아라고 할 수준은 못 되지만, 『삼국지』를 여러 번 읽기는
했다. 어렸을 때는 제갈량에 몰입했다. 운동신경이 부족한 소
년이어서 무장武將들에 빠져들지는 못했던 것 같다. 질풍노도의
시기를 보낼 무렵에는 조조야말로 진정한 영웅이라고 믿었다.
내게도 세상을 불질러버리고 싶은 마음이 조금 있었다. 조조의
시 「단가행短歌行」은 지금도 좋아한다.

유비의 매력을 이해하게 된 것은 한참 나중의 일이다. 사람에
게 지략이나 야망과는 다른, 도량이라는 능력이 있다는 사실 자
체를 나이가 들어서야 알았다. 책으로는 습득하기 어려운 앎이
었다. 머리가 아니라 몸으로 배웠다. 나보다 그릇이 훨씬 큰 인
사들을 만나 그 앞에서 어리둥절해하고 부끄러워하고 부러워

하면서 비로소 깨쳤다.

제갈량이나 조조, 유비가 멀게 느껴지니 주유, 진궁, 예형 같은 인물들의 비극이 눈에 들어왔다. 음, 이것도 적고 나니 많이 멋쩍네. 이들도 일반인 수준은 까마득히 뛰어넘은 기재奇才들인데. 내가 그 시대에 태어났더라면 '군졸 3'이나 '백성 4'였을 것이다. 숨죽인 채 벌벌 떨며 그저 전쟁 안 나길 비는.

『삼국지』에 대한 애정이 식고 나서야 군웅의 인성이나 계략, 업적보다는 그네들이 추구한 신념이나 가치를 살피게 됐다. 다시 말해 다른 시대, 다른 분야 위인들을 보는 눈으로 『삼국지』의 영웅호걸들을 바라보게 됐다. 그러면 뭐가 보이느냐. 근대사회가 폐기해버린 목표들이 보인다. 황실을 부흥한다든가, 주군의 아들을 구한다든가.

'천하를 얻는다'는 말은 기껏 권력욕의 다른 표현 아닌가. 충忠이나 의義 같은 개념이 지금 가리키는 바는 무엇일까. 패거리주의, 정실주의, 보스에 대한 복종 아닐까. 영국 작가 애덤 니컬슨은 「일리아스」의 그리스 영웅들이 현대 미국의 갱 단원처럼 말하고 행동한다고 지적한다. 『삼국지』에 대해서도 비슷하게 얘기할 수 있다. 동서양을 막론하고 고대의 전쟁 영웅들은 복수와 평판을 중시했다. 지금도 폭력 조직들은 그런 식으로 사고한다.

근대 시민교육을 받고 자란 나는 『삼국지』를 이중으로 소비한다. 충, 의, 천하 같은 단어를 비유로 받아들이고, 그런 현대적 해석을 인간관계와 처신에 적용한다. 유비가 조운 앞에서 제 아들을 집어던졌듯, 타인의 마음을 사려면 화끈하게 내 걸 버리는 모습을 보여줘야 한다는 식으로. 『삼국지』에서 비롯된 고사성어를 칼럼에 써먹는 일과 비슷하다.

그러나 『삼국지』를 읽는 동안에는 그냥 전근대인이 되어버린다. 삼권분립이나 일사부재리 원칙이 사람 마음을 뜨겁게 만들지는 않는다. 우리는 한 개인이 수십만 대군 앞에 당당히 서고, 흉기를 들고 일대일로 적과 무술을 겨루며, 흠모하는 상사를 위해 초개처럼 목숨을 버리는 모습에 열광한다. 다들 마음 깊은 곳은 고대인이다.

한데 그런 분리가 그리 깔끔하게 이뤄지지는 않는 것 같다. 다른 이의 세계관을 탐닉하다보면 결국 거기에 젖는다. 그 시대의 눈으로 주변을 보게 된다. 소설가 김훈이 "나와 내 또래 남자들은 『삼국지』를 너무 많이 읽어서 이 모양이 아닌가 싶을 때가 있다"(「우리 또래는 三國志를 읽어서 망했다」, 조선일보, 2017. 6. 30.)고 말했을 때, 나는 그 말이 무슨 뜻인지 아주 잘 알 것 같았다.

다른 선진국 시민들은 그 나라 정치인들의 주장과 움직임을 마음 깊은 곳에서 어떤 식으로 받아들이는지 나는 가끔 궁금하다. 간혹 한국 정치 기사들은 내 눈에 심히 괴상해 뵌다. 친노-비노 대립을 지나 친이와 친박이 대결했고, 그다음에는 친박과 비박, 친문과 비문, 이제는 친윤-비윤, 친문-친명이 서로 싸운다고 한다.

대체 다들 무슨 가치를 두고 다투는 건가? 아, 공천권? 그야 말로 군졸 3, 또는 백성 4로서 하품 나오는 주제다. 그런 거 말고 내 삶에 영향을 미치는 정책 노선에 있어서 친윤-비윤, 친문-친명은 의견들이 어떻게 다른가. 정책에 대한 태도들을 금방 바꾸는 풍경으로 추정컨대, 혹시 이 문제에는 애당초 큰 관심이 없는 것 아닌가.

한국 언론이 정치 기사를 쓰는 방식이 문제인가, 한국 정치인이 문제인가. 둘 다 문제인가. 혹시 이게 다『삼국지』탓일까? 아니면 협동이 중요한 벼농사를 오래 지어온 탓에 가치보다 관계를 신경쓰는 유전자가 우리 몸에 삽입되기라도 한 걸까. 조선시대 붕당정치의 유산일까. 이 패거리주의를, 전근대를 언제쯤 극복할 수 있을까.

(2022)

주관적이면서
공적인
치킨 맛

한국식 프라이드치킨은 맛이 있는 걸까, 없는 걸까. 맛 칼럼니스트 황교익씨가 맛없다고 주장하면서 논쟁에 불을 지폈고, 한동안 관련 기사들이 쏟아져나왔다. 덕분에 한국 농가에서 키우는 육계의 크기나 사육일수, 닭의 다리 살과 가슴살의 차이, 감칠맛을 내는 핵산 등등에 대해 알게 되었는데, 그런 공부 자체는 은근히 즐겁고 유익했다.

좋아하는 대상에 대해 공부하는 것은 재미있다. 그게 사람이건 음식이건. 그렇게 대상을 더 많이 알고, 더 잘 이해하게 되어서 좋아하는 마음이 깊어지기도 한다. 때로 취향은 작은 철학으로 발전하고, 삶은 그만큼 풍성해진다. 그러고 보면 그동안 제대로 알지도 못하면서 얼마나 많은 치킨을 먹었던가.

그런데 "한국 치킨 맛없다"는 황 칼럼니스트의 일갈은 그리 유쾌하게 다가오지는 않았고, 즐겨 먹던 치킨의 몰랐던 부분을 알려줘서 고맙다는 기분도 별로 들지 않았다. 반대로 고개를 갸웃거리게 되었고 반박하고 싶은 욕구가 일었다.

부분적으로는 그의 언어가 정밀하지 않았던 탓도 있다. "신발도 튀기면 맛있다"면서 "한국 치킨은 맛이 없다"니, 치킨은 튀김이 아니라 찜 요리란 말인가. 얼마 전 농림축산식품부와 한식진흥원에서 실시한 조사에서 해외 거주 외국인 팔천오백 명이 가장 좋아하는 한식으로 치킨을 꼽았는데, 그렇다면 다른 한식은 그가 맛없다는 치킨보다 더 맛이 없는 걸까.

황 칼럼니스트가 '한국 치킨은 재료의 섬세한 풍미가 없는 얄팍한 양념 맛이며, 신발도 튀기면 그 정도 맛은 난다'고 말했다면 어느 정도 수긍했을 것 같다. 하지만 그는 '한국 치킨은 객관적으로 맛이 없다'는 주장을 고수한다. 그래서 다른 일리 있는 지적들에도 불구하고 나를 비롯한 많은 이들이 음식맛이 어떻게 객관적일 수 있는지를 먼저 고민하게 된다.

똑같은 오이를 줘도 어떤 사람은 싱그럽고 상큼하다며 좋아하고, 어떤 사람은 도저히 못 먹겠다고 손사래를 친다. 오이향이나 쓴맛에 민감한 유전자를 지닌 사람들이 꽤 있다는 연구 결과가 있다. 그렇다면 오이의 객관적인 맛은 무엇일까. 객관적인 맛이 존재한다면 왜 음식에 호불호가 갈릴까. 누군가는 옳고 누군가는 틀린 걸까.

황 칼럼니스트가 든 근거는 농촌진흥청의 자료인데, 이 책자 자체가 국립축산과학원의 논문을 자의적으로 해석했다는 비판을 받는 모양이다. 그렇지 않다 해도 몇몇 화학 성분 함량이 맛의 전부를 결정짓는다는 식의 가정에 동의하기 어렵다. 맛은 미묘한 감각 경험이다. 양념은 물론이거니와 식당 분위기, 심지어 식기의 무게에도 영향을 받는다.

그렇다면 음식맛은 주관적이니 이러쿵저러쿵 평하는 것 자체가 무의미한 일일까. 맛 칼럼니스트라는 직업도 존재 의의를 잃는 걸까. 그렇지는 않다. 우리는 주관적이지만 공적인 대상으로서 음식맛이라든가 어떤 소설의 작품성도 논할 수 있다. 사실 모든 예술 평론 작업이 그런 바탕 위에서 이뤄진다.

한 취향 공동체가 주관적 체험들을 모아 논의하고 합의해 쌓아올린 미학의 체계가 있다. 그 축적물을 인정하고 이해하는 사람들은 자기 감상을 공적인 언어로 표현할 수 있다. 쉽지 않은 일이라 가끔 이름난 문인 중에도 이걸 못하는 이가 있다. 어떤 작품의 장점을 주장할 때 그저 '정말 감동적으로 읽었다'고 반복하며 제 감정을 전염시키려 한다.

물론 객관적 사실을 다루는 영역이 아니므로 공동체의 합의는 언제든 뒤집어질 수 있고, 여러 사람이 단체로 오류에 빠지기도 한다. 인상파 화가들이 등장했을 때가 그랬다. 당대 미술계 엘리트들은 인상주의 회화의 아름다움을 알아보지 못했다. 그래서 이 분야 전문가들의 언어는 늘 조심스럽다. 이곳의 언어는 훈계가 아니라 설득이다.

음식맛과 예술 작품의 가치 외에도 주관적이면서 공적인 언어로 접근해야 하는 중요한 대상들이 있다. 삶의 이유, 좋은 사회의 모습 같은 것들이다. 우리는 한 사회의 소득분배 정도를 측정해서 객관적인 숫자로 표시할 수 있다. 하지만 어느 범위의 수치가 바람직한지에 대해서는 옳고 그름을 정할 수 없다. 공적인 언어로 상대를 설득할 수 있을 뿐.

이 말을 이렇게 확장할 수도 있겠다. 좋은 삶, 좋은 사회의 정의를 어느 한 사람이 사적으로 독점할 수는 없다고. 불행히도 다른 분야와 마찬가지로 이 영역에서도 자기와 의견이 다른 사람을 어리석다거나 부당한 권력에 야합한다고 비난하는 가짜 지식인들이 참 많다.

(2021)

2022년
식당 풍경과
〈모던 타임스〉

집에서 거의 밥을 지어 먹지 않는다. 편의점 도시락이나 샐러드를 사와서 먹을 때도 있고, 배달 음식으로 해결하기도 하고, 빵이나 과자로 대충 때우는 경우도 잦다. 물론 근처 식당에도 자주 간다. 프리랜서니까 정해진 식사 시간이 없어서, 배가 고프면 그때 집을 나선다. 점심을 밖에서 먹고 돌아오는 길에 저녁밥을 포장해오기도 한다.

몇 년 전까지는 직장인들의 점심시간을 피해 음식점을 찾았다. 순댓국집이든 파스타 가게든 오후 세시쯤 들어가면 한가하고 여유롭게 식사를 즐길 수 있었다. 그런데 어느 날부터 그 시간대는 브레이크 타임이라며 문을 열지 않는 가게들이 생겼다. 지금 우리집 근처 식당 중에 오후 세시부터 오후 다섯시까지 손님을 들이는 곳은 손에 꼽을 정도다.

처음에는 순진하게, 음식점들이 저녁 메뉴 준비를 더 철저히 하려고 쉬는 시간을 갖나보다, 한국 요식업계가 드디어 박리다 매에서 고급화로 전략을 바꾸나보지, 하고 멋대로 추측했다. 그게 아니라 자영업자들이 인건비 부담을 줄이려고 몸부림친 결과라는 걸 나중에 알게 됐다. 많은 식당들이 마지막 주문을 받는 시간도 앞당겼다.

그즈음부터 바뀐 식당 풍경이 하나 더 있다. 상당수의 매장에서 한창 붐비는 시간대면 삼 분이 멀다 하고 이 소리가 울려퍼진다. 딩동, 배달의 민족, 주문~! 딩동, 배달의 민족, 주문~! 쿠팡 이츠, 주문~! 요기요 주문, 요기요~! 너무 경쾌해서 그만큼 부자연스러운 빅브라더, 아니 '빅시스터'들의 목소리.

가만히 앉아서 밥을 먹는 나도 저 알림 소리에 마음이 급박해지는데, 식당 주인이나 종업원들은 어떨까 싶다. 주인들은 그래도 저 목소리들을 반길까. 가끔 나는 저 '주문~!' 소리가 날 때 일하는 분들의 눈치를 살핀다. 하지만 다들 하도 바쁜 나머지, 어떤 표정을 지을 여유조차 없는 듯하다.

며칠 전에는 점심에 토스트를 먹고, 돌아오는 길에 저녁에 먹을 도시락을 포장해왔다. 토스트 가게와 도시락 가게의 점심시간 풍경이 복사라도 한 것처럼 똑같았다. 고물가 시대에 비교적 저렴한 메뉴이다보니 손님으로 북적였다. 배달 앱의 주문 알림

소리도 쉴새없이 울려퍼졌다. 검은 헬멧을 쓴 배달 기사들이 수시로 드나들었다.

두 매장 모두 일하는 사람은 두 명이었는데, 둘 다 주방에 있었다. 둘 중 나이가 많은 쪽이 사장인 듯했다. 주문을 받는 종업원은 따로 없고, 매장 입구에 설치된 키오스크에서 손님들이 주문한 뒤 음식도 직접 받아가는 방식이었다. 주방에서는 엄청난 속도로 손을 움직였다. 아무리 봐도 세 명이서 해야 할 일을 두 명이 하고 있었다.

손님들은 고개를 숙이고 스마트폰을 내려다보며 음식을 기다렸다. 토스트 가게에서 한 중년 여성이 주방 쪽으로 가 사장으로 보이는 이에게 말을 걸었다. 죄송한데요, 이 앞 도로에 잠깐 차를 대도 되나요? 고개를 든 사장은 멍한 표정이었다. 도로라든가 차라는 말이 무슨 뜻인지 생각하는 것 같았다. 앞치마를 두른 채 한참 그런 얼굴로 서 있었다.

도시락 가게에서도 어느 젊은 여성이 망설이다 주방 쪽으로 걸어가 물었다. 저기, 302번 아직 멀었나요? 아까부터 기다렸는데. 이번에도 사장으로 보이는 이가 멍한 표정으로 고개를 들었다. 그 역시 잠시 한국말을 잊은 듯했다. 딩동, 배달의 민족, 주문~! 사장이 정신을 차리고 대답했다. 아, 그거…… 금방 나옵니다. 죄송합니다. 딩동, 배달의 민족, 주문~!

그날 포장한 도시락을 들고 집에 돌아가며 나는 찰리 채플린의 영화 〈모던 타임스〉의 한 장면을 떠올렸다. 채플린이 연기한 이름 없는 주인공은 컨베이어 벨트의 속도에 맞춰 쉼없이 나사를 죈다. 그러다 재채기를 한 번 했을 뿐인데 그 속도를 놓치고 만다. 주인공은 결국 나사를 죄며 기계장치 속으로 빨려들어 간다.

〈모던 타임스〉가 나온 지 팔십 년이 넘었는데 어떤 일터의 풍경이 그대로라는 사실이 섬뜩했다. 도시락을 든 채 생각했다. 이게 한계라고, 사람이 이보다 더 바빠질 수는 없다고. 이대로 가다간 쓰러지거나 사고가 난다고. 사람이 너무 바빠지면 현재를 살피지도 미래를 대비하지도 못하게 되는데, 우리 사회 전체가 그 단계에 이른 것 같다고.

(2022)

'먹고사니즘'에
바쁜 당신,
오늘 아침 안녕하십니까

옴니버스 영화 〈말이야 바른 말이지〉를 보았다. 서울독립영화
제가 기획해서 제작하고 배급하는 작품인데, 감독 여섯 명이 만
든 단편영화 여섯 편으로 구성되어 있다. 총 상영 시간이 육십
구 분이라 단편영화 한 편당 길이는 십 분을 조금 넘기는 정도
다. 장르는 블랙코미디 사회 풍자물.

윤성호 감독이 총괄 프로듀서를 맡았고 김소형, 박동훈, 최
하나, 송현주, 한인미 감독이 참여했다. 순제작비가 육천만원도
안 된다니, 그냥 저예산 영화라고 부르면 안 될 것 같고 초저예
산 영화, 혹은 초초저예산 영화라고 해야 할 것 같다. 등장인물
은 세 명 이내로 하고, 한 장소에서 찍어서 여섯 시간 안에 촬영
을 마친다는 등의 가이드라인을 먼저 정했다고 한다.

액션도 추격전도 현란한 특수효과도 없는 이 영화를 나는 정말 재미있게 보았다. '이거 아트무비고 우리 예술 합니다' 같은 분위기는 전혀 없으니 나처럼 편협하게 오락 영화만 찾는 관객이라도 안심하고 보셔도 된다. 영화 여섯 편 모두 무척 속도감 있어서 한눈팔 새가 없다. 감독들이 진짜 대단하다 싶었다.

거의 대부분의 장면이 배우 두 사람이 앉아서 나누는 대화로 구성되어 있는데 당연하게도 그들 사이에는 어떤 긴장이 있다. 인물들의 사연은 현실적이며, 그들이 상대를 설득하기 위해 황당한 논리를 동원하거나 자기 밑바닥을 드러내는 데서 웃음이 나온다. 거기에 착취, 차별, 혐오, 동물권, 환경 문제 같은 이슈가 자연스럽게 스며든다.

영화의 묘미는 여기서부터다. 십여 분 분량의 영상에 과거가 복잡하고 인생관이 독특한 입체적인 캐릭터를 둘씩이나 만들어 넣을 수는 없을 터. 우리가 주변에서 흔히 보는, 따로 설명도 필요 없는 평범한 인물들이 나온다. 그런데 그들은 영화에서 전형적인 캐릭터가 아니다. 악독한 가해자나 선량한 피해자 같은 전형적인 역할을 맡지 않기 때문이다.

이 영화의 캐릭터 대부분은 착취하는 사람-착취당하는 사람, 차별하는 사람-차별받는 사람, 혐오하는 사람-혐오당하는 사람이라는 구도 어느 하나에 딱 떨어지지 않는다. 그들은 착취, 차별, 혐오, 동물권, 환경 문제에 관해서 어정쩡한 위치에 있다. 착취를 하는 사람이면서 착취를 당하는 사람이고, 차별이나 혐오에 반대하면서 거기에 가담한다.

내가 이 영화의 인물들을 둘로 나눈다면 자신이 서 있는 맥락을 아는 사람과 그렇지 않은 사람으로 분류하겠다. 맥락을 아는 사람이라고 더 괜찮게 그려지지는 않는다. 첫 작품 '프롤로그'에 나오는 대기업 과장과 외주업체 사장은 둘 다 자신이 속한 맥락을 알지만 경멸스럽다. 그들도 서로를, 또 스스로를 경멸한다. 반면 '손에 손잡고'에 나오는 청춘 남녀는 자신들이 속한 맥락을 끝까지 모르지만 귀엽다.

각 인물들의 맥락을 전부 아는 사람은 관객뿐이며, 영화를 보다보면 한국사회의 바로 그 맥락들에 대해 저절로 생각이 깊어진다. 여기서 '맥락'이라는 단어를 '구조'로 바꿔 써도 될 것 같다. 영화의 등장인물들은 모두 착취, 차별, 혐오, 종차별주의, 환경 파괴의 구조 속에 있다. 그런데 그 맥락을 알건 모르건 그들이 할 수 있는 일은 그리 많지 않다.

그렇기에 맥락을 아는 인물들은 환멸과 자기혐오를 겪는다. 맥락을 모르는 인물들은 화면 밖에 있는 관객의 비웃음을 산다. 구조 자체가 착취, 차별, 혐오, 종차별주의, 환경 파괴로 사람들을 이끄는 것만 같다. 관객은 어느 순간 자신 역시 그런 구조 안에 있음을 아찔하게 깨닫고 얼굴을 붉히게 된다. 관객 감상평 중 '웃긴 공포영화'라는 표현이 기억에 남는다.

바보가 되지 않으면 환멸과 자기혐오를 겪을 수밖에 없는 사회. 그 구조는 정의롭지 않고, 가끔은 논리적이지조차 않다. 그러면 어쩌겠나, '진정성 실전편'의 마케팅부서 팀장처럼 그런 부조리한 상황에 내 생각을 맞춰야지. 그때의 괴로움, 무력감, 굴욕감을 일컬어 '먹고사니즘'이라는 말이 나왔더라.

그런 구조가 점점 더 단단해지는 듯하다는 느낌을 십 년째 받고 있다. 옴짝달싹 못하게 갇힌 기분, 일본인들의 표현을 빌리자면 '폐색감閉塞感'이 든다. 무엇을 해야 하나? 좋은 블랙코미디가 던지는 질문이다. 답은 극장 밖에서 이제부터 고민해야 한다. 구조에 빈틈은 없을까. 더 나은 구조는 가능하지 않을까. 공부도 해야 하고 취재도 해야 하고 상상도 해야 한다.

(2023)

악인_{惡人}에게
서사를 주지 말라?

구호나 아포리즘, 밈이 담론을 대체하는 것이 소셜 미디어 시대의 비극이다(구호나 아포리즘, 밈을 담론이라고 믿는 것은 코미디이고). 때로 그런 구호가 '공인되지 않은 입법자 노릇'을 하는 모습도 목격하는데, 그럴 때에는 비극이 아니라 공포물을 보고 있는 듯한 기분이 든다. 저 작은따옴표 안의 문구는 미국의 영화 평론가 데이비드 덴비가 1960년대 반문화 운동을 회고하며 사용한 표현이다. 덴비는 당시 언더그라운드 언론들이 청년들에게 그런 영향력을 행사했다고 썼다. 그러고 보면 1960년대 서구 사회의 반문화-신좌파 운동과 지금의 '정치적 올바름' 지향도 겹치는 지점이 많다.

　그런 면에서 얼마 전 출판사 돌고래에서 낸 단행본 『악인의 서사』(듀나 외, 2023)의 기획 의도가 반갑다. 얼마 전부터 소셜 미디어에서 흔하게 접할 수 있는 '악인에게 서사를 주지 말라'는 요구를 주제로 필자 아홉 명이 200자 원고지 40~70장 분량으로 글을 썼다. 나는 이것을 구호를 담론화하려는 시도라고 이해한다. 구호와 담론의 큰 차이는 내용의 구체성과 논리의 정교함에 있을 텐데, 그래서 구호에는 한계가 없고 비판하기도 어려운 반면 담론은 그렇지 않다. 구호에는 시적인 언어의 힘이 있지만 맥락이 생략되어 있고, 담론은 그 반대다.

다른 모든 구호가 그렇듯 '악인에게 서사를 주지 말라'는 요구는 어떤 맥락에서는 적절하지만 어떤 맥락에서는 그렇지 않다. 그런데 "이 간명한 슬로건은 당초 현실의 잔혹 범죄와 이를 선정적으로 보도하는 언론의 태도를 규탄하기 위해 대두됐지만, 머잖아 창작 서사 전체를 아우르는 원칙으로까지 받아들여졌다." 이 작은따옴표 안의 문장은 『악인의 서사』 편집자 서문에서 가져왔다. 김지운 편집자의 분석에 따르면 "악인의 서사 자체를 비윤리와 동일시하는 사고방식이 널리 확산"되어 이제 "대중화된 통설로 자리매김했다".

이제 나는 비극, 코미디, 공포물에 이어 부조리극을 떠올린다. 내가 생각하는 첫째 부조리는 '서사 없이 어떤 인간이 악인인지 어떻게 알 수 있는가' 하는 것이다. 인간은 세계를 서사로 이해하는 동물이며, 서사 정보 없이 도덕적 판단은 불가능하다.

즉 어떤 사람을 악인이라고 규정할 때 우리는 이미 그가 지닌 서사를 어느 정도 알고 있다. 그러므로 '악인에게 서사를 주지 말라'는 요구는 어떤 인간에 대한 이해를 어느 지점에서 멈추겠다, 그에 대한 도덕적 판단은 끝났다는 선언이다. 그런데 서사 예술이 수용자에게 줄 수 있는 가장 큰 선물은 오히려 그런 태도의 반대 지점에 있다. 라스콜리니코프는 도끼 살인마이고, 안나 카레니나와 마담 보바리는 간통을 저질렀고, 히스클리프는 스토커, 뫼르소는 묻지 마 살인범인데 우리는 그들의 서사를 읽으며 도덕적 판단이 흔들리거나 최소한 악인의 고통에 공감하게 돼 당혹스러워한다.

그 사실이 둘째 부조리로 이어진다. 인류사에는 한 개인의 광증이나 직업 범죄자의 탐욕만으로는 절대로 나올 수 없는 거대한 악행이 있어왔다. 성전聖戰이라고 하는 끔찍한 집단 학살을 저지른 자들은 예외 없이 자신들이 정의를 수행한다고 여겼다. 상대를 악인으로 묘사하는 얄팍한 서사를 굳게 믿었기에, 그 이상의 서사를 들으려 하지 않았기에 가능한 일이었다. 악인을 처단하기 위해 악행을 반복하는 지독한 아이러니는 작은 규모로도 흔히 일어난다. 어느 아이돌 그룹 멤버들이 특정 멤버를 괴롭힌 것 같다는 심증으로 전 국민이 그 청년들을 괴롭힌다. 개개인이 자신의 도덕적 판단을 굳게 믿을수록 더 잔인해진다. 호모사피엔스가 흔히 빠지는 함정이다. 나는 그보다는 늘 흔들리는 편이 낫다고 생각한다. 타인을 쉽게 악마화하지 않는 훈련을 해야 하며, 그러기 위해 문학을 읽는다. 그런 의미에서는 서사 없는 악인을 시원하게 응징하는 복수극이야말로 가장 '비윤리적인' 픽션 아닐까 싶다.

선정적인 범죄 보도가 낳을 수 있는 피해가 있다. 악인을 평범한 사람보다 더 자유롭고 더 유능한 것으로 묘사하며 악행을 매혹적으로 그리는 창작물도 있다(그런데 화려한 스포츠카가 등장하는 갱스터 랩 뮤직비디오에서 알 수 있듯 비서사적 요소도 그런 선망에 영향을 준다). 하지만 그런 선정성과 도덕적 무감각을 극복하기 위해 타인의 서사를 막자는 발상은 상투적 범죄물 속 악인의 초상만큼이나 얄팍하다. 그리고 위험하다.

(2023)

AI 시대
소설의 미래,
우울한 버전으로

'우울증 환자들이 우울증에 걸리지 않은 사람보다 주변 세상을 더 정확하게 본다'는 말을 어딘가에서 읽은 적이 있는데, 정확히 기억이 나지 않았다. 챗GPT에게 물어보니 엘리자베스 워첼의 『프로작 네이션』(김유미 옮김, 민음인, 2011)에 처음 나온 말이라고 한다. 내가 기억을 더듬어 "그거 혹시 앤드루 솔로몬의 『한낮의 우울』(민승남 옮김, 민음사, 2021)에서 먼저 나온 얘기 아니야?" 하고 다시 물어봤더니 자기가 틀렸고 내 말이 맞는단다. 죄송하단다.

그런데 검색을 해보니 『프로작 네이션』이 『한낮의 우울』보다 더 일찍 출간됐다. 다시 물어보니 이제는 그 얘기가 『한낮의 우울』에는 나왔고, 『프로작 네이션』에는 아예 나오지 않는다고 한다. 이제 이 녀석 얘기는 아무것도 믿을 수 없다. 결국 책장을 한참 뒤져서 『한낮의 우울』 번역본 개정판 기준으로 713~714쪽에 그 얘기가 나오는 것을 확인했다. 『프로작 네이션』은 집에 없어서 모르겠다.

챗GPT의 대답을 실망스럽다고 해야 할까, 다행이라고 해야 할까. 어쨌거나 인공지능에 대한 원고를 쓰면서 첫 문장을 우울증으로 시작한 이유는 따로 있다. 최근 한 달 사이에 엄청나게 쏟아진 '챗GPT 충격' 관련 칼럼들을 참고삼아 읽으며 이런 생각이 들었기 때문이다. 정말 우리가 미래를 낙관해도 되는 거 맞아? 지금 우울하게 예상하는 사람이 가장 정확한 것 아니야?

많은 칼럼의 필자들이 입을 모아 인공지능이 세상을 엄청나게 바꿔놓을 것이라고 했다. 그러면서도 최근 인공지능의 결과물들에는 평가가 묘하게 인색했다. 인공지능이 쓴 시, 인공지능이 그린 그림에는 인간 창작자만이 담을 수 있는 '뭔가'가 없다고 했다. 그 '뭔가'는 지혜나 통찰, 깊은 맛, 진정성, 자기 서사, 뭐 그런 것인 듯했다. 인간의 그림과 인공지능의 그림을 블라인드 테스트로 구분할 수 있을지. 솔직히 나는 자신 없는데.

그 칼럼들의 결론은 여러 갈래였다. 인공지능은 결코 할 수 없고 인간만이 이룰 수 있는 그 '뭔가'에 인간이 집중하면 된다, 앞으로 교육도 그런 방향에 초점을 둬야 한다는 얘기가 있었다. 기술 자체는 중립적인 것이니 인공지능을 윤리적으로 유용하게 잘 쓸 수 있는 방안을 찾자는 얘기도 있었다. 인공지능이 파괴적인 기술이니 개발에 대한 규제나 관리, 가이드라인을 도입해야 한다는 얘기도 있었다.

그런데 나는 내가 속한 업계에서 인공지능이 일으킬 변화를 예상하며 자꾸 우울한 상상에 빠져들었다. 인공지능은 이미 어설프게나마 소설을 쓴다. 엄청나게 탁월하지는 않더라도, 그럭저럭 소설을 쓰는 인공지능이 등장하지 않는다는 보장이 있나. 그리고 그런 날이 오면 그럭저럭 수준인 소설을 쓰는 인간 소설가들은 어마어마하게 큰 타격을 입지 않을까. 인간 소설가들은 그런 작품을 쓰는 데에도 몇 달에서 몇 년이 걸리는데, 인공지능은 비슷한 수준의 결과물을 하루에도 몇십 편씩 뚝딱뚝딱 내놓을 테니 말이다. 인간이 쓴 소설은 턱없이 비싼 수공예품 취급을 받을지도 모르겠다.

소설을 집필하는 인공지능을 개발하면 안 된다는 규제를 도입할 수 있을까? 그럴 타이밍은 이미 놓친 것 아닌가. 인공지능을 이용해 대중소설 시리즈를 제작해 판매하려는 출판사를 막을 방법이 있을까? 출판사 대표가 인공지능이 쓴 원고를 출간하며 "직접 쓴 작품" 혹은 "본인을 드러내고 싶어하지 않는 '얼굴 없는 작가'의 작품"이라고 주장하면 압수수색이라도 해서 진위를 밝혀야 하나? '인공지능이 쓴 소설은 읽지 않는 것이 윤리적인 독서'라고 독자들을 설득할 수 있을까?

탁월한 수준의 작품을 써내는 작가들도 안심할 수는 없다. 인공지능이 흉내낼 수 없는 탁월성이 어떤 부분인지 드러나게 될 테다. 그러면 탁월한 작가는 바로 그 탁월한 부분에만 집중하고, 나머지 부분은 인공지능이 맡아 하는 분업이 이뤄질 것 같다. 뛰어난 인간 소설가가 플롯을 짜고 문장은 인공지능이 쓴다든가, 아니면 반대로 인공지능이 쓴 글의 문장을 인간 소설가가 다듬는다든가 하는 식으로. 이 새롭고 효율적인 소설 생산 방식에서 인간 작가의 위치는 프로듀서나 예술 감독 정도로 축소된다.

아마 이런 예상은 들어맞지 않을 것이다. 이 시점에서 내가 하는 예상이건, 다른 이들이 펼친 예상이건, 모두 들어맞지 않을 거라고 생각한다. 과학기술 잡지 『와이어드』의 초대 편집장 케빈 켈리가 거의 삼십 년 전에 사용했던 표현들을 빌리고 고쳐서 써본다. '태어난 것과 만들어진 것이 섞여 생태계를 이루고, 거기에서 새로운 야생이 태어날 것이다.' 그 야생의 생태계가 어떤 모습일지 우리는 모른다.

어쩌면 모두가 걱정하는 인간의 일자리는 인공지능 시대에도 끝까지 남아 있을지 모르겠다. 다들 그 문제를 가장 심각하게 여기니까. 그리고 우리는 일자리를 지키는 대신 개인, 예술, 의미 같은 개념을 잃게 될지도 모르겠다. 뭔가가 무너지기는 할 것 같다.

(2023)

살아야 하는 이유

인간은 자살하지 않고 살기 위해 신을 생각해낸 것이다.
이때까지의 세계사는 바로 이것에 불과한 거야.
—표도르 도스토옙스키, 『악령』에서

스물두 살에 이 문장을 접했다. 이철 한국외국어대 교수가 번역한 범우사판 『악령』 하권에서였다. 이후 이십오 년 넘게 이 두 문장에 사로잡혀 있다고 해도 심한 과장은 아니다. 열린책들 판에서 박혜경 한림대 교수는 같은 대목을 '인간이 한 일이라고는 자살하지 않고 살기 위해 신을 고안해낸 것뿐이지. 지금까지 전 세계 역사가 그랬어'라고 옮겼다.

이 대사는 키릴로프라는 인물이 한다. 그는 무신론자이자 허무주의자로, 객기나 냉소가 아니라 진지한 고찰 끝에 저렇게 말한다. 도스토옙스키는 같은 사상을 지닌 인물을 몇 명 더 창조했는데, 『죄와 벌』의 스비드리가일로프, 『카라마조프가의 형제들』의 이반 카라마조프 등이다. 그중에서도 『악령』의 키릴로프는 자기 신념을 가장 극단적으로 밀어붙여 자신에게 자살해야 할 의무가 있다는 무서운 결론을 내리고 그걸 실천한다.

독실한 기독교 신자였던 도스토옙스키가 무신론을 반박하기 위해 창조한 캐릭터가 후대의 무신론자들에게 큰 영감을 줬다는 점이 아이러니하다. 예를 들어 알베르 카뮈의 철학 에세이 『시지프 신화』에서는 한 챕터의 제목이 '키릴로프'다. 카뮈가 이 책 전체에서 다루는 문제도 바로 키릴로프가 매달렸던 그 질문이다. 인간은 왜 자살하지 않고 살아야 하는가? 신 외에 어떤 다른 대답을 댈 수 있는가?

나는 나대로 거기에 답해보려고 애쓰지만 여전히 막연하다. 저 두 문장에서 시작한 소설을 써보기도 했다. 살 이유가 없다며 연쇄 자살을 벌이는 청년들에 대한 이야기나, 신 대신 다른 윤리의 기반을 발명하려는 살인자에 대한 이야기 같은 것.

아마 앞으로도 몇 편 더 쓰게 될 것 같다. 살아야 하는 이유를 찾으려는 노력 없이 살 수 있는 삶이 가끔은 부럽기도 하다. 동시에, 그 노력이 불러일으키는 긴장 상태가 일종의 축복이라는 생각도 한다.

(2024)